ここは養護院の大食堂――
『使い潰された元勇者《ついにあいつ》』が動き出す……。
「本当にいいのか？
止めるなら今のうちだぞ？
もしも俺がこの仮面を外したならば、
辺り一面真っ赤に染まってしまうぞ⁉
そう、この俺の返り血でなっ!!」

自由気ままなゆるキャラ 光の聖霊様(子グマ)
養護院の少女 シーナ
完全無欠の聖女様 フィオーラ
準男爵家の三男 ハリス
Characters 登場人物紹介

公爵家の護衛騎士
メルティス
ハリスの初恋相手
リリアナ
謎の幼女
???

「……光の聖霊よ、
その癒やしの力を汝《なんじ》の下僕たるこの身に
貸し与えたまえ」
「エヴィーフィ・ヴンデ・ハイルング」
『がおー』

目 次 contents

使い潰された勇者は二度目、いや、三度目の人生を自由に謳歌したいようです 1

あかむらさき
Akamurasaki
イラスト:かれい

プロローグ　勇者の物語の終わりと『元』勇者の物語の始まり

とある時代のとある世界、とある国のとある街。

いや、現在地は街じゃなくて森、それも大森林の中なんだけどさ。

あれだ、よくある「今は昔の物語」ってヤツだ。

そこで語られるのは勇者様だ！　英雄殿だ！　と祭り上げられ持ち上げられ、散々いいように使い潰された一人の馬鹿なおっさんのお話。

うん、まぁ俺のことなんだけどね？

俺っておっさんか？　いや、まだ三十過ぎたトコだし中年じゃなく余裕で青年だろ？　推定兄ちゃんってところだよな。

どうも、勇者歴十六年、彼女なしのおっさんです。おっさん認めちゃうの早いよ。

てか、勇者歴十六年て凄《すご》くない？　普通の英雄物語なんて短くて一年、長くても三年くらいでハッピーエンドを迎えるだろ？　某《ぼう》宇宙ロボットの一年戦争、一年って自分で言ってるのに足掛け三ヶ月くらいの話だってどっかで見たしさ。

そんな中でこの俺、苦節十六年なのである。いや、別にいいんだけどさ。

あれだ、どうせ意識が飛んじゃうまで俺も退屈だし少しおっさんの話でも聞いていっちゃう？　聞いていっちゃうも何もこんな森の奥深くにいるのなんて俺だけだし？　ただの独り言、いや、一人思い出しなんだけどね。

ちなみにソレを世間では走馬灯と呼ぶんだぜ！

しかしあれだね、世界ってのは当然だけど善意でできているわけじゃない、最初からそう分かっていたつもりだったけど、もしかして九割は悪意でできてるんじゃないかと思う。

某頭痛薬でさえ半分は優しさなのに。残りの半分？　たぶん愛《いと》しさだと思う。薬成分どこいった。

なんだろう、花の高校一年生で異世界に呼び出され、宮沢賢治《みやざわけんじ》ばりに雨に打たれて風に押し流されながらもそれなりには華々しい活躍をしたはずなのに……勇者という名の便利屋として北から南、滅私奉公よろしく西から東、むしろ右往左往してたことしか頭に浮かんでこないやるせなさ。

王女様とのラブロマンス？　旅の仲間が全員女子でハーレムパーティー？

……はっ、腹でお茶を沸かしながら鼻から牛乳だわ、ついでに目からビームとか出ねぇかなぁ。いいか？

王女様は得体の知れない異世界人と二人きりで密会するようなことはしないし、可愛《かわい》い女の子は泥臭い旅にも戦場にも出てこない。騎士団に入るような女子はみんなゴリラかそれに近しい何か。むしろ女子（女子成分は含まれておりません）だ！

おっさん、おっさん、ゴリラ、おっさん、おっさん、オーク、おっさん、おっさん、トロール。

コレ何だと思う？　魔王退治に邁進《まいしん》する俺の旅の仲間なんだぜ……。

そしていきなりのトロール扱い。全異世界の女性を敵に回しかねない発言だが、女性は木星規模のおおらかな心を持っていると思うのできっと笑って許してくれると信じている。

女子なんてわがままは言わない、男でもいいからせめて、せめて同年代の若者は居なかったのかよ！

もうね、色々枯れ果ててたわ。精神的にはおっさん超えてすでにじいちゃんだわ。ぱおんってするはずの体の一部がずっとぴえんだわ。

だいたいね、俺がこの世界に召喚された要因、戦争の発端であるはずの『魔王』。

これが存在しなかった。

ちょっと何を言ってるのか分からないと思うけどさ。

じゃあこの十六年間、一体俺は何をしてたんだよ！　って、話だもんね？

うん、たぶんお気付きだと思うけどさ。

それなりに豊かで、そこそこ平和な、亜人種の隣国との戦争の手伝い。

もうね……。

こっちに来た頃は夢も希望もあったんだよ。

だって中二病をギリ卒業できていない男子高校生、それも帰宅部のプチオタクが異世界に来ちまったんだからさ！

毎日ワクワクが止まらなかったよ！　ドキドキが波のように押し寄せてきたよ！

竜を倒すアレ、最後の幻想的なソレ、国民的恋愛シミュレーションのコレ。本格派ファンタジーゲーム大好き少年は心ときめかせたさ！　てか最後のはファンタジーどころかＲＰＧですらなかった。

で、そんな純情だった、正義の味方気取りの少年が説明少なく送り出された戦場は見た目が多少違うだけの亜人種の国々。

俺の心の中に色んな澱《おり》が溜《た》まっていくのにそれほど時間はかからなかった。

それでもせめて、せめて少しでも支えてくれる、いや、支え合える仲間さえいてくれればよかったんだけどね……。

おっと、体からどす黒いオーラっぽい何かが出てきたからこの話はここまでだな。

流石《さすが》に三十過ぎて闇の翼に包まれて漆黒の世界で眠るがいい……とか言ってるのは恥ずかしいから。もちろん眠るのは俺、そして普通に眠るんじゃなく永眠、平たく言えば死んじゃうんだけどね？　だって走馬灯って死ぬ前に見るものじゃん？

勇者なのに死ぬのかって？　そりゃ普通に死ぬだろう、俺だってにんげんだもの。

あれだ、血生臭い現実から逃避するために見る夢が現実よりも酷《ひど》い悪夢になった時点で酒に逃げた結果、内臓がさ。ボロボロなんだ。言うまでもないがお酒は二十歳を過ぎてからだからな！　二十歳を過ぎてても鯨飲で体を壊してる馬鹿なおっさんだけどさ。

もちろん異世界だから回復の水薬《ヒールポーション》もあれば病の治癒の魔法《キュアディジーズ》もあるんだよ？

でももう、治療したくもないんだよ。

馬鹿な子供が他人に騙《だま》されて散々いいようにこき使われて。

いや、使われてたのは別にいいんだけどね。

侵略戦争なんてろくでもない行為以外だったらさ。

何にしても物語の終わりにダークヒーローは苦しみ抜いて死ぬべきだと俺は思うんだ。それまでの全ての行いを後悔しながら。

そこでパラディンにクラスチェンジしちゃうようなのは何かが間違ってると思うんだ。そんなのは、そんなのでは色々と浮かばれない、救われない魂《もの》が多すぎるもん。

おっと、長々と話してたらなんだか体の痛みが薄れてきたな。

もしも、今度生まれ変わることがあるなら、誰にも利用されないで自分勝手にわがままに、自由気ままに生きてやるんだ……でもその前にちゃんと地獄でつぐな……い……。

◆◆◆◆◆◆◆◆◆

窓のない四畳半ほどの天井の低い部屋の中、床の隙間から地面が見えそうな板の床。

小汚いごちゃごちゃとした、何に使うのかも分からない物が散乱する室内。略すと汚部屋だな。

それが目を覚ました場所の率直な感想。

死んで目覚めたのが天国でも地獄でもなくて物置とはこれいかに。

そして少しずつ押し寄せてくる偏頭痛。

待って、ちょっと待って！　マジ痛い！　痛い痛い！　もの凄い頭痛い！　頭痛って言うくらいだから当然か!!　思ったより余裕あるな俺!!　……あ……これ駄目なヤツだわ……。

目が覚めたかと思えばスプーン、それも昔、祖母《ばあ》ちゃんの家にあったパッと見では使い道の分からないグレープフルーツ用のギザギザしたアレで眼球を奥から掻《か》き回《まわ》されたような強烈な痛みで再び意識を失うという、何のために一度目覚めたのか？　と、素朴な疑問を浮かべているどうも、俺です。

てか頭痛の原因、おそらくは前世と今生の記憶の結合のせいだと思われ。

なぜなら一度目に目が覚めた時は元高校生のおっさん勇者の記憶しかなかったのに今は貧乏準男爵家の三男坊、ハリスくん十一歳の記憶があるんだもん。これが準男爵じゃなく旗本の三男坊ならワンチャン将軍様の可能性もあったのに。

そしてハリスくん、男の子でよかった。もしも女の子だったら「ハリスさんじゅういっさい」そう、おっさんからおばさんに華麗にクラスチェンジである。

クラスチェンジしてるのにメリットがレディースデイを使える程度しか存在しないじゃんそれ。

でも生まれ変われるなら女の子もいいかも！　話がとっちらかってきたから軌道修正。

ちなみに俺は『閑話休題《それはさておき》』が大嫌いだ！

うん、ビックリするほどどうでもいい情報だな。

話は戻ってハリスくんの記憶、上書きとかじゃなくて記憶の共存。

つまり生まれてから十一歳までの記憶が二人分存在するのだ。

もちろん生まれたばかりの頃の記憶なんてないし、おっさんの子供の頃の記憶の方は曖昧で朧気《おぼろげ》なんだけどさ。

なんかこう、ちょっとどころじゃない違和感がする。

まぁ目玉グリグリレベルの頭痛が治ったからよしとしておこう。

……いや、いいのかそれで？　結構な大問題なのになんかおかしいぞ？

だってさ、どれくらい時間が経過したのか確かなことは分からないけど体感的にはほんの数分、数十分前まで死を覚悟する、むしろ自死を選ぶくらいに色々と思い悩んでたはずなのにどうしてこんなにフラットな精神状況なんだ？

……あれか？　もしかして記憶だけじゃなく性格までハリスくん十一歳に引きずられてるのか？

確かに記憶の中にあるハリスくん、良く言えば楽天家、悪く言えばちょこっと頭お花畑な感じだけど。

まぁいいや、今日できることは明日もできる、明日できることはそのうちできる……ふわぁぁ……ｚｚｚ……。


てことで翌朝。よく考えなくてもいきなりおっさんが子供の体に憑依《ひょうい》、それとも転生？　したにしては落ち着きすぎだと感じる今日この頃。

物置のような部屋、というより実際物置、家具といえば木枠を組み立てた上に横向きに木材をただ並べただけのできの悪い簀《す》の子《こ》ベッドらしき物が置かれただけの部屋で目覚める。

ああ、もちろん特に使い道のない、使い道の分からない雑多な物、ストレートに言えばゴミはその辺りにいっぱい転がってるんだよ？　だって物置だもん。普段の生活に使えそうなものがベッドオンリーってだけでさ。

「てかハリスくんって一応貴族の三男だよね？　それなのに自室が物置とか貧乏すぎじゃないか？」と思ったそこのあなた！　なかなかに鋭い。

まず前提としてここはハリスくんの家じゃないんだ。

そもそもハリスくんの実家、ポウム家は腐っても『都貴族』つまり王都で暮らしてる貴族様だからさ。

で、ここというか現在地。

王都キルシュバームではなく北都プリメル……にあるエタン教会……が運営する養護院。

まぁ簡単に言うとハリスくん、実家を追い出された少年ってことだな。

しかしここで「すわ、チート発揮で幼気《いたいけ》な少年を捨てた実家ざまぁ一直線の展開か⁉」などと短絡的に考えてはいけない。

だって記憶の中のハリスくん、そこそこの問題児なのだから。

てことで、この先生きのこる……ではなく俺が幸せな生活を送るにはどうすればいいのか？　ハリスくんのこれまでの生活のおさらいと見たくもない現状の把握から始めたいと思います！

あれだな、口に出してないからいいけど最近独り言が激しすぎるな俺。パーティー組んで旅をしてた時ですらメンバーと毎日事務的な会話しかしてはいなかった弊害が、こんなところで出てしまうとは。

だって今コンビニで買い物したら間違いなく「あ」から発言しちゃうくらい他人との会話スキルが低下してると思うもん。

……いや、そもそも高校生として日本で生活してた頃からそうだったわ。異世界まったくの風評被害だったわ。

あ、（袋は）お願いします。

あ、（レシートは）いらないです。

あ、（間違えておかし籠に入れちゃったけど）いえ、いいです。

そんな人見知りコンビニあるあるは置いておいて――まず初めに実家、すでに名前が出ているポウム家の話からだな。先にも言ったけど都貴族《ビンボウきぞく》の準男爵家だ。

詳しくは……ハリスくんがあまり興味を持っていなかったのでイマイチ不明なのだが、家職的には区役所の職員のようなものだったと思われる。

人数がそれなりにいるから一人くらい休みを取っても仕事的にはどうってことのない、でも上司からネチネチ言われる事務員みたいな仕事だな。

万年下級貴族の家系の割に両親共に見目が良く、上の兄二人と揃《そろ》って結構な美形の三兄弟として王都の下級貴族限定で一目を置かれていて、準男爵家の三男坊のくせに五歳の時にはすでに婚約者が居たという。

もちろん過去形なんだけどね？　実家を追い出される前に当然婚約は破棄されてるし。

もっとも婚約者といっても何度か顔合わせをした程度の面識しかない、まったくの他人と言っても差し支えのない相手だからどうでもいいんだけどさ。

「ちょっと待てちょくちょく出てくる都貴族ってなんぞ？」と疑問はおありでしょうが華麗にスルーして続くハリスくんの過去バナ。

特にもったいぶるほどのことじゃないんだけどね？　簡単に言えば王都で暮らす貴族のことだし。

実家の話に続いては追い出された理由と婚約を破棄された理由かな？

この世界……ってほど大きな話かどうかは分からないけど、この国では十歳を迎えた国民、大きな街にある教会に行ける、教会にお布施を払える財力のある家庭の子供は『祝福の儀式』と呼ばれる技能《スキル》の確認会に参加できる。

まぁよくある話だな。

剣術槍術《そうじゅつ》、弓術棒術、そして盾術（シールドバッシュ的な何かだろうか？）などなどの騎士、兵土向きの近接戦闘系の技能を筆頭に、超花形スキルである地、水、火、風などの魔術系スキル。薬学に錬金術、鍛冶や木工などの製造系スキルに、少し地味ではあるがお役立ち度は高い農耕採集採掘などの生産系スキルまで。

そんななかでハリスくんが授かったのは『地魔法』。

「えっ？　魔法スキルじゃん？　将来有望じゃん？　地魔法っていえば城壁ドーン！　空堀バーン！　一夜城バババババーン!!　みたいなのだよね？　あ、あれか、どう考えても優秀なスキルなのになぜかそいつの周りの人間だけが気付いてないよくあるやつ？」

……残念ながら地魔法《これ》、本当にハズレスキルなのである。

そもそも地魔法というか『地魔法ランク1』、最初からできるのは煉瓦《れんが》を一つ作ることくらい。

それも粘土質の土がない場所で煉瓦を作ろうとすると、消費魔力が激増して鼻血を吹きながら倒れるという使い勝手の悪さなのだ。

そして、そんな使い勝手のよろしくない魔法スキルを手に入れたのは、楽天家の見本市みたいな性格のハリスくんである。当然のように本人のレベルが高いわけでもなく、顔はよくても魔力の高い家系に生まれたわけでもなく。

粘土がある場所で一日に数個の煉瓦が作れるだけのスキルなんて、貴族どころか平民ですらハズレ扱いされるのは当然のことだった。

でもここまでなら実家を追い出されることはなかったんだ。

使えないスキルだったとしても働き口なんて山ほどあるし？　もちろん安月給だろうけどさ。貧乏貴族の三男坊なんて予備の予備、特に残念がられるほどでもない話。次代に期待である。

そもそもハリスくんの実家のポウム家、小さい時から上の兄二人が剣の稽古や槍《やり》の稽古、読み書きそろばんエトセトラ、色々とハリスくんにも教えようと頑張ってくれる程度には家族関係も良好だったしさ。

でもハリスくん、そんな兄達《たち》を華麗にスルー。趣味の泥団子作りに邁進する。日がな一日泥団子を捏《こ》ねてるとかちょっと内向的すぎじゃないかな、ハリスくん。

てかさ、祝福の儀式って教会が権威を維持するためにそう呼んでるだけで、神様が特別なスキルをくれるとかではなく、ただの所持スキルの確認大会でしかないと思うんだよね。

それも、その時点で獲得経験値が一番高いスキルだけが見られる『魔道具っぽい物』を使ってるだけの精度の低いもの。

で、それを着飾った坊主が偉そうな感じで、

「お前は神よりナンタラの技能を授かった！」

と、集まった信者《カモ》に伝えるだけの簡単なお仕事。

だって朝から晩までずっと木刀を振りまわしてたワイルド系の上の兄貴のスキルが剣術だったし、読書好きで知的クール系の下の兄のスキルが算術、そして泥団子を捏ねてた我らが俺、ハリスくんが地魔法だよ？

うん、どう考えても教会の陰謀、お布施稼ぎとしか思えない。

さて、ここまでの話だけでもすでに圧倒的自業自得感満載の空気を漂わせてるハリスくん（趣味・泥を捏ねること）なのだが、とうとう最後にレールキャノンレベルのもの凄い爆弾を破裂させてし

まう。いや、レールキャノンは爆弾ではないけれども。

なんと、侯爵家の御令嬢《ごれいじょう》に恋をしてしまったのだ。

うん、別に恋したっていいじゃない。身分の差なんて二人の熱い想《おも》いの前では障害になんてならないのさっ！

……なりまくるんだよなぁ。

そのお相手はブリューネ侯爵家の御令嬢であるリリアナ嬢、ハリスくんより三つ年上でこの国の第三王子の婚約者にして『キルシブリテ三大美女』の一人である。

貧乏準男爵家の三男（職業・泥団子作り）がどうこう想うのもど厚かましい富士山超えてエベレスト山頂に咲く華。こうして見ると三づくしだなリリアナ嬢。

ポウム家の寄り親（子爵家）の寄り親（伯爵家）の寄り親（侯爵家）という普通なら顔を見ることも叶《かな》わない深窓の、むしろ深層のお姫様なのだ。

それが何の因果か偶然か、祝福でハズレスキルを引いちゃった下の息子を少しでも慰めてやろう、美味《おい》しいものとか食べられるし！　と気遣った子煩悩で小市民な父親に連れられて行った侯爵家のパーティーで二人は邂逅《かいこう》してしまう。

リリアナ嬢からしたらただのお客さんAだったんだけどね？

そして見てくれだけは可愛い稚児さんの雰囲気を漂わせるハリスくんにリリアナ嬢が優しく接してしまったからさぁ大変！

『ハ　リ　ス　く　ん　覚　醒』

そこからはまるでというか、真っ当なというか、どこから見ても「あっこいつストーカーだな？」

って分かるレベルのまとわりつき行為に励む。

親に注意されても、侯爵家の門番に注意されても、めげずに日課のリリアナ詣《もうで》。その熱意を少しでも泥団子作り以外の部分で発揮していれば……。

最後はリリアナ嬢の婚約者である第三王子に注意され、それでも不貞腐《ふてくさ》れた態度で食って掛かる始末。もう庇《かば》いようもないクソガキである。


イラッとした王子が炎の魔法で脅かす↓ワタワタしたハリスくん、炎を避《よ》けようとしてなぜか真っすぐ魔法に突っ込んで行く↓そして火達磨《ひだるま》……。


常備薬ならぬ常備ポーションで九死に一生を得るも、水薬程度では火傷《やけど》痕までは消えず。

この世界のポーション、高価な割にそこまで高性能ではないらしい。

流石に、救いようのない馬鹿な子供でも寄り子の息子に大怪我《おおけが》をさせたと言われるのは世間体が悪い王家&侯爵家。

火傷痕の治療費に金貨で一千枚もの大金を支払うが……そこは貧乏貴族のポウム家。

両親というか母親が初めて目にする大金に目がくらみ、流石にそれはまずいとたしなめる父親を振り切って、ここぞとばかりに受け取った金貨を積もりに積もった借銭の支払いや家屋の修繕に使ってしまい……僅かに残った端金《はしたがね》を寄付して、

「息子は皆様に御迷惑をおかけしたこれまでの行為について深く反省いたしまして、自ら教会の門を叩《たた》きました」

なんてすまし顔でのたまった挙げ句に出家という名の絶縁状。

王都の教会だと歩いて帰ってくる&知り合いに見つかるかもしれないのでわざわざ北都まで知り合いの商人に任せて連れていってもらい、教会付属の養護院にご新規様一名ご案内となるわけだ。

ハリスくん、本人のまったく窺《うかが》い知れぬところで最初で最後の親孝行をしていたわけだな!

全身火傷したうえに両親、主に母親に捨てられ、異国(王国内なんだけどね?)の地に降り立ったハリスくん、唯一の長所である顔の良さすらなくなり養護院の子供達からのイジメに心が耐えられず、とうとう精神が崩壊してしまうも……なぜか異世界で元勇者だったおっさんの魂が迷い込んでしまう↑イマココ。

……いかがだろうか?

最後の母親による治療費使い込みを除けば本人以外の誰も悪くないというこのモニョッと感。

子供のやったことなので大目に見ろ? でも子供のやったことで普通に両親処刑、御家断絶とかがある世界なんだよなぁ。

あ、もちろん理解はできても納得ができるかどうかはまた別の問題だからね? 俺が裕福になった際には実家に乗り込んで母親の頬《ほお》を札束でビンタ——この世界、お札《さつ》は使われてないな——ならぬ金貨を顔に投げつけてやる!

何そのただのお賽銭《さいせん》……。

第一章　世話焼き幼女と元勇者

てことで、なぜか十一歳の元貴族の男の子になった元勇者の俺《おっさん》、これからどう過ごすのが正解なのか真剣に悩む。

いや、どうするも何も自分勝手に、あるがままに、そこそこ恵まれた生活を送るのが目標なんだけどね？　自分にそう誓ったからさ。

でもほら、現状……ただの大火傷《おおやけど》を負ったか弱い、か弱すぎる子供じゃないですか？　あれだぞ？　恵まれた生活を送るどころか下手したら明日にでも死んじゃってるかもしれない生活レベルなんだからな？　体力的にもコケただけで死にそうだし。スペ○ンカーかよ……。

そして今、ハリスくん十一歳ができることといえば一日に数個魔法で煉瓦《れんが》を作ることと、世を儚《はかな》んで不貞腐《ふてくさ》れることの二つしかない。

うん、我が事ながらどうしようもねぇなこいつ……。

それならば逆に、初心に戻って『元勇者《てんせいしゃ》』ができることは何かないだろうか？

そうだね、もちろんアレだよね！

「魔導板……顕現せよ！」

うん、アレとか言いながらまったく聞き慣れない単語を叫んでしまい、大変申し訳ないと思う。

「魔導板顕現せよ！」とは俺が呼び出された以前の異世界での「ステイタス、オープン！」のような意味合いのコマンドワードなんだ。

ちなみに魔導板とは長方形の真っ黒い板で、色々便利に使える小さいモノリス……というかぶっちゃけ、目の前に浮かんでいる十インチくらいのタブレット端末に似た情報表示ツールである……らしい。曖昧だなおい。

だって前の世界で聞いた受け売りだからさ、呼び出し方以外の細かい性能なんかは全然分からないんだもん。

勇者とか呼んで持ち上げておきながらも得体の知れない異世界人に詳しい情報開示はしない！という異世界の王族のインフォメーションマネジメント、嫌いじゃない。でも死ね。

どういう原理なのか、こんなにハッキリ黒い板として自己アピールしてるくせに、呼び出した本人以外には見えないという不思議アイテムでもある。

流石《さすが》に魔導板が出せなければ八割ほど詰んでいたこともあり一安心。

そしてお楽しみの能力値《ステイタス》チェックの時間だ!!

……まぁね？　薄《う》っすらと想像はできてたんだけどさ。ハリスくん、ステイタスひっくいなぁ。

まずは一番上から『格《レベル》』、面倒なので以後はレベルで統一する。

その下に表示される大元のステイタスは『体力（ＨＰ）、魔力（ＭＰ）、体格、筋力、知能、魔術、器用さ、敏捷《びんしょう》さ』の八種類。ゲーム的というか結構大雑把《おおざっぱ》である。

あ、体力と魔力も以後はＨＰとＭＰで何卒《なにとぞ》よろしく。

あくまでも前の世界基準でのステイタスの説明をすると。

レベル……いわゆる一つの成長度。ステイタスが同じなら３レベルも差があれば相手に戦闘で勝つことは凄《すさ》まじく難しい。じゃあどうするのか？　集団で殴り続ければそのうち相手は死ぬ。

ＨＰ……物理攻撃を受けた時に弾く力。また、持久力。物理バリアとスタミナだな。０になっても死なないけど０になってから殴られると死ぬ。

ＭＰ……魔法攻撃を受けた時に弾く力。また、魔力。魔法バリアと魔力とかそのままだな。右に同じで０になると魔法も使えなくなるし魔法を当てられると死ぬ。そもそも０の時点で倒れてる。

体格……物理防御力関連。べつに高いから背が伸びたりマッチョになったりするとは限らない。

筋力……物理攻撃力関連。右に同じ。まぁ鍛えてれば筋肉質になるから実質マッチョ。

知能……魔法防御力関連。上げても知らない雑学は増えないけどＩＱは上がる。たぶん。

魔術……魔法攻撃力関連。異世界不思議パワーだな。

器用さ……命中率関連。米粒に雀《すずめ》を描いたり舌でさくらんぼのヘタをちょうちょ結びにしたり。ちなみに女子に自慢すると軽くドン引きされる技術なので注意。

敏捷さ……回避率関連。目指せ！　反復横跳び世界一！

説明がほとんど何の役にも立っていないが、気にしすぎたら負けである。

もちろん戦闘以外の一般生活行為や色んな作業などにも関連してくるし、目で見て分かるように数値化されているだけなので数字を過信しすぎてはいけない。基本的には目安程度にしかならないけどだいたいこんな感じ。

まぁ筋力とか数値が一つ上がれば結構な差が出るんだけどさ。

「例えばHPがあればどんな攻撃でも弾けるってことでOK？」

……正しいようなそうでもないような。

そもそもレベルが低いとHPも低いので棍棒《こんぼう》で殴られただけでも簡単に0になるし、剣で斬り付けられた時点でだいたいはオーバーキルされてるから。

まぁ細かい話は追々と（するとは言っていない）ってことで置いといて、ハリスくん……というか現在の俺のステイタス。

レベル……1
HP　……3
MP　……3
体格　……2
筋力　……2
知能　……2
魔術　……1
器用さ……3
敏捷さ……2

五段階評価の通知表みたいだな……ま、まぁ、ハリスくんはまだ子供だからね？(震え声)

てかこのステイタスに関しては数値の上にレベル分の補正がかかるから、この数値よりは上がるんだけどね？

なんにしてもレベルが『1』しかないので焼け石に水でしかない。

前の世界での、レベル以外の大人の平均ステイタスが『5～8』だったことを考えるとずば抜けて低いのは確かだな。

ハリスくん、地魔法とか一応魔法が使えるのに魔術が『1』しかないのって逆に凄《すご》くない？

そしてこういう時って少しくらいは元世界のステイタスを引き継ぐものじゃないのかよ……。

一応長期間にわたって勇者やってたんだけどなぁ。

勇者の称号とかはなかったから自称なんだけどさ。

大丈夫、まだ慌てる時間じゃない。

そう、俺にはまだ『技能《スキル》』があるから！　以後技能もスキルでｒｙ。

スキル……まぁすでに見えてるんだけどね？

地魔法……ランク1
やりなおし

以上である！

ほんっとに何にもしてこなかったんだなこの子！

普通なら家事系のスキル（鍛冶じゃなくて家事ね？）くらいは持ってそうなもんじゃん？

いや、多少経験値が入ってるモノもあるんだけどさ？　なんかこう明るくなっていないスキル名の上に、ＭＭＯゲームのモンスターのＨＰみたいな感じでちみっとだけメモリが増えてるモノがあるから。

でも明るくなってるのはこの二つだけ。両手剣術とか身体強化とかラ○スアタックとかさ、少し前、体感では数時間前に持ってた俺の戦闘系スキル、全部どこにいってしまった……。

うん？　『やりなおし』？　それスキルじゃなくて称号かなんかじゃねぇの？　人生二回目だし。いや、三回目でもあるのか。日本、異世界、異世界と転移してるから。

なんにせよ、すべてが低すぎて非常によろしくない状態であることだけは理解できた。

ここからの生活レベル改善方法がまったく思い浮かばず、くよくよと悩んでいても時間は皆平等に過ぎ去ってゆくもので——外も騒がしくなってきたし、そろそろ養護院の朝ご飯の時間である。

ちなみに共同生活なので一人遅れて後から食べるなんてことは許されない。

むしろ少しでも遅れたらご飯自体が残ってはいないというまさに弱肉強食の世界。

まとめてたくさん生まれた子犬や子猫が自力で母親のおっぱいに吸い付けなければ衰弱死してしまうように、ここでは油断すると脱落（ポンポンペコペコ）してしまうのだから。

異世界養護院のサバンナ感パネェな!!

あっ、部屋から出る前にハリスくんの記憶にあるいつもの『アレ』を付けないと。

ちなみにアレとは、ハリスくんがこの施設を訪れ、この倉庫を寝床と決められた時に見つけた、「何かこう、ちょっと禍々《まがまが》しい感じで口元の開いた呪術的なお面」である。

いや、どんな美的センスしてるんだよハリスくん……。

どうしてこんなアステカ文明を彷彿《ほうふつ》とさせるような、誰が見ても呪われてるとしか考えられない仮面を付けようと思っちゃったんだよ……。

ほかの子供達《たち》に避けられてた原因、たぶん九割はこれのせいだよ……。

もちろんハリスくんの気持ちも分かるんだよ？

だって二人の心は今は一つなんだもん。俺はハリスくん、ハリスくんは俺なのだから。微妙に自分でも何言ってんだか分からないな。

両親に捨てられ、人間不信に陥った少年が他人と距離を置くために被った仮面。

俺も似たような精神状態だったからもの凄くよく分かる。煩わしいもんね、他人。

でもこのデザインは如何《いかが》なものかと思うんだよなぁ……。

しかし、今になっていきなりお面を外すのも悪目立ちしちゃいそうだからそのまま俺も被るんだけど……洗ってないからか微妙に臭いなこれ。


てことでやってきました大食堂！　ちなみにこの養護院で保護されてる子供の数は約八十人なので、朝からそこそこの大渋滞である。保護とは言ってもギリギリのラインを見極めながら養われてるだけで、保証もなければ護《まも》られてるわけでもないんだけどな！

さて、今日の朝ご飯は何かなー♪

まぁ記憶の中にあるんだけどね。毎朝ほぼ同じメニューしか出ないしさ。

メインは、くっそ硬いうえにスッパ不味《まず》い、黒っぽくてここまでくると逆にどうやったらこんなに不味くなるのかって味のパン、汁物は薄っすらと塩味のするクズ野菜のスープ、以上！

もうこれスープっていうか薄い海水じゃね？

少なくともこのスープより多少なりとも出汁《だし》が利いてるかもしれないな海水。

飲んだら間違いなく腹は壊すと思うけどな海水。

どちらにせよ不味いってことに変わりはないんだけど。

当然のように昼食などはなく一日に二食、夕食には先ほどのパンとスープにプラスしてじゃがいもっぽい芋が一つ増える程度だ。

この芋が一番マシな食い物なのだが……たまに中毒を起こすので油断できない存在でもある。

肉？　なにそれ美味《おい》しいの？

もうね、戦時中も真っ青な粗食である。まぁ不味くともパンがあるだけマシなのかもしれない。

俺、麦粥《むぎがゆ》って苦手なんだよね……。

もちろん食堂に来ても椅子に座ってればご飯が配られるなどということがあるはずもなく、縁の欠けた木皿を持って配給……ではなく配膳のビックリするくらい愛想の悪いおばさんの前に並ぶんだけど……俺の尻が抓《つね》られたように痛みだす。

いや、抓られたようにじゃなくて抓られてるんだけどさ。簡単に言うと嫌がらせ、まだまだ可愛《かわい》いレベルの子供らしいイジメである。もちろんイラつくことに変わりはないんだけどね？

これもどうやらハリスくんの記憶では毎日のことらしく、背の高いヒョロッとした子供の仕業である。名前は知らないのでこいつは今日から『ヒョロ』とする。

てかさ、ハリスくん、この養護院に来てからそこそこの日にちが経過してるのにほとんどの子供、もちろん大人も含めて名前すら把握してないとかさ、それもイジメられる理由の一端だと思うんだ。

尻の違和感（アッー的な意味ではない）を無視してパンとスープをお盆に載せてもらい、適当に空いてる席……に座ると他の子に嫌な顔される、むしろ怯《おび》えられる（お面効果抜群だな！）ので食堂の端のテーブルのさらに端っこに座る。隅っこハリス爆誕の瞬間である。

その辺にコロッケとかエビフライとか転がってねぇかなぁ。トカゲはいらないです。

今なら三秒どころか半日ルールで拾って食べる自信がある！　やな自信だなおい。

椅子に掛けると今度は小太りな子供が近寄ってきて……パンを半分ちぎって持っていかれた。

あのかったいパンをちぎるとか結構な力持ちだなあいつ。

いや、ハリスくんでもちぎるくらいはできるけどさ。でもスープに浸さないと食べるのはちょっと厳しい。むしろ味的には浸しても厳しい。

ちなみに半分にした時に少し大きい方を置いていくのは、小太りなりの良心の呵責《かしゃく》か何かなのだろうか？　当然こいつの名前も知らない。なのでこれからは『コブト』と仮称する。

なおこの件に関して注意する人間など誰もいない。やはり弱肉強食……。

食べるというよりも喉の奥に押し込むように、食事をできるだけ味わわないように機械的に食べ終わり、部屋に戻る途中の廊下で今度は背の低い子供がニヤニヤした顔でこちらを見てくる。

いわゆる小馬鹿にした顔ってやつだな。

先ほどまでとは違い、俺にまったく実害はないので優しく微笑《ほほえ》み返してやったらビクッてなってた。小動物かよ。

繰り返しになるがこいつの名前も当たり前のように知らない。

通称は『チビタ』。俺のネーミングが適当すぎる。たぶんスライムに名付けるときはライ……いや、そもそもスライムを飼うことなんてないな、うん。

記憶では直接的に嫌がらせしてくるのはこの三人だけらしいが、他の子供達も声を掛けてもこなければ近寄ってもこない。まぁこちらから何もアクションを起こさない得体の知れない仮面の人物、子供だけじゃなく大人でも距離を置いて当然である。

もちろん俺は立派な大人なので、現状ではイジメられても無視されても言い返しも仕返しもしない。

……できないだけとも言うんだけどさ。負け犬根性？　うるさいワンっ！

自慢じゃないけどステイタスが低すぎて、喧嘩《けんか》になったら絶対に勝てないからな？

喧嘩相手が俺の返り血で真っ赤に染まるからな？　そして俺は瀕死《ひんし》の重傷である。

ゴブリンとの戦闘で死ぬ新米冒険者宜《よろ》しく、子供との喧嘩で死ぬハリスくん。

まったくもって笑い事ではないのだ。


そんな完全アウェーな状況のハリスくんだけど、

「ハリス、今日もご飯盗《と》られてたでしょ！　ちゃんと言い返しなさいっていつも口をすっぱくして言ってるのに！」

一人だけだが構ってくれる子がいた。

頬《ほお》を膨らませてこちらを見つめる気の強そうな目、癖のある赤毛を肩口で切り揃《そろ》え顔の左半分を前髪で覆った俺より少しだけ背の低い女の子。

俺の身長？　他の子と並んだ時の目算で、だいたい百四十㎝くらいだと思う。

そして彼女はハリスくんの一つ年上で十二歳の『シーナちゃん』……だったはず。

幼女に叱られる元勇者のおっさん……。

いじめっ子の嫌がらせの比じゃないくらい、今日イチで心が痛いんだけど……。

この子も前髪で隠している左側の顔に火傷をしているからか、ハリスくんがここに来た当初から何やかやと細々《こまごま》と世話を焼いてくれている非常にいい子だ。

もしもシーナちゃんがこの養護院にいなかったらハリスくんは生活が成り立っていないもん。むしろ今まで生き延びていなかったのではないか？　とまで言える存在なのだ！　幼女だけど。

「争いは同じレベルの～以下略っ！」

とりあえず心がいたたまれないので言い返せないんじゃなく言い返さないんだからねっ！　と幼女に弁明《ツンデレ》しておく。うん、近年まれに見る、凄まじい雑魚《ざこ》キャラムーブだな俺。

そして呆気《あっけ》にとられ、目を見開いてこちらを見つめるシーナちゃん。

「……」

「……」

いや、マジでどうしたの？　もしや時間停止魔法？　日本では九割嘘《うそ》だと言われていたあの？

「ハリスって喋《しゃべ》れるんだ⁉」

どうやらハリスくん、世話になってる彼女の前ですら一言も声を発していなかったらしい……。

そこからやたらとテンションを上げて話し出すシーナちゃんと、「お、おう」とか「せやな」とか適当に相槌《あいづち》を打つ俺との会話のキャッチボール、むしろシーナちゃんがピッチングマシーンで俺がバッターボックスに立ちすくんでるだけの状態がしばらく続けられることとなった。

幼女、平気そうに見えてぼちぼちストレスが溜《た》まってたんだなぁ。


さて、二度目の異世界初日の夜である。ある意味初夜である。絶対に違うな。

あれから日中は特にすることもなかったんだけどさ、シーナちゃんが隣にくっついて歩くので一人になれず……。いや、俺も構ってもらえて嬉《うれ》しいんだよ？　でもちょっとだけ邪魔……。

「トイレにこもればいつでも一人！」だって？

いいか、ここにあるのはトイレじゃない、便所だ!!　違いは清潔感。

『臭い、虫がいる、薄暗い』と三拍子揃ってて、住環境としては最悪なんだよ！

そもそもトイレは住む所でも食事をとる処《ところ》でもないのは知ってるから大丈夫。

ついでだし少々アレな話で申し訳ないんだけどさ、トイレで大きい方をした後のお尻の処理、どうすると思う？

トイレットペーパー？　そんなもの異世界にあるわけがないだろう。

ローマみたいに海綿に棒が付いたやつ？　少なくともこの国では王都でも北都でも使ってはいないはず。そもそも海が近くにないしさ。

てかアレはアレで寄生虫が怖いんだよね。

じゃあ布の端切れ？　噂《うわさ》では上級貴族様は使ってるらしいな。お尻を拭うたびに布を使い捨てるとかまさに大貴族。もちろん元実家は貧乏貴族なのでハリスくんの記憶にはないけど。

なら一体何を使ってるのかといえば……正解は『ヘラ』である。

もちろんギリシャ神話の女神（浮気男の奥様）ではない。

使用方法としては木片でこそげ落とすという……通称『ク○ベラ』。そのまんまか。どう考えても現代人にはキツすぎるだろこの環境……。前の異世界でもソレ用の葉っぱがあったんだぞ！　おお、紙よっ！

……早急に、早急に何とかしないと俺のメンタルとか○門とかが壊れちゃうっ！

もちろんお風呂なんて養護院にあるはずもなく、井戸で水を汲《く》んでボロ布で体を擦《こす》るのが精一杯である。歯ブラシ？　なんか柔らかい木片を噛《か》んでからその繊維で歯を擦るだけ。

せめて塩でもあれば歯磨きも多少は気分的にマシなんだけどさ、塩もお高いからねぇ。

スープの味付けすらあのレベルなのに「歯磨きに使うからお塩下さい」なんて通るはずもなく。

お風呂に関しては若いから新陳代謝はいいけど、脂分が少ないのが僅かな救いか？

あ、脂分が少ないのは若さじゃなくただの肉不足なだけだわ。

もちろんお風呂も大貴族様宅や大商人宅には普通にあるからね？

サウナじゃなく湯船のタイプの風呂が。

庶民は夏場の水浴びが精一杯の贅沢《ぜいたく》なのだ。冬場？　凍え死ぬわ。

てことで一人になり、部屋という名の物置で魔導板を舐《な》めるように見つめる俺である。

室内にオイルランプ的な文明を感じさせる明かりなどあるはずもなく、物置部屋なので窓もなく、真っ暗な室内で俺の目の前三十㎝ほどのところにぼんやりと浮かぶ黒い板を眺める。

あれだな、物置だからか丈夫な造りになっていることだけが救いだな。床がこれだけ隙間だらけなのに隙間風がほとんど入ってこないし。……それはそれで夏場は地獄じゃないか？

そして魔導板、画面は光って見えるのに部屋の中は暗いままというどういう仕組みなのか、物理的な諸々《もろもろ》を無視したホントに謎な板である。

朝見たのと同じ数値が表示された画面。

のんべんだらりと過ごした一日で何らかの経験値やステイタスの上昇があるはずなどなく。

はぁ……『やりなおし』かぁ……、何か特別な能力でもあればなぁ……。

タブレットとは違い、表示されるだけで操作のできない魔導板の画面。

何気なく、やりなおしと書かれた文字を人差し指でつつく。

『スキル　やりなおし　がアクティベートされました』

えっ？　何ごと？　アクティベート？

今までも何回か画面をつついたことがあったけど、こんな反応したの初めてなんだけど!?

そして魔導板の画面内、表示されていたステイタスに明らかな変化がすぐに起こった。

各数値の左右隣に三角形のボタン『▲▼』が現れたのである。

もしかしてこれは数字を好きにいじれる感じのアレじゃないのか!?

とりあえずものは試しとワクワクしながら『▲レベル1▼』の▲をタップしてみる。

そして表示される、

『ポイントが足りません』

の文字。……まぁそんなおいしい話はあるはずないよなぁ。

まぁ数値を上げるであろう『▲（上昇）』ボタンを使うにはポイントが必要なことが分かった。

分かったが、肝心のポイントの入手方法、これが分からない……こともない。

ああ、魔物退治でポイント……じゃなくて経験値稼ぎとか無理だからね？　今の俺だと竜を倒すアレのスライム一匹すら倒せない。むしろスライムの体当たり一発で自分が死ぬ未来しか見えないもん。

ちなみにポイントと経験値の違いは、何らかの行動で溜まっていくのが経験値で、それによりレベルアップやスキルランクが上がった時に得られるのがポイントである！　……んじゃないかな？ちょっと自信ないけど。

話は戻ってポイントの入手方法、どうすればいいのか？

いや、なんとなくは分かるじゃん？　だって上げる『▲』でポイントが必要（減る）ならば下げる『▼』でポイントが貰《もら》える（増える）と考えるのは当然じゃないですか？

でもお試しするには少々リスクが高いんだよ。

なぜならハリスくんのステイタスが低すぎるからさ……。

等価交換で『1』上げるのと『1』下げるのが同じポイント量ならいいんだけど、何らかの手数料的なものを取られたら元の数値に戻せなくなるからね？

てことでステイタスをお試しで下げてみるのは少々デメリットが大きすぎる。

となると、残るはレベルとスキルランク。

言い換えるなら『レベル1』を0にするか『地魔法ランク1』を0にするか。

うん、特に迷う必要はないな。地魔法は泥団子作りで経験値が増えるであろうことが分かってるので取り返しがつきやすい。よって地魔法一択なのである。

「ポチッとな」

『ポイントが1点プラスされました』

おお！　やっぱりポイントが貰えたよ！　いや貰えたじゃなくて戻せたが正しいのかな？　まぁそんなこまけぇことはどうでもいいんだよ!!　だって大切なのは結果だもん!!

てか1ポイントしか増えないんだ……。

気を取り直してさっそく増えたポイントを元の地魔法に振ってみることに。

『地魔法が　ランク1　に上昇しました』

「いや、減らしたのに増やすのかよ！」って？

だってこれで増減させるためのポイント効率が分かるじゃないですか。

一応確認のためにも地魔法だけを三回ほど上げたり下げたりしてみる。

どうやら還元されたポイントを振り分け直しても、減ることも増えることもなさそうである。

これで一安心……と次のステップに進んでみることに。

色々と上げ下げしてレベルアップ、数値アップ、ランクアップに必要なポイント数の確認である。

そして結果発表！

レベル及びランクを上げるのに必要なポイント数は、

『1で1点、2で2点、3で4点、4で（おそらく）8点』と増えていき、
ステイタスを上げるのに必要なポイント数は、

『1→2で2点、2→3で3点、3→4で4点』と増えるみたいだ。

0→1？　いや、ステイタスは最低値が1だからそれ以上は減らせないしさ。

……それなりの数のステイタスが『1』であるハリスくんとは一体……。

つまりステイタスは上げやすいけど、レベルやスキルランクは10にしようとしたらべらぼうなポイントが必要ってことだな。

「そもそも、最底辺しかないステイタスの振り直しができるようになったから何だっていうんだ？」

ごもっともである。

でも少し思い返してみてほしい。

地魔法の経験値を上げる方法（泥団子作り）は分かっているのである。

つまり他のスキルも何らかの行為を繰り返せば、経験値は溜まっていくってことなのだ。

経験値が溜まればスキルも使えるようになり、ポイントにすることができるってことだな！

ああ、ついでだからスキルのランクについて少々補足説明。

スキルとは剣術や槍術《そうじゅつ》、料理や木工、はたまた歌唱やスリなど多種多様にわたり、稽古や作業を続けることで身につく技術の総称。ランクが1～10まで上げられるものと、生まれながら持っている（ごくごく稀《まれ》に後天的に入手することもあるが）ランクのないものがある。

後者はどちらかというとスキルではなくギフト（恩恵）って言う方が分かりやすいかな？

俺が現在持っているスキルでいえば、地魔法が前者でやりなおしが後者っぽい感じ。

まぁ、やりなおしについてはただの役にも立たないクソ称号だと思ってたわけだが……。

そしてランクの上がるスキルではランク1はそれなりに身につけやすく、ランク10にしようと思えば何度か人生をやり直せるくらい没頭できる人間じゃないと厳しい。

いや、厳しいどころか実質無理だろう、たぶん。

死ぬ気で十年、二十年と頑張ってもランク3程度まで上がれば御の字ってレベルだったもん。

レベルじゃなくてランクだけど。

勇者なんていう何回か本当に死にかけるような生活を十年以上続けても、スキルランク5が最高だったしね。

それはどうしてなのか？

「ランクが上がるごとに必要経験値が増えて、得られる経験値が下がる」から。

否、下がるだけならまだしも、ランク1までは経験値が貰えていた行為ではランク2に上げるために必要な経験値が入手できなくなることも多い。

剣術で例えるなら、ランク1に上げるには木剣の素振りを繰り返すことで経験値が上がっていたのに、ランク2に上げるには対人での打ち込み稽古が必要になり、ランク3にしようと思えば戦場での殺し合いをしなければいけない……みたいな感じだ。

うん、そうそう戦争なんてないし、ランクなんて上げらんないよね。

まぁ例え話なんで流石にそこまで厳しくはないと思うけど。

でもこれが……ランク1を何度も何度もやりなおせるとしたら……どうだろうか？

いや、もちろんただやりなおしてるだけなら時間の浪費でしかないけどさ。

1ランク分のポイントを溜め込みながら新たにやりなおせるとしたら？

そう、スキルランクを1上げる作業、圧倒的にお手軽な作業を繰り返すだけで永遠にポイント稼ぎができるのである！

ふふ、ふふふふふ、ふはははははは！

そう、最強である！　俺様こそが正義なのである！

……そこまで言うほど簡単な作業でもないんだけどね。

必要なのは地味で地道な作業の繰り返しだから。

繰り返しになるけど現状のハリスくん、初期ステイタスがアレすぎて行動できる範囲が圧倒的に限られるしさ。灰と青春が近所付き合いをしている世界ならお金と装備品を剥《は》がされたうえで消されてたぞ？

でも方法さえ分かればそこからは試行錯誤の繰り返しである！　いや、今日はもうできることもないし明日から試行錯誤である！　俗に言う明日から頑張るだな。

それ、間違いなく明日も何もしない奴《やつ》の言い訳じゃん……。

◆◆◆◆◆◆◆◆◆◆◆

そして時は流れて……一週間。翌日じゃないのかよ！　だって地味な検証の繰り返しだったんだもん、仕方ないじゃないか（え〇りくん風に）。

アレだよ？　シーナちゃん。俺がいきなり奇行に走ったもんだから心配して、

「ハリス……どうしたの？」

から始まり、

「ハリス……そんなに辛《つら》かったの？　ご飯半分わけてあげようか？」

だとか、

「ハリス……あなた疲れてるのよ。少し休んだほうがいいわ」

だの完全にメン〇ラ扱いである。

てかさ、それでなくても少ないささやかな幼女のご飯、パンを半分こしてわけてくれようとするのとかマジで止《や》めて？　キツイから。空腹よりもキツイから。男としてどころか人間としての尊厳とか考え込んじゃうから！　それもこれも全部貧乏が悪いんだけどな……。

そんな要所要所で俺の心をポッキリと折りにきてるとしか思えない言動を取るシーナちゃんを、なんとかかんとかなだめつつも分かったことが一つ。

「泥団子作りは、経験値稼ぎとしては割に合わねぇ……」であった。

だってさ、泥団子、経験値の獲得が泥団子を作り終えた時に微増するだけというびっくりするくらいの効率の悪さなんだもん。

あと手が汚れるから養護院の大人にも嫌そうな、むしろストレートに嫌な顔されるしさ、子供が集まってきて（もちろん俺を中心にぽっかりと空間が空くけど）真似《まね》をするのでそこそこウザい。

あれだぞ？　自分が子供になったからといって、子供が好きになるわけではないからな！

そして経験値稼ぎには何の関係もないけど、俺の恋愛対象は前世での実年齢に比例して少々高く、二十歳以上三十五歳くらいまでとなっている。ごめんよシーナちゃん、ロリは無理なんだ……。

そんな、現状唯一心の支えになってくれている女の子に対して無礼千万な思考も交えつつ編み出した、最高効率を出す経験値稼ぎ。

それは『草むしり』なのだ！

もちろんただの草むしりじゃないぞ？

草を意識して抜くことで『農作業スキル』、抜いた草をよくよく観察することで『薬学スキル』

と『鑑定スキル』、さらに抜いた後の地面を平らに均《なら》すことで『土木作業スキル』、そして歌を歌うことで『歌唱スキル』と『デュアルタスクスキル』をゲット。なんと、スキル経験値六重取りが可能なのである！

スキルランク1までは基本的には上げやすいのでウハウハだな！

なのに全然スキルを持ってなかったハリスくんとは一体……。もしかすると経験値の溜まりやすさに元勇者ってことも関わってるのかもしれないんだけどね？

でもこの作業、傍《はた》からはぶつぶつと言いながら草を抜き、たまにジッと地面を見つめたと思ったら、そこに何かを埋めているようにしか見えないんだよなぁ。

そりゃシーナちゃんが俺が心の病じゃないのかと心配するのも無理ないわ。どう見てもただの怪しい奴だもんね？　正気を疑われても文句は言えそうもない。

間違いなく、半分以上は被ってる仮面のせいなんだけどさ。

でもコレ、むっちゃ効率がいいんだよ。二時間で合計経験値がポイント換算で1点分稼げるんだもん。十時間あれば5点だよ？　新しいスキルなら5つ増やせるポイント数とか凄すぎない？

もちろんそんな単純計算はできないんだけどさ、移動時間もあるし。

でもコンスタントに一日に3点は稼げる！

問題は、そろそろ養護院&教会周りの草むしりが終了しそうなところなんだよねぇ。

いよいよ俺も街頭デビューする時がきたか。

あ、その前にこの八日間、草むしりを頑張って溜めたポイントの振り分けなどなど。

何この初任給のような胸の高鳴り！　まぁ俺、バイトすらしたことないんだけどさ。

獲得ポイントはなんと……23点！　かなり頑張った方ではないだろうか？

あ、レベルは０に、地魔法も０に下げた。今のところ煉瓦とかいらないですし……。

そしてレベルは最低でも３くらいはないと、ステイタス補正の意味がないのだ。

てことで上げたステイタス。

知能　　……２↓４（７ポイント使用）
器用さ　……３↓５（９ポイント使用）
　増えたスキル。
光魔法ランク２（３ポイント使用）
毒耐性ランク２（３ポイント使用）
ポイント残……１点

　いや、色々と言いたいことは分かるんだ。

「最初に上げるべきステイタスはＨＰじゃない？」とか「器用さって今いるか？」とか「いきなりの毒耐性ってお前、暗殺者にでも狙われてるの？」とか。

おっしゃることはごもっともである。でもね？　俺にも言い分があるんだよ！

まずはステイタスの説明から。こっちの理屈は簡単なんだけどね？　だって知能が低すぎると光魔法の効きが悪いし、手先が器用になると草むしりの効率が上がるから。

問題は毒耐性、それもランク２。

もちろん貧乏準男爵家を追い出された三男坊に暗殺者など送り込まれるはずなどなく。

そう、決して毒殺対策ではないのだ。ではなぜいきなりの毒耐性なのか？　それは、

「二日目で食あたりを起こして、半日トイレで色んな意味で死にかけたから」

養護院で使われる食材、良く言えば発酵食品化していることがある。

ストレートに言えば腐ってるんだ。発酵はしてるけど食品として機能してないから、どう取り繕おうとも腐ってるとしか言えないんだけどね？

貧乏だろうが一応はお貴族様育ちのハリスくんのお腹《なか》には、これらの食材で作られる料理が少々キツイのだ……。

言っとくけどあれだぞ？　ポンポンペインのうえになかなかの臭いのトイレ、否、便所。

そこに紙はなく、木の板一枚下に地獄……。意味もなく失楽園の一節を読み上げそうになったわ。

腐り物で腹は痛いし、胃酸混じりのソレで尻は痛いし……。あと常時デバフとして臭い。間違いなくDOTダメージが発生していたと思う。

慌てて回復用に光魔法と毒耐性をランク1にしたからな？　でも光魔法ランク1の治癒だとお尻のヒリヒリは治っても腹痛は治まらず、毒耐性ランク1では解毒ができるわけじゃないのですぐには効かなかった。大量に水を飲んで全て出し切るという荒業で乗り越えるしかなかったからな！

いや、越えるというよりも（解毒的な意味合いで）出すしかなかったが正解か。

もうね、心に誓ったさ。

この世界での最初の俺の目標『トイレ用の紙の生産をする』で確定。

てなわけでこれより紙の生産、つまり『製紙スキル』の獲得を第一目標とする！

するのだが……ない。うん、製紙スキルというピンポイントなスキルがないのだ。

大工とか陶芸とか細工職人とかお針子とか、職業系スキルは結構多種多様にあるのに製紙はないのだ。ならどうするのか？

もちろん木工スキルなどを上げて紙漉《かみす》きの施設を作るなんてことは現状では不可能。場所も材料もないからね？

そもそも紙漉きで作れる紙では〇門が削れそうだし、俺は地場産業を興《おこ》したいわけでもない。

困った、非常に困った。第一歩で詰んだ？　いや、まだ諦めるには早いはず！

とりあえず魔導板を探す、何かないかと超探す。

と、そんな時に見つけたのが上の方にいつの間にか存在していた検索ツールみたいなやつ。

あれだ、某《ぼう》〇ホーとかバイ〇ゥみたいにいつの間にか、気付いたらパソコンに入ってた感じ。

てか魔導板について俺の知らないこと多すぎじゃなかろうか？

まぁ便利になる分にはありがたみしかないんだけどさ。

一縷《いちる》の望みを託して検索バーっぽいのに触れてみると……出てきたのは見慣れたスマホやタブレット用のタッチ式キーボード。何者なんだよ魔導板、もうこれ某敷物って呼んでも差し支えなくね？

よし！　これで勝てる!!

「えっと……『紙　作り方』……でいいのか？」

小学生みたいな検索ワードだが……問題なかったらしく結果が表示された。

『紙の生産には　（植物魔法ランク３＋水魔法ランク３＋合成魔法ランク１）＋（設計ランク１＋製造ランク１）＋錬金術ランク３　のスキルが必要です』

お、おう、軽く考えてたのにむっちゃ色んなスキルが必要じゃん……。てか植物魔法も製紙スキルと同じでリストにないんだよなぁ……。植物魔法以外も水魔法以外は全部見当たらないし。

仕方がないので順番に検索していくと、

『検索されたスキルがスキルリストに掲載されるには

植物魔法……地魔法ランク１＋水魔法ランク１＋農作業ランク３

合成魔法……属性魔法スキルを３系統以上所持

設計　……器用さ10以上、知能10以上

製造　……器用さ10以上、知能10以上

錬金術　……地魔法ランク１＋風魔法ランク１＋水魔法ランク１＋火魔法ランク１＋光魔法ランク１＋闇魔法ランク１　が必要です』

って教えてくれた。

全部発生スキルなんだな。てかスキルはいいとしてステイタス10以上って今の俺にはそこそこ条件が厳しいぞ？　いや、ハリスくんの初期ステイタスが低すぎるからってのもあるけどさ。

もちろん仕方がないから頑張るけど……。

これらに必要なポイントは、

植物魔法

地魔法　……ランク３　７点

水魔法　……ランク３　７点
農作業　……ランク３　７点
植物魔法……ランク３　７点

設計、製造

知能　……ランク４↓10　45点
器用さ……ランク５↓10　40点
設計　……ランク１　１点
製造　……ランク１　１点

錬金術（地と水は右に同じでランク３、光魔法はすでにランク２なので除く）

風魔法……ランク１　１点
火魔法……ランク１　１点
闇魔法……ランク１　１点
錬金術……ランク３　７点

合成魔法（条件は錬金術で達成しているので除く）

合成魔法……ランク１　１点

計　１２６点

……毎日草むしりを頑張っても、およそひと月半ほどかかりそうだな。
しかし俺の〇門の安寧のためには、この戦に負けるわけにはいかないのだ！
頑張ろう、マジで頑張ろう。

◆◆◆◆◆◆◆◆◆◆

グリグリ……ブチブチ……バサバサ……ギロリ……ザッザッザッ……ふっふふふ〜ん♪

スタートダッシュからいきなりの挙動不審感満載で誠に申し訳ない。

何の音かって？

グリグリ（草を掴《つか》んで左右に振り回す）、ブチブチ（草の根っこが千切れる）、バサバサ（抜けた根っこに残った土をはたいて落とす）、ギロリ（それを真剣な眼差《まなざ》しで見つめる）、ザッザッザッ（開いた穴を埋める）、ふっふふふ〜ん（鼻歌）♪

どうも、完全なる不審者です。

教会&付属の養護院付近の草を駆逐し尽くしてしまったので、再び茂るまで街中の空き地や道端での草むしり活動を開始しました。

もうね、最初の頃のご近所の皆さんの怪訝《けげん》な眼差しが痛いのなんの。

いや、胡散臭《うさんくさ》そうに見られるだけだったらいいんだけどさ。

年寄りとかあれだぞ？　いきなり桶《おけ》で水ぶっかけてきたりするからな？

排他的というか何というか……まぁ見た目が見た目だから仕方ないって言えば仕方ないんだけどさ、せめて水より先に声を掛けるくらいしてくれないかな？

春先だったからよかったようなものの、冬場なら間違いなく凍え死んじゃうからな？　ちなみに着替えなんてものは存在しないので、その日は濡《ぬ》れそぼったままでの草むしりという平時からさらに不審者感五割増しで一日過ごしたさ。

いや、そもそもの原因である仮面を外せって話なんだけどね？　なんとなくこう……ちょっと気に入ってきた不思議。やっぱり呪われてるんじゃないだろうか、この仮面？

ちなみに年寄りだけじゃなく、普通のご家庭の子供達にも小石とか投げられるけど、気にしたら負けである。小さな怪我《けが》くらいなら自分で治せるしね？

でも将来的には覚えてろよ？　負け犬の遠吠《とおぼ》え再びである。

でも悪いことばかりでもないんだよ。養護院の周りで草むしりしてた頃と違い、

「お、坊主、今日も気持ちわりい面被ってるくせに頑張ってんな！」

「おっさんも昼間っから人殺してきたような顔で元気そうだね！」

知らない人との会話なども発生するので割と楽しかったりする。

ちなみにさっきのおっさんの服装。

「薄汚れた赤黒い染みのある革鎧《かわよろい》に、使い込んだ片手剣と小剣、背中と腰には赤黒い点々とした染みのある小汚い袋」

どう見ても山賊か破落戸《ごろつき》なのだが、あれでも立派な『探索者』なのだ。

Q：『探索者』ってなんぞ？

A：簡単に言えば迷宮《ダンジョン》専門の冒険者だな。

Q：えっ？　迷宮なんてあるの？

A：うん、王国内だけでも結構色んな場所にある。この北都だけでも三つあるらしいし。

Q：もっと詳しく！

A：知るわけねぇだろ！　こちとらハリスくんだぞ!?

「相変わらず口の悪いガキだな！　まぁいいや、ほら、残りモンで悪《わり》ぃがそろそろ傷みそうだからくれてやるよ！」

「おおう……いつもすまないねぇ……これで病気のおっかさんも少しは元気になるよ！　まぁ親に捨てられたから俺にお母さんとか居ないけどな！」

「どう反応しても俺が悪者になりそうな切り返しはやめろ！」

干し肉ゲットである！

ちなみにおっさん、干し肉が傷みそうなどと言っているがただの照れ隠しであり、本当に消費期限が近いわけではない。そう、このおっさん、いわゆるツンデレ親父《おやじ》なのである。

だってホントに古い干し肉は色がね、すごいことになるもん。サイケデリックな感じの色合い、そして変な汁が出て虫もわく。前の異世界で旅の途中に経験済みだから間違いない。

養護院？　あそこはほら、生肉も干し肉も肉っ気は一切ないから。でもたまに服から焼肉っぽい匂いをさせてるクソ司祭はいる。

「この恩は必ず、必ず来世くらいで俺の知人が返すからね！」

「ふんわりした恩返しだな！　てか来世は仕方なくてもせめて本人が返せよ！」

などと軽口で返すが、動物系タンパク質と塩分の濃い味が育ち盛りの少年には本当にありがたいです。帰ったらシーナちゃんとわけわけして食べるんだ！

そんな物持って帰っていぢめっ子に取られないのかって？

大丈夫、最近は妙に元気に活動してる俺を気味悪がって三人共不必要に近づいてこないもん。

つまりポケットに入れておけばそうそう見つからないのである。

てかさ、おっさんに初めて干し肉をもらった時、シーナちゃんにお裾分けしたら「おにく……」って呟《つぶや》いたかと思うと、涙を流しながらはぐはぐしてたからな？　正しく滂沱《ぼうだ》って感じで。

もらい泣きしちゃうから泣くな幼女、おっさんの涙腺は緩いんだ。

あと「わたし、ハリスのお嫁さんになってあげてもいいよ？」とか、干し肉一切れで心ほだされすぎだからね？

とりあえず「そうだね、大きくなってもお嫁さんの貰い手がなければ喜んでお嫁にきてもらおうかな？」って答えたら「こんな顔だもん、貰い手なんてあるはずないじゃん……」とかもうね……。

マジで隙あらば俺の心を折りにくるソードブレイカーも真っ青な性能のシーナちゃんである。

そして干し肉をくれるさっきのおっさん以外にも、ちょくちょく見かけると声を掛けてくれる人はいるんだ。

最初はこの見た目で敬遠されてたけど、毎日付近をうろうろしてるからね？

一応教会関係者と言えなくもないから、それが知れわたれば声を掛けてくれる人も増える。

もちろん草むしりの依頼なんだけどさ。軒先、店先、中庭などなど。

中には単純にパンなどをくれる人のいいおっちゃんおばちゃんなんかもいる。

爺《じい》さん婆《ばあ》さん？　前にも少し触れたが奴らは駄目だ、前と変わらず大多数が俺を見かけると排除する方向で動きやがるからな！

日本でも――おっと、この話を続けるのは危険がすぎると俺のファントムが警鐘を鳴らしている。

てか、草むしりの報酬やお駄賃で小腹がふくれるので、もの凄くありがたいです。

労働時間から換算するとビックリするくらいの低賃金なんだけどな！

時給ウン十円レベル。でも今の目的はお金稼ぎじゃなく経験値稼ぎだから！

前世であちらこちらと駆けずり回って、命懸けで魔物退治してた頃を思うと心底ラクラクでオキラクな経験値稼ぎなのである。

そして繰り返しになるが、ご飯を貰えるのホントにありがたいです！

シーナちゃんに次ぐ生命線《ライフライン》だもん。

もちろん持ち帰れるものは持ち帰ってシーナちゃんと半分こする。

そしてまた「わたし、ハリスのお嫁ｒｙ」うん、歴史は繰り返すんだ。

幼女の微笑みとか荒《すさ》みきった心が癒やされるよね。

こみあげるのは恋愛感情ではなく父性本能的な何かだけど。

最近少し暖かくなってきたからか、夜に水桶と手ぬぐいを持ってきたと思ったら、背中をはだけて「拭いて？」って言うのはおじさんどうかと思うんだ。ちょっと無防備すぎて将来が心配である。

うん？　俺の背中？　いや、俺は大丈夫だから、自分でできるから、拭いてくれなくていいから！

分かった、分かったから背中だけでっ!!　やたらと世話を焼きたがる幼女だった。

そんなこんなで、ブチブチと草むしりに励みながら幼女とイチャイチャ（？）しているうちにも日にちは過ぎてゆき……早ひと月ちょい。

俺がこっちに来た（来たという表現が正しいのかどうかは分からないけど）のが、聖暦三三八年の花中月の上小月の一の日（四月一日）。

そして今が、
花下月の中小月の六の日（五月十六日）。

毎日毎日子供と年寄りにそこそこの嫌がらせをされ、いびられながらも草むしりむっちゃ頑張った！　きっとあの人も感動して褒めてくれるはず！

そして今回の集計。前回スキルを上げてから溜まったポイントは『１２８』。

そう、いよいよである。とうとう『紙』が作れるようになるのだ！

辛かったよ……ク○ベラ生活……あれほど人間としての尊厳を削ってゆくモノはなかなか存在しないのではなかろうか？　いや、削るのは尊厳じゃなくてう○こなんだけどさ。ついでに○門も削られるし。

もちろん○門を魔法で治癒したのも一度や二度じゃなかった。そして小さな木片からはみ出した……いや、多くは語るまい。

余計なお世話だと思うけど、たまにシーナちゃんにもコッソリと回復魔法を掛けてたからね？

たぶんホントに大きなお世話である。

でもこの試練はきっと、異世界に迷い込んだ旅人の誰もが通る道だと思うんだ。

てことで、ポイントを振り分けた俺のステイタスがこちら。

レベル……0

HP……3
MP……3
体格……2
筋力……2
知能……10
魔術……1
器用さ……10
敏捷さ……2

相変わらずレベルが0なので、ステイタスの補正などは一切ないのがそれなりに不安要素である。

あと、増えてるのが知能と器用さだけなので、全体を表示する必要はなかった気もする。

いや、メインはスキルだから！　こっちは前菜みたいなものだから！

そう、例えるならばクラゲの和《あ》え物《もの》。ガッツリと油っぽい中華料理食いてぇなぁ……。

ちなみに俺はクラゲもピータンも食べられません。まだ若かった(日本に居た頃は高校生だった)からね？　好き嫌いが多くても仕方がないのだ。

気を取り直して……今回入手したスキルを加えた一覧がこちら。

属性魔法
光魔法ランク2、闇魔法ランク1、火魔法ランク1、水魔法ランク3、地魔法ランク3、風魔法

ランク1
補助魔法
　合成魔法ランク1、植物魔法ランク3
生産スキル
　設計ランク1、製造ランク1、錬金術ランク3、農作業ランク3
その他パッシブスキル
　毒耐性ランク2

　こちらは素晴らしい成長である。あ、ポイントの残りは2点しかない。

　六大魔法属性全部持ちとか、元勇者の俺をもってしてもテンション爆上がりである！　しかしよくよく考えてみると、前の世界では魔法使い全員が全属性使えたんだよなぁ……。

　でもこの世界だと全属性持ちなんて宮廷魔術師にも居ないんだよ？

　いや、自画自賛は後でもいいとして（するのは決定している、だって俺、褒められれば伸びる子だし）紙！　そう、紙なのだ！


　さて、ここで紙の作り方なのだが大別すると、
・コマンドワードを唱える。
・魔導板を開いて仕様を登録してそのまま生産する。
・魔導板に登録された内容をコマンドワードで実行する。

の三つになる。三つ目は先に仕様を登録しないといけないから実質二つになるのかな？

違いは何かといえば、簡単なのはオートのコマンドワードで応用が利くのはマニュアルの仕様の登録だ。……と魔導板に書いてあった。

いや、そもそも前の世界ではそんな便利なモンじゃなかったんだよ魔導板！　ただただステイタスの確認くらいにしか使わなかったし、機能的な物なんて何も使えなかったんだもん。

てことでものは試しとコマンドワードから試してみる。

「製造、紙、二十cm四方」

『原料が手元に存在していないため、MPの消費が大きくなります。また、魔術が低く、MPが少ないため実行すると人体に影響、高確率で体中の穴という穴から大量の血を垂れ流しながら死亡することになりますが、よろしいですか？』

「まったくよろしくないです!!　中止で!!　速やかに中止でお願いします!!」

凄まじいホラー映像になるだろそれ!?

逆になぜその条件で「よし、やれ！」って言うと思ったんだ魔導板……。

てかさ、今……喋ったよね魔導板!?

音声入力だけならまだしも出力までできるんだ？　すげぇな魔導板！

あれか？　乳とか腰とか尻とかそういう感じのやつなのか、魔導板！

ヘイ！　魔導板なのか！　それともオッケー！　魔導板なのか！

まぁ音声で注意してくれるのは非常に便利でありがたいからいいとして、問題は原料だな。

パルプとか必要なのかな？　それとも普通の木片とかでもいいのかな？

『草、花、木材、生花、枯れ木、落ち葉、ボロ布等々、植物素材なら何でも構いません。また生産スキルの使用時には時空庫の利用をオススメします』

時空庫かぁ……確かにあれば便利だけどさ。

Q：時空庫とは何ぞや？

A：いわゆるストレージとかアイテムボックスの別名だな。

Q：それって異世界転移者の標準装備じゃなかったのかよｗｗｗ

A：繰り返すがこちとらハリスくんだぞ？　そんなもの持ち合わせてるはずないだろうが！

そしてただ紙で尻を拭きたいだけなのに……凄まじく先が長いであります……。

いや、こんなところでくじけちゃいけない。だってハリスくんには前向きな心（脳天気な頭）しか持っているものがないのだから！　ホントに我が事ながら碌《ろく》なもんじゃねぇな。

そして時空庫は？　といえば……初期スキルには当然ない。うん、知ってた。

前段階で空間魔法がランク３以上いるんだ？　じゃあ空間魔法は……こちらもない。

光魔法ランク３、闇魔法ランク３、風魔法ランク３が必要と。

光魔法と闇魔法は納得できるようなそうでもないような感じなんだけどさ、風魔法はなぜ必要なの？　いや、別にいいんだけどね？

体中の穴から血を垂れ流すのも嫌だからＭＰと魔術も上げておくべきだろうし、またひと月はおあずけか……。

拭きてぇなぁ、尻むっちゃ拭きてぇなぁ。

もちろんちゃんとした歯ブラシで歯も磨きたいし、風呂にも入りたいし、そもそもご飯をちゃんと食べたいんだよっ!! 着てるものも酷《ひど》いもんだしさ。

衣食住の全ての満足度が低すぎて、礼節が裸足《はだし》で逃げ出すレベルだもん。

街作りゲームならとっくに住民が逃げて更地になってるはず。

ってことで、次の目標に必要なポイントである。

余計なこと考えだしたら辛くなるからね? 特に外食のメニューとか。

MP　……3→10　49点
魔術　……1→10　54点
光魔法　……2→3　4点
闇魔法　……1→3　6点
風魔法　……1→3　6点
空間魔法……3　7点
時空庫　……1　1点
計　127点

えっと、前回よりも必要ポイントが多いんだけど?

それもほとんどMPと魔術のステイタスアップに使う感じだし。

でも、大丈夫、多いといってもちょこっとだけだから！

またひと月頑張ればいいだけだもんね？

◆◆◆◆◆◆◆◆◆◆

季節はそろそろ初夏とも言える実上月の……面倒だから六月二十七日でいいよね？

草むしりで稼いだ小銭で、シーナちゃんと二人で買い食いデートなどを挿《はさ》みながらも稼ぎましたポイント、その数１３０点（前回の余り含む）。

てかさ、俺って小汚くても一応はお金を持ったお客さんじゃないですか？

それなのにそこそこの確率で屋台で買い物しようとしても、追い払われるんだよね……。

いや、分からなくはないんだよ？　どう贔屓目《ひいきめ》に見ても裕福どころか一般家庭のお子様の格好じゃないし、俺は呪いの仮面姿だし？　俺一人なら仕方ないで済ませるもん。

でもシーナちゃんがそのたびに悲しそうな顔をするんだよ。お前ら、そのうち何らかの仕返しをしてやるからな！　と心に誓ったから覚えとけよ？　相変わらずふわっとした仕返しである。

もちろん普通に接してくれる、むしろおまけしてくれたお店などもあったんだけどさ。

……そして日本に居た頃までを振り返って考えても、まともなデートってこれが初じゃないだろうか？　精神的にはアラサーのおっさんの初デートの相手が十二歳の女の子ってどうなんだ？

うん、深く考えるのはよそう、そう、ポイント、やっとポイントが溜まったのだ!!

時空庫をランク２にしたことでポイントの残りが１になった以外は予定どおりに全てスキルを取

り基礎ステイタスも上げて、もちろん時空庫に材料の草も放り込んで——いよいよ紙の生産である！

前回のように「死にます」みたいな警告が出ると怖いので、今回はコマンドワードではなく素直に魔導板を開いて詳細を入力していくことにした。

えっと、どうしたら『記憶の中にある品物に関しては、そこからある程度の品質のフィードバックが可能です』……そうなんだ？　マジ有能すぎるだろ魔導板、いや敬意を込めて魔導板さん！

今の俺よりも間違いなく有能だぞ、魔導板さん！

さっそくトイレットペーパー（六十mロール）を登録。

……白いとちょっと目立つかな？　深緑とかにできるかな？　大丈夫？　ならそれで。

迷彩柄のトイレットペーパーとか自衛隊でも使ってないだろうなぁ。

ああ、製造にはMPが足りないと。駄目じゃん！

何か方法は『ロールタイプではなく、一枚単位での製造をオススメします』……じゃ、じゃあそれでお願いします。痒《かゆ》いところに手が届くこの応用力、マジでベストパートナーすぎだろ。

ちなみにティッシュペーパータイプのトイレットペーパーは落とし紙って言うんだぜ？

「てことで完成しました、トイレットペーパー改め落とし紙！　長かった……ここまで超長かったよ……尻の痛みに耐えることふた月。もちろん毎回治療してたけどさ」

現状だと生産量は一日に二十枚程度なんだけどね？　これは製造スキルのランクを上げればどうにかなりそう。もちろんMPとか魔術とか知力とかも上げる必要はあるだろうけど。

それでも紙の生産が可能になったのは大いなる成長ではないだろうか？

てか普通の紙を作ったらそれなりのお値段で売れそうだよね？

商人とか商店に一切のコネクションがないから現状では無理な話なんだけどさ。

この勢いで次は歯ブラシ、そして歯磨き粉、さらに石鹸《せっけん》とシャンプー。

どんどん夢が広がるな！

まぁ石鹸もシャンプーも当分使い道はなさそうだけど。

井戸端を泡だらけにしたら何事かと思われるもん。


ああ、今さらだけどたまによく分からない年月の単位が出てきたよね？

上とか下とかいう感じの。

この国（というかおそらく近辺の国々も？）ではひと月は三十日、一年は十二ヶ月で三百六十日となっている。

一週間（七日）という区切りはなく、十日が三回でひと月だな。

最初の十日が上子月《かみこづき》以下中子月《なかこづき》、下子月《しもこづき》と続く。

季節も花（三月〜五月）、実（六月〜八月）、穂（九月〜十一月）、種（十二月〜二月）で季節ごとに上中下の三ヶ月で分かれており、例えば四月の十三日なら花中月の中子月の三の日となる。

……が、俺は面倒なので四月の十三日でいこうと思う。

もちろん他の人と話す時は、ちゃんと花中月の中子月の三の日って言うけどね？

ちなみに新年は普通に一月一日、種中月の上の一の日である。

トイレットペーパーも生産可能になり、精神的に少し余裕の出てきた初夏。

うん、もうすでに初夏なのだ。

何が言いたいかというと……すでにそこそこ部屋の中が暑い。だってここって閉め切られた物置部屋じゃないですか？　風の循環がまったくないんだ。一方で酸欠を起こすほどの気密性もない。

これ、真夏になったら命に関わるんじゃね？

脱水症状起こして暑いのに、冷たくなってたとか嫌すぎるんだけど……。

最低限でも扇風機、できればクーラー、最良は暖房もできるエアコンが是非とも欲しい。

欲しいのだが。

「スキル的には魔道具制作スキルがあるんだけどなぁ。それよりも材料ってか素材がまったく何もないからなぁ……」

うん、無理だ。だって限りなく無一文に近い貧乏なんだもん。素材の調達が採集するか拾ってくるかしかないからね？　植物素材以外はどう頑張っても集めようがないのである。

どうしよう？　風魔法が使えるんだから延々と風魔法を使って風を循環させる？　……どう考えても魔力的に無理だな。そしてこの方法では一切涼しくはならないし。むしろサウナの中を団扇《うちわ》で扇《あお》いだみたいにさらに蒸し暑くなる可能性も？

なら水魔法で水を作り出して桶か何かに溜めておく……水を出すだけなら魔法じゃなく井戸を使えばよくね？　そして常温の水を置いといても大して気化しないだろうから、あまり意味がないだろうなぁ。

……なら水の温度を下げればいいんじゃね？

いや、むしろ最初から氷を出せばいいじゃん！

『氷魔法を使用するには水魔法ランク3、火魔法ランク3、合成魔法ランク3が必要です』

ああ、氷は水魔法の範疇《はんちゅう》じゃなく上位スキル扱いなんだ？

てか氷魔法なのに火魔法？　温度的な関連は火魔法の範疇なのかな？

でも条件的にはそんなに難しくないよね！　三日もあればポイントも溜められそうだしさ。


てことで四日後に氷魔法をゲット（三日じゃ少し足りなかったよ……）して、氷を部屋に設置……したら溶けて水浸しの大惨事になるので、煉瓦を作ってそれを氷魔法で凍らせることで最低限の結露で抑えることに成功。地魔法、初のお役立ちの瞬間である。

床は適当にその辺に転がってるよく分からないモノを下に敷いておけば問題ないだろう。

氷魔法のランクを上げることで長時間低温を維持できることも分かったので一安心である。

これ、商売になりそうだな。小銭稼ぎにしかならないだろうけど。

魔道具さえ作れるようになれればもっと稼げるのに！　いや、売る所がないんだった。

あとさ、俺の部屋がなんとなく涼しいことに気付いたシーナちゃんがさ、夜になるとさ、来るようになったんだよねぇ……。

そして俺と同じベッド（という名のただの木の台）で一緒に寝るんだよ。

この子、勝手に部屋（女の子ばかりの八人部屋らしい）を出てきて大丈夫なのか？

そもそもくっついて寝たら少々部屋が涼しくなっても暑いからね？

それでなくとも子供は体温が高いんだからね？

さて、そんなこんなで一生懸命に草むしり——夏場は雑草の季節なのでお声掛けも多くて小銭もそこそこ稼げたので、十日に一度くらいはシーナちゃんとの買い食いなんかも挿みながら——頑張って頑張って頑張って……気付いたら秋である。

まぁ養護院に夏らしいイベントなんてないからさ。

海水浴？　海まで往復すると徒歩でふた月以上掛かるみたいだし。

この国で海があるのって東の果てだけらしいもん。

じゃあ川とか湖？　いや、別にそんなに泳ぐことにこだわりないよ？　そして大都市（一応ここ、北部の中心なんだ）の近くの川とかそこそこの水質汚染があるから絶対に入りたくない。

バーベキュー？　うっすいスープとかったいパンと傷んだ芋くらいしか食えないのに、そんな贅沢な食べ物がここで出るはずなかろうが。

うん、実に寂しい夏であった。もちろん春も寂しかったんだけどさ。

でも経験値はいっぱい稼げたし、シーナちゃんともそれなりに遊べたし、何の問題もないだろう。

むしろこれ以上を求めるのは贅沢ってもんなのだ。少しでも気を抜いたら死ぬ世界なのだから。

いや、一般人はそこまで厳しくはないんだけどさ。現状の俺、ど貧民レベルだからねぇ。

暗い話にしかならないので身の上話はこれくらいにして、『秋』なのである！

むしろ秋真っ盛りである！

暦で言えば十月一日、キリのいい感じだな。

ああ、ここまで溜めたポイントはとりあえずステイタスにオール・インした。

だってＨＰとか低いままだと蛍並みにすぐ死んじゃいそうだったんだもん。

蛍、蟬《せみ》以上に明るい人生を送ってるイメージないよね。本人は光ってるくせにさ。

繰り返しになるけど、色んな意味で自衛ができないと貧乏人は生きていけない世界なのだ。

マジ世知辛いよね……。

「てかどうしてそんなに秋にこだわるんだよ？」ってお思いの方もいらっしゃるとは思いますが、秋の次は当然冬が来るんだよ？

なにを当たり前のことを大げさに……まぁそうなんだけどさ。

冬、賢明なる諸兄の皆様ならばすでにお気付きだと思われるが冬といえば寒い、そして雪が降る。そして諸兄と皆様で微妙にかぶっている。

特にここはキルシブリテ王国でも北部にある北都プリメル。他の大都市よりも秋が短く冬が長いのだ。

つまり何が言いたいかというと、これまでのルーチンワーク、草むしりによる経験値稼ぎ＆小銭稼ぎが通用しなくなるのだ。

いや、これ、マジで死活問題なんだよ？　それでなくとも冬場ってカロリー溜め込まなきゃならない季節なのに収入源がゼロ、経験値もゼロ、当然余剰カロリーもゼロなのである。

流石冬、草も生えないとはこのことだな……。

そう、この現実を乗り越えるため、早急に、早急に対策を講じなければならぬのだ!!

どこかに草むしり以外で経験値が美味しくて、小銭が稼げるお仕事ございませんかっ!?

てなわけで、草をむしりながら街中で何かできることはないかと必死に探してはみたんだけど……早々に見つかるはずもなく。

そもそも、子供でもできるような仕事は普通のご家庭の子供に割り振られているので、小汚くて胡散臭い俺みたいな者の出番などないのだ。ん？　探索者組合？　もちろん行ってみたさ。でも年齢制限に引っかかった。十五歳未満お断りだとさ。

普通に考えたら子供が迷宮に入っても足手まとい以外のなにものでもないから仕方ない。

しかし、捨てる神あれば拾う神あり、灯台下暗し大正デモクラシー。

お仕事、見つかったのである。そして大正デモクラシーについてはいくらなんでも使い古されすぎた安易な返しだったと反省している。

この養護院、運営は教会がしているってのは言った……よね？　たぶん言ったんじゃないかな？言ってなかったら今聞いたってことでよろしく。

改めて、そう、ここは教会の運営なのである。教会、平たく言えば宗教施設だな。

で、教会のグッズ売り場……とは絶対に呼ばないだろうけど、神社とかお寺さんでいえば、お守りとか破魔矢とかを売ってる所ってあるじゃないですか？　そこにあるタリスマン……は素材が金属だから無理だけど『神様の像』的なモノなら、地魔法で焼成煉瓦を作って削り出せば作れそうじゃないですか？

むしろ彫刻スキルを上げちゃえば製造スキルで作れるかもしれないんだけど、それだと楽はできても経験値稼ぎにはならいんだよなぁ。

とりあえず最初は彫刻刀の貸し出しをむっちゃ渋られたけど、頼み込んで一体彫り上げたわけよ。

余ってるポイント全部器用さに放り込んで！　お陰さまで器用さが12になりました。

それでもだよ？　大人でもステイタスが10を超える人間なんてそうそう居ないんだから、ちょっとした彫刻家顔負けレベルの神様の像ができあがったんだ。

で、それを神官のちょっと偉いっぽい人、たぶん司祭様のところに持っていって、

「これ、大銅貨一枚で引き取ってもらえます？」って聞いたら、

「お前は神の世話になっておきながら、奉仕するのではなく対価を求めるなどウンたらカンたら（意訳：無給で働けクソガキ）」と言い出したから、

「ああ、じゃあいいです」って床に叩《たた》きつけ……ると、迷惑になるから土くれに戻して消し去った。

他人に迷惑を掛ける行為は駄目、絶対。

いや、俺が地魔法を使えることくらいはどっかに、ここに預けられた時に書類にでも書いてあるだろうに、土くれを消したくらいでそんなに驚いた顔しなくてもいいと思うんだけど。

てかさ、養護院の運営をしてるのは教会だけど、お金を出してるのはご領主のキーファー公爵閣下だよね？　食事の質とか考えたらこいつら絶対に中抜きもしてるよね？　いつもほったらかしで晩ご飯の時に形だけのお祈り程度しかしてないのに、信仰心とか上がるはずがないと思うんだ。

しょうがない、教会で買い取りしてもらえないなら最悪どっか他所《よそ》様で肉体労働でもするか……と思っていたら翌日の朝、昨日の司祭様に呼び出された。何かと思ったら、

「しょうがないので、大銅貨一枚で買い取ってやる」とか今さら言いやがるので、

「そうですね、大銅貨三枚でならお譲りしますよ？」って答えたらまた、

「お前は神の教えというものがナンたらカンたら（意訳：いいから黙って働け）」って話になった

ので、そのまま礼だけして部屋から出ていこうとしたら、

「わ、分かった、分かったから作れ！」

うん、こうして交渉はまとまったわけだ。

あと司祭様、子供相手だとしてももう少しちゃんとした言葉遣いで話さないと、俺みたいな転生者が根に持って後々何らかの仕返しをされるかもしれないよ？

さて、前置きが少々長くなってしまったが、俺の新しい経験値稼ぎ&小銭稼ぎの方法『神様の像』の彫刻である。

クソ坊主《クライアント》の注文としては女神様（というか聖女様）の像をご希望とのことだ。お金さえ出してもらえるならば細かい指定も受け付けております。

「てか誰だよ聖女様……」そうだね、いきなり知らない人が出てきたら困惑しちゃうよね。

『聖女様』『キルシブリテの光の聖女』『キルシブリテ三大美女の一人』とも呼ばれる美少女なんだけどさ。

ああ、キルシブリテの三大美女には俺の知ってる女性も含まれている。

そうだね、ハリスくんの初恋の女性と書いてストーカー相手と読むリリアナお嬢様だね。

いかん、少し思い出しただけで俺の中のハリスくんの部分（やわらかいばしょ）がキュッとなってきた。

話は戻って聖女様、お名前は、

「フィオーラ（お名前）・ガイウス（お父上）・プリメル（北都）・キーファー（家名）」

貴族様のお名前なんてそうそう出てこないから、ついでに名前の法則まで説明する俺、有能。

お名前からも分かるように、聖女様と呼ばれるフィオーラ嬢は貴族の御令嬢、それもこの街のご領主様である公爵閣下の娘さんで、公爵令嬢という御令嬢の中の御令嬢、超御令嬢なのだ！

なぜ俺がそんな雲の上のお姫様のことを知っているのか？

それは俺の火傷痕を消してもらう予定だった人だからである。

もちろんお名前は知っていてもお顔を見たことなどはない。

ちなみに火傷痕の治療費用、金貨で一千枚なり。王家と侯爵家に貰った慰謝料全額だな。

聖女様と呼ばれていることからも分かるように、彼女は高位の回復魔法の使い手なのだろう。

……いや、言いたいことは色々あるけど、今は気にしないでおこう。

いくらなんでも見たことがない人の顔に似せろとか無茶《むちゃ》ぶりもすぎると思うんだけど……あ、教会に肖像画があるんだ？　公爵令嬢の肖像画が教会にある理由は一体なんなのだろうか？　聖女様なんて呼ばれてる女性だしそんなものなのだろうか？　謎である。

そして案内された奥の間でフィオーラ嬢の肖像画とご対面……はっきり言ってもの凄い好みである。金髪の超美少女を妄想した集大成！　って感じだろうか？　情報的にはなにも含まれてない例えだな……。

でもこれは流石に画家が盛りすぎだろう。惜しむらくは少女っぽい感じなので、もう少し年齢が上であれば言うことなしなんだけどなぁ。追加で十歳くらい。

そんな女神像という名のフィオーラ像の彫刻なのだが、草むしりよりも高効率なのが判明した。

教会の片隅で女神像を彫刻（信仰心スキルと彫刻スキルと芸術スキル）しながら賛美歌（歌唱スキルとデュアルタスクスキル）を歌う。鼻歌だけど。たったこれだけの作業で草むしりと同等、いや、移動などで時間の浪費がない分これまでよりも効率よく経験値が稼げるのだ！

泥団子は完成しないと経験値が増えないのに、女神像は彫刻中も経験値が入るとか地魔法使い、もしかすると神様に嫌われてるんじゃなかろうか？

あ、信仰心については教会の片隅ってことが重要なのか、部屋で彫刻しても上がらないみたいだった。もちろんあんな昼でも暗い所で作業したいとは思わないけどさ。思ってもできないともいう。まだまだＭＰも低いのにわざわざ魔法の明かりを灯《とも》すとかしたくないし、（主にシーナちゃんに）色んな魔法が使えるってバレそうだし。

煉瓦製そのままだと脆《もろ》くなりそうなので完成品の仕上げのために『硬化スキル』と『付与スキル』をランク３まで上げてみた。

まぁ硬化スキルにどれほどの効果があるのか、効果時間は果たしてどの程度なのかは不明だけど気は心とか言うしね？　これで冬になっても経験値は安定、小遣いは驚くほどの大幅アップである。


女神像を彫りまくっている最近の日々、思ったよりも快適に過ごしている。

毎日外に出てた春夏に比べれば少々どころかかなり不健康そうな生活を送ってるけど、まだ若いしさ、肩こりなんかも……結構あるけど治癒の魔法でなんとかかんとかやりすごせるしさ。

ここで支給されてる服、冬の外出には向いてないんだよなぁ。想像してほしい、浴衣レベルにうっすい古着を着て、旅館のトイレにあるカランコロンを素足に履いて、雪の中を走り回る姿を。

てかさ、俺の彫ってる女神像、かなりの売れ行きで即日完売状態みたいだ。経験値は稼ぎたい、でも子供があまり大量に作るのもおかしい……ってことで凄まじく細部にまでこだわった作りになってるからね？　もちろんスカートの中のパンツまで彫ったりはしていないので念のため。多くても一日に五体までと決めてるし。いや、それはそれで多いのか？　基準が分からん……。

『教会の片隅の床に座り込み、賛美歌を歌いながら黙々と神像を彫り続ける仮面姿の少年』

なかなかに神秘的な姿ではないだろうか？

もし俺が夜中にトイレに行こうとして廊下で出会ったら、間違いなく恐慌状態に陥ると思うけど。

ぶっちゃけ平日に教会にお祈りに来るような信仰心の厚い篤志家さん達にとても受けが良いらしいんだよ。

それに実演販売よろしく、目の前で女神像を彫っている姿を見ることもできるので、

「こんな子供が大人顔負けの神様の像を彫り上げることができるだと？　これはもう何かしらの神様の奇跡に違いない！」

なんて勝手な勘違いをしてくれるみたいで非常にありがたい。信仰心のかけらもない（いや、スキル経験値が増えてるからないとも言い切れないのかな？）俺なので、神様に申し訳なさを多少は感じないでもないが……誰も損はしてないしいいよね？

そして教会の収入はもちろん評判にも貢献しているらしく、俺に対する教会及び養護院関係者の大人の評価が大幅に改善された。

……教会なんていう規律に世界一厳しいであろう場所のはずなのに。お金で大人の態度がコロッと変化するとか心の底からドン引きである。神様も助走をつけて飛び蹴りカマしてくるレベル。

まぁ地球であろうが異世界であろうが、どんな宗教団体でも上にいこうと思えば大金が動くしある程度は……ね？

まぁその分例の三人組（ヒョロ・コブト・チビタ）以外のよく知らない年上の子供達にまで絡まれるようになったんだけどさ。ほら、貧民的には小銭とは呼べない額を毎日稼げるようになったじゃないですか？　だから俗に言うカツアゲとかされるわけですよ。

そんな連中にお金を渡すのかって？　渡すわけないじゃないですか……。

こちとら毎日頑張ってすでにステイタスがそのへんの大人よりも上になってるんだよ？　毎食パンを半分ずつちぎり取られていた腹ペコハリスくんはもうどこにも居ないのだ！　いや、空腹に関してはそこまで改善されてないわ。育ち盛りだもんね！

じゃあどう解決するのか。至極簡単である。閉じられた子供の世界でものを言うもの。

それは腕力《パワー》と暴力《バイオレンス》である！

相手を説得？　そんな無駄な時間を浪費するのは真っ平御免なのだ。

絡んでくる奴は全員ぶん殴るという、

「お前、前世は勇者なんじゃないのかよ!?　子供殴るとか……正気か？」

と、疑われそうな理屈もへったくれもない反撃で潰していくだけの簡単なお仕事。

もちろん前もって体術スキルと格闘スキルをランク3まで上げたのは言うまでもない。両者の違いはよく分からないんだけどさ。「避け方と殴り方」みたいなイメージで取ってみた。

倫理観？　泥棒にかける慈悲など果たして必要なのだろうか？　子供だろうが大人だろうが悪いことをしたらそれなりの罰を与えるのに躊躇《ちゅうちょ》はいらないと思うんだけどなぁ。カツアゲ、軽い感じに言い換えてるけど、暴力で人のものを奪うんだからただの強盗だからね？

また臨時収入（女神像の売上分）があろうがなかろうが、養護院の食事に変化などは一切なかったことを追記しておく。

てかさ、彫刻を始めてしばらく経《た》つとさ、今まで無視されてた知らない女の子が何人か親しげに声を掛けてくるようになったんだよね。

もうコレ完全に「見てくれはアレすぎるけど、手先は器用だしその齢《とし》で売り物になるレベルのもの作れるなら将来食いっぱぐれなそう」という計算と打算で目をつけられたよね？

たまにシーナちゃんと買い食いした帰りのお土産のおすそわけで、おやつの差し入れしてるのもあるかもしれないけど。

男？　自分で稼いで食え。世の中遊んでる人間が施してもらえるほど甘いものではないんだ。

でもさ、知らない女の子が近くに来ても、どこからともなくシーナちゃんが現れて追い散らしちゃうんだよなぁ……幼くとも女の子ってことなのかな……怖い怖い。

そしてシーナちゃん、冬になってからもなぜだか他の部屋より暖かい俺の部屋に来て一緒のベッドで寝てるんだけど……抱き枕扱いするのはそろそろ止めてほしいんだけどな？

ほら、全然成長はしてないけど一応女の子だからね？

最近は一緒にそこそこまともな食事（買い食い）にありつけてるので、細すぎた体に多少のお肉も付いてきて、柔らかくなってきたと言いますか何と言いますか……。

◆◆◆◆◆◆◆◆◆◆

そして冬が過ぎ、春が来て、夏になり、秋も終わり……いつの間にか月日も流れ去り俺が十四歳になった年明けの二月である。ざっと二年ちょい経ったわけだな。長かったのか短かったのか。

いや、特にセンチメンタルになるような出来事は皆無なんだけどさ。

一度俺の貯《た》めている――と言ってもシーナちゃんと二人分のご飯代に使ってるからそれほど貯まってもないんだけどね？　あと二人の下着も買い替えたし。その残りの小金を盗もうとして部屋に忍び込んだ三馬鹿が養護院から追い出されかけ、土下座して泣いて謝る頭を俺が思い切り踏みつけただけで許してやったりなどの心温まるエピソードもあったんだけどさ。

言わずもがな、お金は時空庫にしまってるから部屋には何も置いてはいなかった。あいつらむっちゃゴミをひっくり返して探し回ったみたいで、騒がしくしすぎて見つかったらしい。

やはり馬鹿である。でもこれ、世間体がよろしくなかったんだよなぁ。

『子供の頭を踏みつけながら、口元に笑いを浮かべる仮面の少年』

あの時は流石のシーナちゃんもちょっと引きつった顔してたもん。

俺にも言い分はあるんだよ？　だって何らかの罰を与えないと本当に追い出されそうだったんだよ？　仕方なく俺が泥をかぶってやったのだ！

本当だよ？　決してこれまでの鬱憤を晴らしたわけではないのだ。

そこそこの量の鼻血も出してたし、下手したら鼻の軟骨も折れてたかもしれないけど。

てかさ、二年以上も毎日毎日女神像を彫り続けるって一日五体だとしても延べ三千体以上彫ってるよね？　そんなに大量の需要があるのか？　って思うんだけど……案外あるらしい。

最初のうちは北都内の信者さんが買ってくれてたみたいなんだけど、そのうち行商の人なんかも買っていくようになり、どちらかといえば常時品不足なくらいだったもん。

段々と器用さも上がっていったから作品の質もある程度は抑えて作っていたにもかかわらず上がってたしさ。

俺が受け取る工賃が大銅貨三枚。教会の土産物コーナーでの売値が最初は銀貨三枚。最近は大銀貨一枚。教会側は作品を受け取って並べるだけの簡単なお仕事で結構な儲《もう》けになってるはず。

ていうかさ、この国の通貨の単位。日本円と比べると少しだけややこしいんだよなぁ。


暫定的に銅貨一枚四十円と仮定するとして……なぜ五十円ではなく四十円なんて半端な額なのか？　計算がしやすいからだよ、言わせんな恥ずかしい。日本円換算なんて概念的なモノなんだからあまり深く気にしてはいけないのだ。

・銅貨　……一アズ　（四十円）
・大銅貨……十アズ　（四百円）　※大銅貨が五枚で銀貨一枚
・銀貨　……一デナリ　（二千円）
・大銀貨……五デナリ　（一万円）　※大銀貨が五枚で金貨一枚
・金貨　……一アレウス（五万円）
・大金貨……十アレウス（五十万円）

よほどの高額でもなければ、基本デナリ銀貨（大銀貨含む）で取引されてる……らしい。

そしてアズ、デナリ、アレウスという正式名称は今後出てくることは……おそらくない。

だって普通に「それなら銅貨〜枚ね！」で通じるんだもん！

てかさ、切り上がるのが五枚か十枚かで揃えてくれと小一時間。

いや、そんなことはどうでもいいんだ。少なくとも三馬鹿のやらかしなんていつものことで、振り返るだけ無駄な事柄だから。そして教会が稼いだからといって俺達には何の還元もされないしね？

そう、ハリスくんは前向きな心だけが取り柄なのだから、過去を振り返ることなんてしないのだ。能天気万歳！

てかアレだよね？　十一歳でこっちに来てから足掛け三年柿八年。柿は無関係だな。

昔、俺が日本に居る時に読んでたような物語、いわゆる『内政チート物』とかだと俺の境遇、無役の準男爵家の三男でもそろそろ子爵くらいには叙爵して、伯爵家の御令嬢とキャッキャウフフしてるレベルの年月だよね？　むしろモノローグが入って老後まで飛んでるかもしれない。

なのに現実だと毎日毎日同じ作業の繰り返し、鉄板で焼かれてないだけまだマシ、ほんの少し成長してれば御の字、むしろ状況が悪化してないことを神に感謝しなければいけないという。

現実に夢がなさすぎて涙が出そうなんだけど……。

でもほら、俺にはやりなおしスキルがあるから！　頑張った、今日までもの凄く頑張ったよ！『死なない』をスローガンにステイタスも上げた！　スキルも上げた！　そしてレベルも上げた！

その結果がこちら。

レベル……10
ＨＰ　……30

ＭＰ……30
体格……30
筋力……30
知能……30
魔術……30
器用さ……30
敏捷さ……30

まずステイタスなんだけど、そこそこ頭のおかしい数値になってた。

30ってステイタスだけでも人類通り越してるからね？　ミノタウルスすら子ども扱い。俺が勇者してた時ですら基礎値が30平均とかなかったもん。

その上さらにレベルアップ加算値《ボーナス》である。レベル１で一割、レベル２で二割、レベル３で三割と累積していくので、レベル10だとステイタスにプラス５５０％のボーナス値、数字にすると合計で『１９５』になる。俺が初めてステイタスの確認をした時１（１・１）しかなかったステイタスが30（１９５）である！

一騎当千は無理でも一騎当百、この国の兵隊さんなら素手でもいけるのではないだろうか？

いや、慢心はよくないな。そう、この程度で油断してはいけない。

でも観察眼で調べた警邏《けいら》してる衛兵さん、平均レベル５以下なんだよなぁ。

続きましてはスキル。

属性魔法
光魔法ランク5、闇魔法ランク5、火魔法ランク5、水魔法ランク5、地魔法ランク5、風魔法ランク5、氷魔法ランク5
戦闘スキル
体術ランク5、格闘術ランク5
補助魔法
合成魔法ランク5、植物魔法ランク5、時空魔法ランク5、時空庫ランク5、硬化ランク5、観察眼ランク5、鑑定眼ランク5、魔眼ランク5
生産スキル
設計ランク5、製造ランク5、錬金術ランク5、農作業ランク5、付与ランク5
その他
毒耐性ランク5

そしてポイントの残りが　818点
818点ってもの凄く多いように見えるけど……それほどでもなかったりする。
欲しいスキルが見つかったらすぐに取れるようにしてるってのもあるけど、10から11のレベルアップには足りないし、ステイタスを上げるにもまんべんなく振り分けようとすると、たいして増やせないという……。

レベル10から11にするのに1000点超えるからね？　必要ポイント。

まぁ残しておかなくても欲しいスキルができたら、その時に使ってないスキルのランクを下げればいいだけなんだけどさ。一度手に入れたスキルを下げるのはなんとなく寂しいじゃないですか？

これだけお世話になっておきながらやりなおしを否定するような物言いだなこれ。

スキルのランクは全体的に5まで上げた。だってランク5まではポイント的にお安いからお得感半端ないもん。言い換えると6以降は高すぎてやってられん。

増えたスキルは『観察眼』に『鑑定眼』に『魔眼』。

全部同系統のスキル、むしろどう違うんだソレって感じだな。

ほら、他の人のステイタス、どうしても見ておきたかったからさ。

確認しておかないと自分がどの程度『弱い』のかが分からなかったからね？

敵を知り己を知ればばって昔の人も言ってたし、情報は大いなる力なのだ。

そしてあちらこちらで人間観察した結果がどうだったかといえば「この国の兵隊さん及び探索者はそれほど強くない」である。

ステイタスで『10』を超える人はまったく居なかったし、レベルも『5』あれば高い方、最高でも『8』の人が探索者に一人だけだった。

……いや、大丈夫なのかこの国？　むしろこのレベルの兵士しかいない国が滅んでいないということは世界的にもこんなものなのだろうか？

結構長い間戦争も起きてないようだしそんなもの……なのかな？

最初の異世界だと普通にレベル20を超えてる冒険者もゴロゴロいたからね？　戦争略奪、村や町が滅ぶのも日常茶飯事。完全に世紀末じゃねぇかその世界……。

ちなみにステイタスが最初から『10』でレベルが『8』の人間の補正込みステイタスは『44』であるが、途中でステイタスが上がったなら補正値の効率は最初から数値が高かった人間より下がってしまう。

うん、仮に同レベルの人間が居たとしても現状のステイタス『30（195）』ならそうそう負けようがないな。

ああ、話は戻るけどこれらの眼系《め》スキルの違いであるが、観察眼はほぼ魔眼の下位互換って感じで使い勝手はよろしくない。

ならなぜ取ったのかといえば……もちろん魔眼の習得に必要なルートスキルだったから。

品物を鑑定するそのものズバリの鑑定眼も魔眼のルートスキルではあるが、こちらは用途が違うので役に立つ。品物の品質などが分かるから。

逆に魔眼（及び観察眼）で分かるのは生き物のステイタス（植物は鑑定眼スキルの方だし他も要検証ではあるが）だな。

魔眼ランク5、見つめた人物の名前、年齢、出身地、レベル、ステイタス、スキル、こちらに対する敵意まで見ることができる凄いやつなのだ。

てか魔眼、見つめた相手を魅了したり石化させたりってイメージが強いんだけど、今のところ特にそういった力はなさそうで少しだけ残念である。

第二章　魔法一発金貨一千枚の女

ステイタスのことはこれくらいにしとくとして最初の話に戻る。もちろん三馬鹿のことではない。

そう、新年の話だな。

いや、もうすでに二月になったんだけどさ。

そもそも新年とはいっても「神に仕えるものは贅沢《ぜいたく》を慎むべきである」とかいう理由で養護院の食事が豪華になることはまったくない。もちろんお年玉などは存在しない。教会関係者の服からはとてもいい匂いが漂ってるんだけどね？　むっちゃ酒臭い奴《やつ》とかも居たし。

むしろ新年以外でも年間を通して食事の質が下がることはあっても、上がることなどこの三年で一度たりともなかったからな？　刑務所でもお節っぽいものが出るらしいのに。

まぁ俺はシーナちゃんと色々食べてきたんだけどな！

最近は街でも俺がそこそこ小銭を持ってると認識されてきているので（教会で彫刻してる姿を見た人もいるだろうし）、昔は嫌な顔で追い払われてた屋台なんかも愛想が良くなった。

もちろんそんな店では何も買わないけどね？　そう、俺の心は猫の額よりも狭いのだ。

いや、今は新年のご飯もどうでもいい話なんだよ。

そう、俺、今年で十四歳になったんだよね……。

『ハリス、十四歳の春』って言うといかがわしい妄想を掻《か》き立《た》てる映像作品《イメージヴィデオ》のタイトルみたいだな。

いや、二月に入ったばっかりだしまだまだ春じゃなくて真冬真っ盛りなんだけどさ。北都近隣、十一月から三月終わりまでは普通に寒いもん。

まぁあれだ、俺が十四歳ってことは……一つ年上のシーナちゃんは十五歳になったわけで。

何が言いたいかと言うと、

『シーナ十五歳夏、卒業』うん、完全にいかがわしい。間違いなく尻とか丸出しでバランスボールとか乗っかってバウンドしてるはず。

この養護院、十五歳になると夏までに働き先を見つけて出ていかないといけないんだよ……。

うん？　初耳？　だって他の子が入ってこようと出ていこうと俺には何の関係もなかったしさ。

最近は小金目当てに近寄ってくる女の子も居るけど。基本的には老若男女問わず嫌われ者だったからね？　俺。見た目的なもので。それでもお面は外さない、そう、絶対にだ!!

同じ屋根の下で暮らしてたのにシーナちゃん以外に冷たすぎる？　それは……そうかもしれないけどさ。特に俺が他人にできることもなければ他人が俺にしてくれることもないんだから、お互い様ではなかろうか？

もちろんこの三年で世話になったごくごく少数の人達《たち》には、機会があればなんらかの恩返しはしようと思ってるけど……今の俺ができることなんて何もあるはずがなく。

まぁその辺は追々と。してもらったことは忘れない。そしてされたことも忘れない。因果応報、自業自得、目には目を、歯には歯を！　の、精神なのだ！

それで、シーナちゃんなんだけど……一応働き口はすでに決まってるんだ。この養護院からは少し離れるけど『大蟻の巣』って呼ばれる迷宮近くの宿屋の下働き。

もちろん宿屋という名のいかがわしい何かじゃないよ？

一階が飯屋兼酒場、二階三階が宿泊できる部屋になってるごくごく一般的な宿屋。この世界に来てから宿に泊まったことなんてないので、本当にその営業形態が普通なのかは不明である。

まぁいかがわしいお店じゃなくとも、自由恋愛という名の金銭を伴う恋が発生しないとはいえないんだけどさ。日本にだって――うん、この話もなんとなく危険を伴いそうなので控えておこう。

そもそもこの国では春をひさぐのは法律で禁止されていないのだ。

俺も（二人の間に金銭が介在してもいいから）優しそうな綺麗《きれい》なお姉さんと恋がしたい！　とかそんなこんなはさておき……シーナちゃんである。

正直もの凄《すご》くお世話になった。この三年間精神面の支えになってくれたってだけじゃなく、身の回りのお世話も甲斐甲斐《かいがい》しく、嫌な顔……もたまにされながらもしてくれたからね？

もちろんお世話といってもいかがわしいヤツじゃなくて、洗濯とか掃除とか背中を拭いてもらったりとかだからね？　……おっさんが少女に背中を拭いてもらう行為は、それはそれでいかがわしいよな。でも見た目同年代だからセーフ！

そしてそろそろ『いかがわしい』がゲシュタルト崩壊しそう。

もしシーナちゃんが居てくれなければ……俺の性格が今の五倍ぐらい捻《ひね》くれたモノになっていたであろうことは想像に難くない。

なので、できれば彼女がここから出ていく前に恩返しとして、彼女の顔の火傷《やけど》痕くらいはどうにかしてあげたい。

出会った頃から前髪で隠れてなかったお顔の部分は結構愛らしかったのだが、成長してさらに可愛《かわい》らしくなったので、火傷痕部分が少々痛々しく見えてしまうから。

ん？　聖女様が大金を貰《もら》って癒やすような傷跡を治療できるのかって？　もちろんできるさ、スキルがあれば。いや、あればもなにも、すでに光魔法がランク5もあるんだから治療系上位スキルの回復魔法を取るまでもなく治せるんだよ。

ならどうしてとっとと自分もシーナちゃんも治療しないんだよ！　って話なんだけどさ。

治療しちゃうともの凄く目立っちゃうからなんだよねぇ。

昔、少し触れたけどフィオーラ様（肖像権ガン無視で量産してる女神像のモデルの聖女様）の話が出た時に俺の火傷痕の治療をしてもらう予定だったたって言ったの覚えてるかな？

昔じゃなくほんの少し前に話題に出てる？　確かに。

そう、回復魔法を使えるであろう人間はそこそこ居るのに、この程度（火傷痕）の治療ができる癒やし手が聖女様なんて呼ばれて、金貨一千枚もお布施が必要な世界なのである。

いや、あくまでも前の異世界の魔法だと簡単に治せてたってだけの話で、魔法のない世界から考えると十二分に凄い話なんだけどさ。

そして俺とシーナちゃんが居るこの施設は教会が管理している養護院なんだよね。そう、腐っても、もとい、腐っていても一応は宗教施設なのだ。

そこで生活していた子供の火傷痕がいきなり消えたりしたら、「神様の奇跡だ!!」などと金の亡者ども（教会関係者）が大騒ぎすること請け合い。

Q：そんな状況で、俺がシーナちゃんの治療をしたことが知られたらどうなるでしょうか？

A：囲い込まれていいように使い倒されて飼い殺しになります。

明るい未来が何一つ想像できねぇ……。

いや、それでもここの職員、ナマグサ司祭とその仲間達がもっと真面目で真摯な人間だったら考え方も少しは変わってたと思うんだけどね？　別にお仕事として癒し手《ヒーラー》になるっていうのも悪くない選択肢だもん。

でも骨の髄までアレだからなぁ。俺が領主なら教会ごと取り潰してるレベルだよ？　外面は取り繕ってるだろうし、俺が知らないだけで善良な教会の人間も居るんだろうけどさ。

ここでの俺の生活に掛かった費用なんかは、女神像の売上で虎の体に孔雀《くじゃく》の尾が生えたほど返済してるし？　特にこれといってシーナちゃん以外の人間には恩も義理も感じていないし。

そんな俺が教会に囲い込まれる？　はっ、何の冗談だと。

腹の上にぶんぶく茶釜乗せて、茶を沸かした後に火薬詰めてふっとばすぞ？

訃報：タヌキさん、いわれのない巻き込まれ事故で死亡！

ちなみに自分の治療だけなら何の問題もないんだよ？　だって俺の顔が治っても火傷する前の顔をこの街の人間は誰も知らないもん。むしろ自分自身も元の顔を知らないくらいだからね？

教会の外で治療してそのままこの養護院に戻らなければ気付かれようがないのだ。まさに完全犯罪。いや、悪いことは何もしてないけどさ。

うーん……いっそのこと二人で駆け落ちでもするか？　いやいやいや、流石《さすが》にこの歳《とし》、中の人じゃなくハリスくん換算だと十四歳だしさ、女の子の一生を背負うとか流石に重すぎる。

そもそも恋愛経験ほぼ皆無なんだよ、俺。青春真っ盛りの時期に勇者なんてしてたし。

そんなこんなで色々諦めてシッ○ールタのような心境に至った俺だもん、女の子と二人きりの生活とかまた胃を痛めちゃうこと請け合い。

シーナちゃん。三年近く一緒のベッドで寝起きしてたし？

もちろん男女間のアレやソレは一切ないんだけどね？　嫌われてはいないとは思うけど「なら好かれてるのか？」って話になると何とも言えない。そう、当時のシーナちゃんは俺の他に選択肢がなかっただけ。そもそも外見コレな男と一緒に居たがる女の子なんて居ないだろうさ。

うん、余計なこと考えてると心がダークサイドに落ちそう、無心《コーホー》、無心《コーホー》。

よーし、父さん今日もいっぱい女神像作るぞー！

「へぇ……あなた、なかなか器用なものですね？　というかそれはリリアナなのかしら？　でもそっちにあるのは……」

やらかした。

ボーッとしてたら、いつもの女神様の像じゃなくてリリアナ様の像を彫っていたらしい。

Q：えっ？　リリアナさん？　誰？

A：お爺《じい》ちゃん、結構名前だけは登場してるでしょ！　ハリスくんのストーカー相手の王国三大美女。侯爵家のお姫様よ！

ふとした拍子に思い出しちゃうのは元ハリスくんの中の人の残照なのか。チッ、ダークサイドじゃなくハリスサイドに引っ張られてしまっていたか！　完全にストーカー再びである。

でもほら、ハリスくんの記憶にあるリリアナ嬢、少し幼いけど絹糸よりもサラサラと柔らかく輝く銀色の髪、透き通るように白くくすみ一つない肌、優しさを具現化したような微笑《ほほえ》み、小ぶりだが自己主張をするとても形の良い胸部《おっぱい》。

うん、自分では一度も会ったことがないのに鮮明に思い出せるというこの気持ち悪さ。

てかこんなモノ、他の人に見られたらぁっっっっっ⁉

いやいやいや、あれだよね？　今さっき声……掛けられたよね？　それもリリアナ嬢を知っている＆呼び捨てで呼べる程度には親しそうな人に。

振り返っちゃ駄目だ、振り返っちゃ駄目だ、振り返っちゃ駄目だ。

無。——そう、無になるのだ——無理だな。

いや、無理じゃない！　諦めるな！　もっと熱くなれ！　そして弾《はじ》けるんだ！

集中してるフリをして無視してれば、そのうち居なくなるはず！

たとえ居なくなったところでなんの解決にもなってないんだよなぁ。

首から「ギ　ギ　ギ」と音がしそうな、ゆっくりとした速度で見上げると、そこには……、

「あ、一発金貨一千枚の女」

いやいやいやいや！

いやいやいやいやいやいや‼

どうして追い打ちでヤラカシてるんだよ！　馬鹿かよ俺‼

あとあんまりイヤイヤ言ってると、古い時代の邪神様とか呼び出しちゃう！

あれは「いやいや」じゃなくて「いあいあ」だったか？

俺の見上げた先に立つ人物。

お高そうな、毛羽立ち一つないワインレッドの外套《がいとう》を纏《まと》い、頭巾《フード》を被《かぶ》っていたとしてもその光り輝くような美貌は隠しきれず、少し稚気なきょとんとした顔でこちらを見つめる『超スーパー(SS)美少女』。

外套の中に右手を入れると……薄紫に染められた、おそらく絹製の扇子を取り出し、音をたてながら「バサッ」と広げてその口元を覆う。

てかいきなり懐に手を入れるのとか止《や》めてくれるかな？　刺されるかと思って体が白血球並みの防衛反応を起こしちゃうからね？　美少女って気付いてなかったら右手掴《つか》んで投げ飛ばしてるとこだぞ？

「ふっ、ぷふっ、くふふふくふっ……」

「ええっと、何と言いますか、ほら、あの魔法がですね、そう、昔回復の魔法をお願いする機会があったようななかったような？　そこはかとなくお姫《ひい》さまをぞんじあげてありおりはべり？」

「ちょっ……ちょっと……まって……あったのかしら、なかったのかしら、どっちなのよ……ふふっ……ふふふふふふふふふ」

何がツボに入ったのか分からないが、笑い続ける美少女。

「いや、あの、なんといいますか、お初にお目にかかりますといいますか、いや、そうじゃなく、本当にご無礼仕《つかまつ》りましたぁぁぁぁぁ!!」

「ぶふっ！　ふっ、くふっ、ちょっ、ちょっと、どうして飛び上がったのかしら、この子……くるし……ふっくっ」

俺氏、あぐらをかいて彫り物をしていた状態から見事にジャンピング土下座をかます。例えるなら空気でピョンピョン跳ねるカエルのおもちゃ？

しかしまぁ何と言いますか、お笑いになられているお顔がとてもお美しいですね。てか大丈夫かなお嬢様？　お腹《なか》抱えたまま呼吸困難引き起こしてるけど……。

それから十分ほどが経過。なんとか息を整えられたお嬢様と改めてご対面。むしろそっと立ち去ろうとしたら、お付きの騎士様にガッチリと右腕を掴まれてむっちゃ睨《にら》まれた。

てか騎士様、女騎士様だったんですね。引き締まった体に紫がかった黒髪のショートカット、俺のことを睨みつける瞳の力強さからも伝わるように性格は少々キツそうだけど、この人もかなりの美少女である。

なんかこう……むっちゃテンション上がる！　そう、女騎士はこうでなくちゃいけない！　アレだよね？　ア○ルとか弱いんだよね!?　……いかん、落ち着け俺。

「お嬢様、この者の私を見る目がすこぶる気持ちが悪いです」

「誤解です、騎士様！　気持ちが悪いのは目ではなく俺の全てです！」

「ごふっ……」

うん、これまでに出会った女騎士イコール「オークｏｒトロール？」「あっ、今はお腹空《す》いてないから要らないです」みたいなどちらを選択しても何の得もない、人かどうかも怪しい連中しか見てこなかったからちょっとね？　性的な目で見つめちゃってごめんね？

そしてちょっとした自虐ジョークでまたお嬢様が呼吸困難に陥りかける。

はたまた女騎士様に睨まれる俺。

「くっ……殺せ！」

「いいだろう、望みどおりこの場で手打ちにしてやろう」

「殿中でござる！　殿中でござる！」

様式美でいらんことを言って、危うく刃傷《にんじょう》沙汰とか勘弁してつかぁさい。

あとこの場合の『殿中』の殿は神殿の殿であるかもしれないし、違うかもしれない。

そしてさらに十分が経過。お嬢様、明日は筋肉痛で腹筋がヤバいことになってそうだな。

てか冷静になると、少々どころかかなりはっちゃけちゃった俺。

だって女騎士様のノリがいいんだもん、仕方ないじゃん！　こんな感じのノリで話せるのなんて数十年ぶりだったんだもん！　横でお嬢様が爆笑してくれるモノだから、日本人としてはついつい乗っちゃうよね？

改めて最敬礼の形を取り、挨拶する。最敬礼、アレな『斜め四十五度』のヤツな。俺は○京○三が好きだったけど。流石に片膝を突いた挨拶は、このお面を被った顔ではカッコがつかないのでやらない。そもそもお面を外さないのが失礼？　お面は俺のアイデンティティなのだ！

「改まりましてご挨拶をさせていただきます。このような場所でお姫《ひい》さまのご尊顔を拝し奉ります栄誉に浴しましたること。身に余る光栄にございます」

「あら、これはご丁寧……なのかしら？　はじめに見た時から気になっていたのだけれど、その仮面は……いえ、ごめんなさい、なんでもないわ。ご丁寧なご挨拶痛み入ります。失礼ですが私《わたくし》、あなたのお顔を拝見したことがございませんの。お名前を伺ってもよろしくて？」

「下賤《げせん》の身なれば名乗るのも烏滸《おこ》がましくはございますが、ハリスと申します。お姫様」

「ハリス……ハリス……どこかで聞いたことが……というか先ほどのリリアナの像……ああ、あなた、もしかしてリリアナのお知り合いの、あのハリスかしら？」

流石に「顔、見たことあっても仮面と火傷で見分けつかなくね？」とは言わない。

今さらすぎる気もするけど、ちゃんと空気は読まないとな！

そして『あの』がどのなのかもの凄く気になるけど、おそらくは碌《ろく》なモノじゃなさそうなので聞き返すことはしない。そしてその御令嬢のお知り合いというか、元ストーカーです。

てか隠れて「何してんのあいつ？」って顔でこっちを観察してるちびっこ連中と教会関係者、見てないで助けろ。

「ふふっ、そう……今日は新年の礼拝がありますので、ご挨拶だけにさせていただきますわね？」

「はっ、お急ぎのところお時間をお取り頂けましたこと、心よりの感謝を申し上げます」

胸元に手を添えてお辞儀する俺。お互いにちゃんとした貴族のご挨拶をして離れる。

どうやら色々な失言失敗失態は見逃してもらえたようだ。

てか女騎士様には完全に目をつけられたみたいだけど、是非も無し。もしかしたらここから恋に発展なんてこともないとは限らないもんね？

ああ、そういえばさっきの超美少女についての情報がまったく出てないな。

まずお名前はフィオーラ様。

そう「フィオーラ・ガイウス・プリメル・キーファー公爵令嬢」その方である。

俺が女神像のモデルにしてる肖像画の御本人様だな。

てかさ、肖像画、いくらなんでも忖度《そんたく》しすぎだろうと思ったら全然そんなことはなかった。むしろあの程度の画家では、まったく彼女の美しさを表現しきれていなかった。

歳はたしか俺より四つ年上で、御年十八歳……だったはず。

結婚したとは聞かないからまだ未婚だと思う。むしろ婚約したとも聞かないから上級貴族にしてはそこそこの行き遅……ゲフンゲフン。

いきなりのご本人様登場とか、ちょっと心臓に悪いので控えていただきたいんですけど。

澄んだ月光のような美しさのリリアナ嬢の銀色の髪と対を成すような、真夏の太陽の光のように輝く金色の髪、見つめられただけでひれ伏してしまいそうな神秘的なアイスブルーの瞳、そして全てを受け流すようなその貧……賓乳。

うん、どう考えても恋愛物語ならメインヒロイン待ったなしだな。

まぁ、俺の好みはお付きの女騎士様だったんだけどな！

是非とも、あのきつそうな瞳で蔑んだ顔をして罵ってもらいたいものである。

……別に俺、M的な嗜好《しこう》はなかったはずなんだけどなぁ。

◆◆◆◆◆◆◆◆◆◆

さて、フィオーラ嬢との邂逅《かいこう》という名の初エンカウントから早くも……一週間。そこまで時間は経過してなかった。

何が楽しいのか分からないが、俺の作業の見学という名の邪魔をしに来るのもこれで三回目。

本当にマジで勘弁して？　作業が進まないと大切な経験値が稼げないのっ！

毎回そんなに長時間滞在するわけじゃないからいいんだけどさ。

でも教会関係者にやたら注目されるから非常に面倒臭いのも事実。

「ふぅん、それであなたならそんな時はどうするのかしら？」

そして、俺が作業中とか一切気にせずに話しかけてくるのもどうかと思うよ？

何なの？　この子、俺に興味持ちすぎじゃない？

行ったことないけど、このクラスのお姉さんが隣に座ってお話ししてくれるような超高級なお店に通おうと思ったら、お幾ら万円掛かるのだろうか？

まぁ俺、下戸の下戸だからお酒を飲むお店とか行かないんだけどさ。

そして、それほどの下戸でありながら酒に走った前世……。

「そうですね、当日は家にこもって天候の回復を待ちますね。どうせ見回りに出掛けても何もできることなんてありませんし、間違いなく翌日には通り過ぎてますから」

何の会話をしてるのかって？

今のお題は「野分（台風）がきた時、心配になって畑を確認しに行くのは是か非か」というどんな流れでそんな話になったのかまったく不明な内容の問答である。

ちなみに前回の一発金貨一千枚の女発言に関しては快く（？）許してもらえた。

相変わらず女騎士様にはガッツリと睨みつけられたけどな！

もうね、ホントにいいよね！　女騎士様！　などと邪な感情を迸《ほとばし》らせながら見つめてると、剣の柄に手を掛けられるんだけどね！　この女騎士、殺《や》る気満々である。

いまだに名前も聞いてない、いや、「少し前に出会った彼女の名前を僕はまだ知らない」けど。

なぜ言い直したのかは本人にも分からないから、聞かないでくれると嬉《うれ》しいです。

てかさ、フィオーラ嬢、話す時は俺の顔をジッと見つめながら話すんだよ。座ってる高さが違うし俺は彫り物をしてるから目は合わないんだけどさ。

大火傷してから追い出されるまでは家族ですら目を逸《そ》らしてたのに、普通に微笑んで話してくれる。俺はお面を被ったままなんだけどさ。

何なの？　この国の三大美女って見た目が美しいだけじゃなく全員心も美しいの？　天使なの？

もしも中身ハリスくんのままなら懲りずに歴史（ストーカー行為）が繰り返されてたからね？

もちろんシーナちゃんもお話ししてくれるんだけどね？　あの子も間違いなく天使だな、うん。

あまり関係はないけど三大美女のあと一人は王族、本物のお姫様なのでどう間違えても出会うことはないだろう。

あー、残念だわー、ここまできたら制覇したかったわー（棒読み）。

まぁ公爵令嬢（フィオーラ様）と侯爵令嬢（リリアナ様）も、一般人はお話しするどころかお顔を拝謁する機会さえないのが普通なんだけどさ。

いや、リリアナ嬢はこちらからお屋敷に出向いた時に偶然にも運良く（悪く？）会えただけなんだよな。それを考えるといくら自家の領地だと言ってもフィオーラ嬢のフットワーク、軽すぎじゃないだろうか？

この見た目でじつはお転婆《てんば》さんなの？　あん○つ姫的な？　ジョ○トイしちゃう感じ？　それあ○みつじゃなくだ○みつだな。いや、だ○みつも確かにジョ○トイしてるけど本家は別の人だった。

女騎士様ならなんかこう、稽古中に変なコケ方とかしてジョイ○イしちゃいそうだけど。

特に何もしてないのに俺の中ですでにポンコツイメージが確立してる可哀相《かわいそう》な女騎士様であった。

あ、フィオーラ嬢が来た後はシーナちゃんの機嫌が少し悪くなるのがちょっとだけ可愛いと思いました。


そんな日常が続くようになって……そろそろひと月。

シーナちゃんの火傷痕の平和的解決方法はいまだに見つかっていない。

もういっそ外に連れ出して治療したらそのまま俺だけ消えちゃおうか？　などと考え出した今日この頃。流石に投げやりがすぎるな。

そして相変わらず三日と空けずに顔を見せるフィオーラ嬢。これはもう通い妻と言っても過言ではないのではないだろうか？　うん、間違いなく過言だな。

繰り返しになるけど彼女は光の聖女様やキルシブリテの聖女様と呼ばれる公爵家の御令嬢。つまり一般人がお目にかかるなんて、そうそうできない雲の上の存在なわけで。

そんな人が最近は度々と教会を訪れている。何が言いたいかというと、

「今日もお参りの人が多いですね」

全部あなたが来てるからなんですけどね？

あ、そこのおばぁちゃん、フィオーラ嬢を拝む時、ついでで俺を拝むのは止めてね？

一応（？）一回死んでるからね、俺。現状ハリスくんに取り憑《と》いた霊体みたいなものと言えなくもないから、拝まれたら何かのはずみで成仏しちゃうかもしれないし。

人が多いとか言いながらも、騒がしい周りのことに我関せずなのは流石に上級貴族の御令嬢ってところか。教会の隅っこの地べたで彫刻にいそしむ俺を見下ろすように椅子に座り話しかけてくる。

もちろんミニスカートなんて御令嬢が穿《は》くわけがないので、パンチラなんてものは一切ない。素足でもないので踝《くるぶし》すら見えていない。ガードの堅い女性はとても好感が持てると思います！　でもちょっとくらいは見たかったというジレンマ。

いや軽い気持ちで見ちゃったら物理的に首が飛んじゃうだろうけどさ。

まぁ一般参拝者が多くても女騎士様が威圧（威嚇？）してるから、ある程度の距離からこっちに近寄ってくるような人は居ない。お貴族様に近づくのはそれだけで命懸けの行為でもあるのだ。

そして最近フィオーラ効果で俺の彫った神像も毎日早々に売り切れ御免らしく司祭様もホクホク顔だ。いつの間にかお値段も大銀貨二枚に上がった。俺に払われる卸値は変わってないんだけどな！

まぁ派手な格好の偉そうな爺さんが喜んでようが凹《ヘコ》んでようが、むしろ生きてようが死んでようが心の底からどうでもいいんだけどな。でも売れ行きがいいのは何となく嬉しかったりする。

「貴方《あなた》とこうして話すようになってから、そろそろひと月になるわね」

「そうですね、少しだけ暖かくなりましたけどまだまだ寒いですよね」

北海道とまでは言わないけど、北陸程度の寒さはある北都周辺。お嬢様は上等な外套で暖かそうだけどさ、俺は結構寒いんだよ？　てか「オジョウサマはジョウトウなガイトウ」ってちょっとラップっぽい。カタカナだからそんな気がするだけ？　せやな。

金銭的にぼちぼち貢献してるからこれでもまだ上等な部類の古着を回してもらってるんだけどさ。貯《た》めた小銭で下着は買えても、服まで買うのは蓄え的にまだまだ厳しい。食費にも消えちゃうし。

そして多少質が上がったとしてもたかが庶民、否《いや》、貧民の古着である。寒いものは寒いのだ！

だからといってあまり厚着すると、それはそれで腕周りとか動かしにくくなるのも難点。

それでも最近風邪を引いたりしないのは毒耐性を上げてウイルス系にも強くなったからか、それともステイタスが上がってるから、抵抗力（セービングスロー値）が増えてるからなのか。

俺がおバカだからってのはないと思いたい……。

「あなたってこう……何も変わらないわよね」

「えっ？　いきなり何の話ですか？」

着衣で貧富の差を思い知らされ少しいたたまれなくなった俺に、いきなりフィオーラ嬢が声を掛けてくる。

なんなのこの子、付き合って半年くらい経《た》った彼女みたいなこと言い出したんだけど？

あれだよね、この後続けて、

「そんなつまらない人だと思わなかったわ」とか、

「最近気になってる先輩がいるの」とか、

「私達もう……別れましょうか？」とか言われる展開だよね？

いくら相手が美少女でも、交際どころか告白もしてないのに先回りして振られちゃうとか、そこ斬新な展開じゃなかろうか？

……まぁ俺は年齢イコール彼女いない歴のピュア拗《こじ》らせ中年だから、全然ダメージなんてないんだけどな！

でもハリスくんには婚約者も居たことだし、中の人の恋愛経験もリセットされてると言ってもいいと思わない？　この際シーナちゃんのことを彼女だったって押し通すのもアリだな。

いわゆる「困った時の幼女頼み」である。最近肉付きもよくなって、幼女じゃなく見た目は少女になってきてるんだけどね、シーナちゃん。でもいまだに一緒に寝たがる甘えたさんのままなので幼女で差し支えない気がする。

「ほら、私《わたくし》ってこれでも公爵令嬢で聖女様じゃない？」

「お、おう、自分でソレ言っちゃうのはそこそこの面の皮だと思いますが……まぁそうですね」

その二つがなくとも超美少女で性格も良いとか、神様の依怙贔屓《えこひいき》も極まれりって感じだけどね？

椅子から立ち上がり、俺の前に屈《かが》むとこちらを覗《のぞ》き込《こ》むように見つめるフィオーラ嬢。

やめろ、その攻撃（真っすぐな視線）は俺に効く！

なぜならば惚《ほ》れてしまう危険があるからだ！　だってピュアボーイなんだもん。

「ちょっと浄化《ターンアンデッド》されちゃいそうなんで、あんまりこっち見ないでもらっていいですかね？」

「あなたはゾンビか何かなのかしら……」

「死にぞこないって意味では似たようなモンじゃないですかね」

取り憑いちゃってるみたいなモノだから、むしろもっと凶悪な感じの何かのような気がしないでもないけど、他人に害は及ぼしてないので退治はされないはず。

……マジで心優しい幼女が近くに居なかったら凶悪な感じの何か、現在のハリスではなく暗黒ハリスになってたかもしれないからな。

そしてこっち見ないでって言ってるのに、なぜ眼力強く見つめてくるのさ、この子。美人のジト目ってほんっとに攻撃力高《たけ》ぇなおい。

「私達、このひと月でそこそこ仲良くなったじゃない？」

「そんな恐れ多い」

「そんな私に何か頼みたいことはないのかしら？」

「そんな恐れ多い」

「ぶつわよ？」

我々の業界ではソレをご褒美と呼ぶんだぜ？


頼みたいことねぇ……。あやかりたいとか、かねかりたいとかそういう感じの？　いや、別に養護院《ここ》を出たら普通にお金は稼げるしな、俺。

手に職万歳！　でも真面目には働きたくないでござる……。

ステイタス的には空前絶後の芸術家だろうと目指せる力のある子なんだよ俺。金儲《かねもう》け以外には芸術にも美術にもなんの興味もないけどさ。でも教会の奥にあったフィオーラ嬢の肖像画、あれよりもこの女性《ひと》の魅力を伝えられる絵を描いてみたいかも？

そして……特に仲良くなってはいないんだよなぁ。どちらかと言えばそれなりの距離を置いてるはずなんだけど。

だってたまたま奇妙な遊び道具というか、奇怪な生物《UMA》を見つけた大貴族のお嬢様の暇つぶしに付き合ってるだけだしさ。

そうとでも思わないと……マジ惚《ぼ》れしちゃいそうになるくらいには良い子なんだよなぁフィオーラ嬢。もしも年齢があと五歳上だったら……いかんいかん、もっと自重しなければ。

あ、でも俺が好きなのは女騎士様だからね？　安心してね！　と目で合図を送ったらいつもどおり睨み返された……解せぬ。

しかしアレだな、リリアナ嬢に横恋慕したハリスくんのこと、笑ってられないな。

だってさ、暇つぶしとはいえ超美少女が日を置かずに会いに来てくれるんだよ？　ちょっとくらい勘違いしても仕方ないじゃない、DTだもの。

ん？　前世（前異世界）で娼館《しょうかん》とか行かなかったのかって？

勇者がそんなトコ行けるわけないじゃん。そんなことは誰も気にしてないのに見られてるって思い込む程度には自意識過剰だったしさ……その結果脛ではなく心に大怪我《おおけが》しちゃったんだけどな！

完全に黒歴史以外の何物でもないなコレ。もちろん悪い方向で。

まぁ、いい意味での黒歴史なんて存在しないだろうけどさ。

「どう？　思い当たることはないのかしら？」

「んー……特にコレといって思いつかないんですけど」

「なぜ思い当たらないのか逆に理解に苦しむのだけれど……ほら、あなたのその淀《よど》んだ目に映ってるのは聖女様よ？」

「金貨一千、あ、ほっへはをうまうのはやめへくらひゃい、ちみにいらいれす」

お客様！　いけませんお客様！　あーお客様！　キャストの体に触れるのは禁止されております！　YESロリータ！　NOタッチ！　でございます！

俺、ロリータじゃねぇし、そろそろショタも卒業だけどね。

仮面の下に指を入れてホッペを引っ張るとか、なかなか器用なお嬢様である。

うん、そこまで聖女様を前面に推し出されたら、言いたいことは猿でも分かるだろうけどさ。

でもそれをあなたに、知り合ったばかりの優しい少女を利用するように頼むのは違うと思うんだ。

「どうしたのよ、なんでそんな困ったような顔をするのよ……」

「えっと、なんというかですね」

頭の中を少しだけ整理してからそれを言葉にする。

「この怪我って自業自得の結果だと思うんですよね。言うなれば賭け事でこしらえた借金みたいな。それをお金持ちの友達ができたからこれ幸いとお金貸してくれない？　って言うのは少々図々《ずうずう》しすぎると思いませんか？」

「特に思わないわね。利用できるものは死体でも利用するのが貴族だもの。そしてあなたは私《わたくし》が想像していたよりも面倒臭い性格だとは思ったわ」

「おっかねぇなお貴族様!?　面倒臭い奴の自覚は自分でもあります」

「自覚があるなら直しなさいよ……」

ハリスくんの能天気さに侵食されて、これでも随分マシになってるんだよなぁ。

でも性格的なものはこれ以上どうしようもないんですけど？　……などと考えていると、

「ふふっ、ハリスは私《わたくし》のことを友人だと思ってたのね？」

もう一度「そんな恐れ多い」って言おうと思ったけど……はにかんだような、今までで一番自然な美しい笑顔をこちらに向けてくれるフィオーラ嬢に何も言えるはずもなく――てか声が出せなくなるような笑顔ってどれだけの破壊力なんだよ……。

ホント浄化されちゃうから止めて！

後で思い出したら絶対に恥ずかしいから！　ベッドの上で転がりまわるはめになるから！

「それで話は戻るんだけど」

「あ、ここからまた戻っちゃうんすね……」

流石上級貴族、押しが強い。

その後少しすったもんだがありまして。もちろんみんな大好きおっぱいの話ではないからな？

「じゃあこうしましょう、俺がお姫さまから個人的に金貨を一千枚借り入れするってことで」

「何がじゃあなのかまったく理解はできないけれど、あなたがそれで納得できるのならばもうソレでいいわよ……」

司祭様に羊皮紙と筆記用具――羽根ペンとかいうクッソ使い難《にく》いヤツ。でも羽根ペンって一度インクに浸したら想像以上の文字数が書けるんだぜ？――を用意してもらい、金貨一千枚の借用書を用意する。

友人だからこそ、こういう証文は大事。

まぁそれ以前に友人から借金するのがそもそもどうなのかと……堂々巡りになっちゃうのでいったん置いておくが。

てかさ、金貨一千枚、この世界の一般労働者や農家なら普通に働いても数十年、むしろ死ぬまで働いて返せるかどうかの金額を、まともに就労すらしてもいない子供が借りるとか、貸す方も含めお互いにどうかしてるとしか言いようがない。あとハゲ司祭がドン引きしてた。

まぁフィオーラ嬢は貸したとは思ってないかもしれないけど……。

借りたものはちゃんと利子を付けて返す！　もちろん恩も仇《あだ》もな！

それがこの厳しいけど優しい人達も居る異世界で、

『三度目のやりなおし』をさせてもらってる俺のジャスティスなのだ。

第三章　聖霊の友

そしてあれから三日後。

ん？　いきなり何の話かって？　いや、火傷痕《やけど》の治療の話じゃん……。

えっ？　特にそんな話してなかった？

いやいやいや、むっちゃしてたよね？

「知り合ってからひと月も経《た》つのに、どうして私《わたくし》にお願いしてこないのか？」とか、「なら俺がお金を借りて治療費をお支払いしますので、後払いでお願いしてもいいですか？」とか。

「分かりにくいわ！」って？　お互いに分かったようなふりをして、後々何かあればごまかせるように核心には触れないのが貴族の会話なのだ。

いや、俺とあの女性《ひと》の会話はそんなんじゃなかったんだけどさ。

まぁ俺にも色々とあるんだよ。……色々とさ。

てか「魔法使うだけなのに、当日じゃないんだ？」うん、俺もむっちゃそう思った。

フィオーラ嬢が使うのは光魔法の治癒術（俺も○門の治療で大変お世話になりました！）、それも聖霊の力を借り受けて使う儀式魔法らしい。

「えっ？　火傷痕の治療をするだけなのに、儀式魔法なんて大げさなものが必要なの？」

前の世界の魔法事情とは結構かけ離れてるので、俺も頭の上に疑問符がいくつか並んだけどさ、簡単に言うと、

「聖霊様の力の片鱗《へんりん》を使わせてもらってる魔法をさらに強化してブーストさせるために、聖霊様ご本人に手助けしてもらうことでより強力な術を使う」

そのために準備と儀式が必要らしい。なるほど、よく分からん。

聖霊様の力を借りて魔法を使ってるのに、さらにその上から聖霊様の力に頼るとかどういうことなんだよ……。いや、むしろ属性魔法って聖霊魔法のことだったんだ？　説明を聞いても疑問がさらに追加されて頭がこんがらがっただけだよ。

たぶん俺のスキルの取り方って、この世界の魔法の法則とは随分かけ離れてるんだろうなぁ。方法がどうであれ、結果的に魔法が使えてるんだからどうでもいいんだけどさ。うん、今日も前向き（おそらきれい）なハリスくんであった。

てかそもそも『聖霊様』ってなんなんだろう？　と、もの凄《すご》く気になったのでフィオーラ嬢のステイタスをこっそりと覗《のぞ》き見《み》してみる。

ふむ、流石《さすが》超上級貴族令嬢だけあって全体的に一般人より数値が高いな。

特に魔法関連（MP、知能、魔術）は全部10を超えてるし。

身長体重スリーサイズ……見てないから、俺は何も、バストサイズなんて見てないんだからねっ！

大丈夫、成長の余地はあると信じてこれからも強く生きてほしい。

いや、今大切なのはおっぱいじゃなくてスキルなのだ。

こちらも礼儀作法に弁舌、武術系まで色々とある。そして聖霊様に関係がありそうなのは光魔法ランク2と……あ、たぶんこれだよね？『聖霊の友ランク2』ってやつ。

てか聖女様って呼ばれてる割に光魔法のスキルランクが高くないな。そもそも光魔法で火傷痕の治療をするにはランク2じゃ無理だよね？回復魔法ならランク2でもいけるだろうけど。

ああ、だからこそ用意がいるのか。使うのが回復魔法じゃなくて光魔法だから儀式による強化が必要ってことなのか。納得した。

ちなみに光魔法や回復魔法だけじゃなく、水魔法や植物魔法でも治癒系の魔法は使えたりする。むしろ火傷系の治療には水魔法の方が優秀だったり。

まぁ、水魔法では火傷したばかりの傷の治療はできても火傷痕を消すことはできないんだけどさ。

てか聖霊の友なんてスキル、初めて見たんだけど？

……むっちゃ気になるよねこれ。

決して人間の友達が居な……少ないから聖霊の友達が欲しいとかじゃないいんだからねっ！

てことでものは試しと上げてみることに。こんな時のための貯金（余剰ポイント）なのだ。

ランク1……フィオーラ嬢の頭の上に薄《う》っすらと蜃気楼《しんきろう》のような気配を感じる。

あれが聖霊様なのかな？

なんとなくここにいるよーって感じだけで、見た目はただのモヤモヤなんだけど。

ランク2……蜃気楼のような透明なモヤが白く光り出した。

うん、なんとなく神々しい気がしてきた。光ってる場所がフィオーラ嬢の頭の上だから、超美少女に後光が差して天使を描いた宗教画みたいになってるし。

ランク3……お？　手足のあるウィルオーウィスプみたいになった。

なんだろう、神々しさよりも水木し○る先生っぽさが増したんだけど？　コロポックルとかキジムナーとかの仲間かな？　天使様からまさかの頭に妖怪を乗せる美少女に変化。なかなかにシュールな光景である。

ランク4……

「ふぐっ……」

「貴方《あなた》、人様の顔を見ていきなり吹き出すとは、一体どういった了見なのかしら？」

「お嬢様、始末いたしますか？　いえ、いたしましょう」

吹き出しそうになったので口を押さえて高速で横を向いた俺を、公爵令嬢主従にいい顔でなじられる。

だって……仕方ないだろう！

『公爵令嬢（超美少女）の頭の上で仰向《あおむ》けになって、口を半開きにして死体のマネをしてるシロクマ（白い子グマ）のヌイグルミ』

そんなのと目が合ったら普通は笑っちゃうだろ⁉

てかあいつ、なんであんなやる気とか生気のない顔でヘタれてるんだよ！

聖霊様ならもっと聖霊様らしい凛《りん》とした態度を示してくれよ！

もちろん聖霊様らしさが何なのかは不明である。

てことで、

ランク4……薄く光り輝く、死体のモノマネ中のシロクマのヌイグルミのような生き物と目が合う。

この国で崇《あが》められる、むしろ建国に関わったとされている聖霊様という存在は一体何なのだろうか……？　あれだな、とりあえず光の聖霊以外の聖霊様にももの凄く興味が湧いてきたぞ？

なんかランク4ですでにお腹《なか》いっぱい感が満載だけど、一応他のスキルと同じランクで揃《そろ》えとくか？

ランク5……なんか子グマがこっち見ながら『オー？　オーオー……オー！』って言ってる。

これ他の人には聞こえてないいんだよね？

何となく意思疎通ができた（できてるのかコレ？）のが嬉《うれ》しいのか、妙にはしゃぎ出したし。

……もうこいつただのゆるキャラだろ。てかあの子グマ、むっちゃ可愛《かわい》いんだけど？　抱っこかしたいんだけど？　こねくり回したいんだけど？

見てくれは威厳もクソもない、むしろ愛らしいシロクマ、それも子グマのヌイグルミにしか見えないけど、本当にあの子が聖霊様で合ってるんだよね？

きょろきょろと周りを見渡してもあのクマ一匹？　一人？　しか不思議生物は居ないし『レア物』なのは確かみたいだけど。

「あなた、今日はやたらと挙動不審ね」

頭の上に変顔するクマのヌイグルミを乗せた人が目の前に居て、あまつさえ笑ってはいけないとかそりゃ挙動不審にもなるだろうよ！

傍《はた》から見れば俺よりも頭にヌイグルミを乗せたお嬢様の方がよっぽど不審者なんだからなっ！

でも他の人には視《み》えてないから誰にも理解してもらえないだろうし、気を取り直して……向かうのは教会奥にある『儀式の間』である。

まぁ儀式の間なんて呼ばれてるけど、要は何も置いていないただの広めの部屋なんだけどね？　学校で言うと体育館の二階部分とか武道場くらいの広さの空き部屋。

そこに今日は儀式魔法のための祭壇が設《しつら》えられている。薄暗くして魔法陣を光らせれば完全に邪〇の館だなこれ。コンゴトモヨロシク。

いつもの三倍くらい聖女様っぽい衣装（三倍といっても赤くはないし速くもならない）に着替えてきたフィオーラ嬢。そして頭上のクマは膝を抱えて座っている。滑り落ちたりはしないのな。クマが視えてると、真剣なのかおちょくられてるのか、微妙に判断に困ってしまう装いだなソレ。

部屋には儀式をひと目見ようと集まった教会関係者や見習い連中、もちろんメインは俺と……シーナちゃん。

「準備は整ったわ、それではこちらに来て跪《ひざまず》いてもらえるかしら？」

「はい、畏《かしこ》まりました。……シーナちゃん、前に。よろしくお願いしますフィオーラ様」

「はい、えっと……はい？」

俺に後ろから背中を軽く押されて『トトトッ』と躓《つまず》きながら前に進み出たはいいものの、どうすればいいかキョロキョロと回りを見渡しながら困惑顔のシーナちゃん。そして「こいつ……やらかしてくれたわね」って感じのジトッとした目をこちらに向けてくるフィオーラ嬢。

うん、まぁそうだね。いきなり連れてこられた子も、いきなり知らない子の治療をしてくれって頼まれた子もそんな顔するしかないよね。

「……後で詳しく説明してくれるわよね？」

「あっ、はい……了解いたしました、マム！」

怖いよ、笑顔がとても怖いよフィオーラさん。

うん、三日前「俺の火傷痕の治療をしてください」ってちゃんと伝えなかった理由、これなんだ。

分からないなりにも言われたとおりに跪くシーナちゃんと、お仕事モードに入ったのか聖女様らしい神々しい雰囲気をかもしだすフィオーラ嬢。そして離れた所からボーッと見つめる俺。

果たして俺の情報は必要だったのだろうか？

その後の儀式、というか魔法の詠唱はそんなに難しいものではないらしく、つつがなくシーナちゃんのお顔の火傷痕の治療は終了する。

てか呪文のクライマックスでいきなりフィオーラ嬢の頭の上で立ち上がって『がおー』とかヤル気のない咆哮《ほうこう》をかましたクマ！

お前こっち目線だったし完全に俺のことだけ笑わせにきてただろ！

そもそも他の人には視えてないもんな！

儀式の間から下がり、フィオーラ嬢、女騎士様、俺の三人だけで個室へ移動する。

「それで、言いたいことはあるのかしら？」

「あっ、はい、お礼が遅くなりましたが、本当に……本当にありがとうございました」

「そういうことじゃないわよ！　私《わたくし》はあなたの治療に来たのよ？　それなのになぜ見ず知らずの女の子の治療をさせられたのか！　それを聞いているのよ！」

ちょっとスネ顔からそこそこのお怒り顔にクラスチェンジしたお嬢様。

うん、そのお怒りはごもっともである。

「えっとですね、端的に言えば俺よりあの子の方が治療を必要としていたから……ですかね？」

「へぇ……全身火傷痕のあるあなたよりも、顔半分だけに火傷痕のあるあの子の方が治療が必要ねぇ？　そもそも彼女はあなたの身内でもないのでしょう？　それなのにあなたが金貨一千枚の借金を背負ってまで治療する必要があったのかしら？」

「そうですね」

うん、真っ当な意見、略してど正論だな。確かに見た目は俺の方が重傷だもんな。

そして頭の上ではクマがあくびしてる。真剣な話をしてる時にこのクマときたら……。

ちゃんと説明……しないとな。

「少し長い話になりますが――」

と、前置きをしてから実家を追い出され、養護院で暮らしたこの三年間、いかにシーナちゃんに世話になったか、いかに彼女が心の支えになってくれたかを話す。

そして最後に彼女が今年の夏までにはここを出ていかなければいけないこと、それまでにどうしても彼女の火傷痕を治療してあげたかったことを……伝える。

俺の話が進むにつれてお嬢様の顔が怒りから困惑、そして呆《あき》れ顔《がお》へと変わっていった。

「はぁ、言いたいことは分かったわ。でも普通はどれだけ世話になった相手でも自分の治療を優先させるものじゃないのかしら？　あまつさえタダじゃないのよ？　それこそ平民からすれば莫大な借金まで背負うのよ？」

「そこはほら、腐っても、いや、火傷しても元貴族ですので。見栄《みえ》とハッタリのためなら借金くらいどうとでも」

「なら、それなら、あなたを治したいと思った私《わたくし》の気持ちはどうなるのよ!!」

こちらを睨《にら》みつけるいつもは優しげな瞳が悔しげに揺れる。いや、揺れているのではなく涙が滲《にじ》んでいるのだろう。

気持ち……か。

俺がシーナちゃんの火傷痕をどうにかしたいと思った気持ち。

眼《め》の前の彼女が俺の火傷痕をどうにかしたいと思ってくれた気持ち。

きっとそのどちらも同じ、友人を気遣う純粋な気持ちなわけで。

自分の気持ちを優先するあまり蔑《ないがし》ろにしてしまった、じっとこちらを見つめる友人の気持ち。

俺が、これまで仲良くしてくれたシーナちゃんをどうにかしてあげたいと思ってたように、まだひと月ほどの付き合いしかない俺のことを気に掛けどうにかしてやろうと思ってくれた、そんな彼女の気持ち。

俺がしたことなんて結局、自分のこと、自己満足を得るために友達を半ば騙《だま》すような語りで利用しただけだもんな。

友達だから心配して、友達だから気を遣って、面倒臭い男にあんなに言い聞かせて治療に来てくれた女の子。

その女の子の気持ちをまったく無視して他人の治療をさせた俺。

これは……久々に……でっかいやらかしだなぁ……。

情けなくて、申し訳なくて、自分の目元にも涙が滲んでくるのを感じる。

「……ごめんなさい」

椅子から立ち上がり、これまでできるだけ他人を寄せ付けないようにと被っていたお面も外し、土下座して床に額を叩《たた》きつける。

もちろんこんなことを彼女が望んでいるわけじゃないのは分かってるんだ。むしろ彼女を困惑させるだけだろう。

でも、優しい友人にどうすれば誠意を伝えられるかなんて馬鹿な俺に分かるはずもなく。

何度も何度も「ごめんなさい」って謝りながら床に額を叩きつける。

「や、止めなさいバカっ！　……ほら、おでこから血が出ちゃってるじゃないの！　……それに、そんなに泣かなくてもいいわよ……」

泣いてるのはあなたもじゃないですか……。

この世界の誰よりも綺麗《きれい》な泣き顔の聖女様と、疵痕《きずあと》を引きつらせた酷《ひど》い泣き顔の俺が見つめ合う。

でもそんな彼女に俺が言えるのはただ「ごめんなさい」の言葉だけで。

お互いに泣き止んだ後も気まずい雰囲気に支配された部屋の中、無言で少しだけ時間を過ごした後——彼女は騎士様を連れて帰っていった。

その夜はシーナちゃんに自分の部屋に戻ってもらって一人で泣いた。

てか俺、こんなに感情を表に出すなんて一体いつぶりになるんだろうなぁ……。

それから一日、二日、一週間、二週間と経過したが、彼女が教会を訪れることはなかった。

ただの何も変化のない、それこそ平穏な日常に戻っただけなんだけどね？

フィオーラ嬢とあんな別れ方をしちゃったものだから、心残りが半端ないと言いますか、何と言いますか……。

心残り、なんとかしてあの人に俺の謝罪の気持ちを伝えたいという迷惑な自己満足。

でも、それでもね？　俺と彼女の間には確かな繋《つな》がりがまだあるんだ。

友情？　違うよ、そんな不確かなものじゃない！

そう、それは、

『借　用　書』

あの日二人で交わした金貨一千枚の借金である。

……なにそのホストにハマった○○○が「これが彼と私の絆《きずな》だから」とか言いながらサラ金の明細自慢してるみたいな繋がり。

うん、まぁ冗談抜きでさ、今回受けた優しさも御恩も借金も熨斗《のし》を付けて返す必要があるのだ！

そう、バイ○イキンなのだ!!

それもう完全に踏み倒して夜逃げしてるじゃねぇか……。

そしてその後のシーナちゃん。

喜んでくれた。うん、火傷痕があったとしても見えていたお顔はとても可愛らしかったのだから、治療さえ終わればその愛らしさは当然のように二倍以上である。

一生治せないと諦めていた火傷の痕が消えて、歳《とし》相応の可愛いらしさを取り戻してむっちゃ喜んでくれた。

泣きながら抱きつかれた。あ、鼻水が服に……いえ、大丈夫です、なんでもないです……。

そして俺のお嫁さんになってくれるとキリッとした顔で久しぶりの宣言。

でも俺が「金貨一千枚の借金を背負っている」と彼女に伝えると、恐れおののいたような顔になった。

……で、そこそこ顔のいい養護院の世話係の教会関係者見習いと交際を始めた。

なにこの「大きくなったらお父さんのお嫁さんになってあげる！」って言ってた娘が、高校生になった途端に家に彼氏を連れてきたのを見たみたいな気持ち。もちろん洗濯物は割り箸で摘《つま》まれている。

まぁ……よかったんだけどさ。今まで苦労した分、俺が苦労を掛けちゃった分も含めてこの先どうか、どうか彼女に幸がありますように。

恨み？　辛み？　多少寂しくはあるけどそんなものはねぇよ！

親切にしてくれた女の子相手に逆恨みするほど落ちぶれてねぇんだよ！

俺、腐っても元勇者だからな！　負け惜しみなんかじゃないぞ！

……精一杯の強がりではあるかもしれないけどさ。

だってちょこっとだけ寂しい気持ちがあるのは仕方がないと思うんだ。

ん？

親切にしてくれた幼女の気持ちは酌《く》み取《と》れても優しい友達の気持ちは考えられなかったのにな？

おまっ……それは……今はちょっと……思い出すだけでもキツイので勘弁してください……。

◆◆◆◆◆◆◆◆◆◆◆

フィオーラ嬢が教会に顔を見せなくなってから——ひと月。

季節は巡り、もうすっかり春の粧《よそお》い。もちろん北国の四月とかまだまだ朝晩は十分に冷え込むんだけどさ。

「久しぶりねハリス、その後いかがお過ごしかしら？」

いつもどおり片隅で黙々と友人の似姿の女神像を彫り続けてる俺のもとに、もう来ないと思い込んでいた彼女が再来した。

てかさ、想像以上に心の中が虚無な状況だったから今までまったく気にしてなかったけど、会えなくなった女性の似姿を一心不乱に彫り続けてたとか、完全にアウトじゃね？　ストーカーどころの騒ぎじゃなくね？　気持ち悪いを通り越して恐怖の対象以外の何者でもなくね？

あまつさえいつものお面着用だし、もうこれ土着信仰的な呪いの儀式だわ。

そしてその姿を本人にまで見られるという……ちょっと騎士様、今回は真剣にクッコロお願いしてもいいっすかね？

そんな俺の心中なんて関係ないと言わんばかりに、以前と変わりなく俺の前で椅子を引いて腰掛けるフィオーラ嬢。

久々に見る彼女はまるで本物の女神様みたいで、そんな彼女に俺が掛ける言葉なんて何もなく。

「どうしたのかしら？　ゴブリンが石礫《ストーンブラスト》の雨霰を受けたような顔をして」

どんな顔だよそれ。てかそこそこ火力の高そうな攻撃魔法食らったなゴブリン！

顔どうこう以前にゴブリン、間違いなく即死してるよね？　そして変なのは顔ではなくお面です。

まったく……もう会えないと思ってた女性《ひと》がいきなり目の前に現れたらそりゃビックリくらいするだろうさ。

あ、いかんいかん、挨拶、挨拶しなきゃ！

「あれほど厳しかった冬の寒さも近頃は和らぎ、春の訪れを告げる優しくも暖かい風が」

「あなたは何を言っているのかしら？」

なぜか卒業式の送辞っぽい挨拶を始めてしまう俺。

自分が思っていた以上に動揺して（テンパって）いたらしい。

「これはこれはお姫さま、本日も麗しきご尊顔を拝し奉り誠に恐悦至極にございまする」

「その他人行儀で仰々しい挨拶も随分と久しぶりね」

他人行儀も何も他人だしなぁ……って少し前までの俺なら言えてたのになぁ。

また彼女の顔が見られて、声が聞けて嬉しいと思っている、気持ちの高ぶりが自分でも分かっちゃうからどうしようもないんだよなぁ。

「複雑そうな顔で百面相するのは少し面白いけれど、止めなさい」

「今日はやたら顔面ネタで推してきますね？　あとお面の上から表情が分かるとか結構な能力だと思いますよ？」

「先に渡しておくわね」と言いながら女騎士様が持っていた荷物を受け取り、木箱に入ったなにやらをこちらにそっと差し出してくる。どうやら王都のお土産らしい。

掛け軸でも入ってそうな細長い箱をありがたく頂いて、開いたその中には……うん、何だこれ？　妙な模様の大きめの布？　バスタオルかな？　って風呂とか三年くらい入ってねぇわ！　違う？　壁に貼り付ける？　ああ、タペストリーっぽい何かか！

いや、むしろ観光地のペナントか？　どちらにせよまったくいらんわ！

倉庫の壁にそんなもの貼り付けても、薄暗いｏｒ真っ暗な空間なんだから何も見えないんですがどうしろと？　バスタオルの方がまだ嬉しかったんだけど？

いや、お土産を買ってきてくれたその御心《おこころ》だけはありがたく頂くけどさ。あ、選んだのは女騎士様なんだ？　んっとにつっかぇねぇなこのポンコツ女騎士！　もちろんありがたく頂戴いたします、あとで女騎士様の匂いとかついてないか確認しなきゃ！

てか最近教会に来てなかったのは、俺のあまりの馬鹿さ加減に呆れ返って嫌気が差したわけではなく、王都まで出掛けていたかららしい。

何やら酔っ払って大怪我《おおけが》（庶民的には打ち身程度の怪我）をした王族の治療にあたっていたんだと。迷惑な人間はどこの世界にでも居るものである。

まぁ王族だし？　毎日がエブリデイ状態でパーティーとかしてそうだもんね？

もちろん養護院では代わり映えのしない毎日、盆暮れ正月関係なく日常生活が続くだけだがな！

変わらない日常、また相まみえることができた目の前の女の子に心の底から安堵《あんど》、少しくらいなら神様にも感謝しておこうかな？　なんて思ってしまう自分がいるが……何を期待しているのかと少し忌々しくも思ったりする。だって住んでる世界が地球人と光の星の巨人くらい違うしさ。

少し自分の気持ちにモヤモヤとしながらも笑顔になる俺に、

「それで、その後、あの彼女とはどうなのかしらっ？　毎日幸せにキャッキャウフフとしていらっしゃるのかしらっ？　穢《けが》らわしいわねっ！」

ｏｈ……お嬢様がなんか憤ってらっしゃる……言葉の端々がトゲトゲしてらっしゃる。ウニってらっしゃる。でも俺、怒られるようなことは何もしてないんだけどなぁ。

「え、ええ、お陰さまを持ちまして彼氏もできたようで、幸せそうにしておりますよ？」

「彼氏ができた？　なによそれ、もの凄く他人事《ひとごと》みたいに言うのですね？」

ジト目、凄いジト目、食品サンプルみたいな模範的なジト目いただきました。

てか他人事みたいじゃなく、シーナちゃんの恋模様に関しては心底他人事なんだけどね。

あれからはまったく俺の部屋で寝ることはなくなったし、最近は二人で会話すらしてないもん。

そもそも姿を見かけても目を逸《そ》らされるという……そうか、これが反抗期の娘ってやつか。

俺は特に気にしてないけど、シーナちゃんからしたらそれなりに気まずいのかもしれない。

まぁ超高額の借金がある知り合いとかそりゃ近づきたくもないわな。俺だって身近に居たら他人のふりするもん。心配しなくても保証人になってくれとか言わないんだけどねぇ？

彼女には治療で多大に力を貸してもらったので、このひと月の経緯をありのままに報告する。

治った！　喜んだ！　彼氏できた！　ちょっと頭の悪いカエサルかよ。。

「それは……なんなのよ、それは！」

「何と言われましても、彼女の治療をしていただけたお陰さまを持ちまして」

「とりあえず、あなたはその慇懃無礼《いんぎんぶれい》な妙な話し方を止めなさい！」

「えー、無礼なところは特になかったと思うんですけどね……」

おおう、ちゃんと目上の人と話す話し方したら怒られたでござる。てか妙ってなんだよ、妙って。あれか平民は「しかしまぁなんですな」から始まって「君とはやっとられんわ」で締めないといけないのか？　昭和の上方漫才師か。

「あなた、愛する彼女のために金貨一千枚の借金まで背負ったのよね？　自分の方が負った怪我は酷いのに彼女に治療を譲ったのよね？　そこまで惚《ほ》れた相手が、怪我が治った途端に他に男を作ったのに何とも思わないの？　それはそれで一人の男としてどうなのかしらっ⁉」

「うん、正しい認識だけどそもそもの前提が間違ってるからね？　まず俺、ロリコンじゃないから小さい女の子に恋とかしないからね？　あと一人の男的には今まで育ててきた娘に恋人ができて少し寂しい的な感想ですかね？」

「いいのよ、そんな苦しそうな顔……はしていないわね。いいのよそんな声を震わせ……てもいないけれど強がりを言わなくても。いえ、そもそもどこから目線の気持ちなのよそれは。どうして男親目線になってるのよ。彼女、あなたより年上でしょう？　何、あなた彼女よりもさらに年上の女性が……はっ⁉　あなた、それはもしかしてちょうどいい感じの年上である私に恋してると遠回しに伝えてるのかしらっ⁉　少し気心が知れてきたのをいいことに、私《わたくし》のことも庇護《ひご》したいとかよしよしたいとかなでなでしたいとか思ってたのね⁉」

「そんなことは一切思ってないですよ？　あと台詞が長いです」

「そこは思いなさいよ！　というかこう少しは考え込んでから答えなさいよ！」

……俺は何をキレられてるんだろうか？

「前も少し話したと思いますが、シーナちゃんにはここに来た当時からずっと親切にしてもらってたんですよ。こんな見た目なんで他の子にイジメられてるのを庇（かば）ってもらったり、腹を空（す）かせてる時に自分の食べ物を分けてくれようとしたこともありました。　せめてその分の恩返しがしたいと思うのはそんなにオカシナことでもないでしょう？」

「私（わたくし）も繰り返しになるけれど、その対価が金貨一千枚というのは世間一般では十分にオカシイと認識される行動なのだけれど？　あと見た目が気になるならそのお面を外せばいいでしょうに」

「金額とかじゃないんですよ。　彼女の親切に報いる術が俺にもあった、ただそれだけのことです」

そのせいであなたを傷つけたのは予定外でしたが……とは言えない。　だって恥ずかしいもん。

そして俺のために、こんなに怒ってくれる人が居る。　そしてそれを嬉しいと思っちゃってる自分、相変わらずの勘違い野郎である。

「あなた、言ってることはいつもの凄く男前なのよね……」

「他人の家の前で倒れてていきなり動き出したら、聖職者を呼ばれそうな見た目ですけどね？」

「ぷふっ……笑いにくい自虐は止めなさい」

「ヴァー……ウァー……」　※首を少し傾（かし）げて虚（うつ）ろな目をしたゾンビのモノマネ中。

「ぐっ……ふっ……ふふふふっ」

むっちゃ笑ってるじゃん。

花の、いや、もっと豪華な感じだし、薔薇（ばら）の花束の咲いたような？　桜の木が満開になったよう

な？　笑顔とはまさにこの事かと百人中千人が納得するような綺麗な笑顔。

うん、やはりフィオーラ嬢はこうでなくちゃいけない。

超美少女には笑顔が一番！　……それを曇らせるようなことは二度としちゃいけないよな。

まぁ公爵家の御令嬢《ごれいじょう》のことを俺みたいな一般庶民、いや、一般貧民が気に掛けるのは流石に非礼がすぎると思うけどさ。そして楽しそうな笑顔からいきなりの真顔。

何この子、感情の振れ幅が大きすぎじゃない？　情緒が逆バンジーなの？

「……で、彼女はそんなあなたの真っすぐな気持ちを踏みにじって、他に男をつくったと」

「踏みにじるも何も、最初から付き合ってたわけでもないんだけどなぁ。あと俺の気持ちは絶対に真っすぐではないです」

S字カーブが連なる山道のように蛇行してると思います！　体の部位で言うなら三半規管か腸。

そしてフィオーラ嬢、少し俯《うつむ》き加減で顎に曲げた右手の人差指を当て、何かを考え込むことしばし。とても綺麗な所作だけどこれ、どう考えても悪巧みしてるよね？

考えがまとまった193のようにニコッといい笑顔をこちらに向けると、

「あなた……ポウム家のハリスで間違いないわよね？」

「『元ポウム家の』ですけどね。すでに追い出されて絶縁されておりますから」

「絶縁……あなたの実家も大概なのね。まぁソレに関しては後で考えるとして」

何を考えるんだよ何を、最上級貴族の考えることとか超恐《こえ》えよ！　それこそ指先を首元で動かしただけで物理的に胴体と頭がお別れしちゃう世界だからな！

「ハリス、借用書をもう一枚用意しなさい」

「えっ？　いきなり借金が増える流れ？」

まぁこのお嬢様の言うことだし……信用も信頼もしてるからいいんだけどさ。

あれ？　俺ってもしかしてすっごくチョロくない？

マジで街金で借金してお店通いしちゃうの？

「はぁ、まったく……あなたも私《わたくし》もバカよね」

「いえ、馬鹿なのは間違いなく俺だけですけど」

「そんなことないわ！　だって、たぶん、この気持ちは私《わたくし》のわがまま、というよりやきもち、なのだから」

「……えっ？」

「だって！　お、お友達が自分以外の知らない友人を連れてきて、目の前でその相手の方を大切に扱われたら……やきもちくらいやくでしょう！　それなのにその友達を裏切るような相手なら、それ相応の思いをしてもらわなくちゃ……ね？　ふふふ……どうしてくれようかしら」

「可愛く小首を傾げられても恐怖しか感じないので、止めてもらってもいいですかね？」

やはり公爵令嬢という肩書きは伊達《だて》ではないらしい。どうやら聖女様だけではなく、真っ当な貴族の素質もお持ちらしいフィオーラ嬢だった。

第四章　お嬢様の可愛《かわい》い仕返し

司祭様にお願いして金貨一千枚の借用書をもう一枚用意する俺。

「こいつ……上級貴族にいいように利用されてるんだな」

みたいな、少し哀れみを感じる目で見られたのは仕方がない。

俺だって相手が彼女じゃなければそう思うもん。

でもなんかいい笑顔してたし？　俺、悪巧みの片棒を担ぐのは嫌いじゃないんだ。

泣く子は（男限定で）はっ倒せるけど、美人には何があっても勝てないしな！

みんな、真似《まね》しちゃ駄目だぞ？

まぁ悪いようにはされないでしょ？　だって、と、友達のことは信用してるし？　ホントにチョロすぎて我が事ながら将来が心配になってくる。これでも中の人、すでにアラサーなんだぜ？

そしてまたまた三日後、集合したのは勝手知ったる儀式の間である。

前回と同じく聖女様の頭上にティアラよろしく鎮座する白い子グマ。

こいつむっちゃこっち見てくるんだよなぁ。で、スキあらば笑わせようとしてくる。聖霊様とは一体何なのか、一度ならず考え直すべきではないだろうか？

前回と違うのは、取り巻きが教会関係者ではなく養護院関係者になったというところ。

もちろん指示をしたのはフィオーラ嬢である。

むろんシーナちゃん＆彼女の彼氏も参加している。

えっ？　もしかして今日は俺の心をささくれだたせる会なのかな？

てか間近で王国三大美女を見る機会なんてない養護院メンバーが、神々しさにあてられて借りてきたハムスターみたいに萎縮してプルプル震えてる。ちっちゃくてコロコロしたう○こしてそうな雰囲気だ。

「ハリス、こちらに来てもらえるかしら？」

そんな、神聖な儀式を行うにしては奇妙な雰囲気のなか、祭壇の真ん中、聖女様の前に呼び出される俺。

「司祭にはもう話を通してあるわ。今日からあなたは貸付金のカタとして私《わたくし》の側仕えとなり、うちの屋敷で働いてもらいます。もちろん今日からといっても用意があるので、正式に迎えるのは一週間くらい後になるのだけれど」

「はい。……はい？」

えっ？　聞いてないんだけど……いきなり何の話？

「それで、悪いのだけれど、貴族家で召し抱えるにはその見た目では少々問題があるのよ」

「ヴァー……」

「ふっ……くっ……、んんっ！」

チッ、耐えやがった。まぁプルプルしながら赤くした顔を背けてるけどな！

「……コホン、だから今からあなたの治療をするわ。ハリス、そこに跪《ひざまず》きなさい」

ああ、なるほど、そういう流れで俺も治してくれるのか……でもお金も取られてるしここにきてまさかの治療の押し売り？　……なんて彼女がするはずもないし、イマイチ今回の人を集めてまで執り行う仰々しい儀式の意図が分からないな。まぁここは素直に従っておくか。

超美人の公爵令嬢の前に跪く少年とか普通なら騎士叙勲みたいな光景に見えるんだろうけど……跪いているのがお面の不審者だから、女神にひれ伏す新種の魔物にしか見えないだろうなぁ。

例えるなら『瓜子姫《うりこひめ》と天邪鬼《あまのじゃく》』の豪華版みたいな感じ。もちろんドラマＣＤも付いてるよ！

「……光の聖霊よ、その癒やしの力を汝《なんじ》の下僕たるこの身に貸し与えたまえ」

『子グマの下僕』とは一体。いや、日本にも『猫の下僕』は大量に存在していたし特に不思議でもないのかな？

俺の頭にそっと手を添えると、そこそこ長い呪文を唱えるフィオーラ嬢。

もちろん力を貸しているのは光の聖霊様こと頭上の白い子グマ。

ちなみにこの時、子グマはこっちを見てサムズアップしていたようなのだが、跪いて俯《うつむ》いている俺に見えるはずもなく、寂しそうにショボンとなっていた。

詠唱が進むとともにぼんやりと光に包まれていく俺の体。そして最後に、

「エヴィーフィ・ヴンデ・ハイルング」『がおー』

ラストの詠唱部分でハモる聖女様の透き通った声とクマの声は大きいがやる気のない咆哮《ほうこう》。

くそっ、見えてなかったから油断していて二度目なのにちょっと吹き出してしまったのがむっちゃ悔しい!!

そして光、閃光手榴弾《せんこうしゅりゅうだん》が弾《はじ》けたかのような眩《まばゆ》い光とともに……。

特に何も感じなかったんだけど治療が終わったってことでいいのかコレ？

「ハリス、その仮面を外しなさい」

「えっ？　ああ、はい、かしこまりました？」

……なんだろう、こっちに来てから寝る時以外はほぼずっとお面を被《かぶ》ってたから、大勢の前でいざ外すとなると非常に心もとない気持ちになる。人前でパンツを脱ぐ感覚って言うの？　解放感は大きいけれど、何か大切なモノを置いてけぼりにしちゃったような奇妙な感覚。

まぁでもお嬢のご命令だしなぁ。

頭の後ろのきつく縛った紐《ひも》を解《ほど》き、仮面を外してそっと床に置く。

「……」「……」「……」「……」

いや、見学の連中！

全員でこっち見て井○頭五郎みたいな顔して口開いてないで、誰か何か言えや！

部屋の中に鏡とかないから、治ってるのかどうか自分では分からないんだけど？

目で見える範囲……腕とかの火傷痕《やけど》はすべて消えてるみたいなんだけどね？

まぁ今回はフィオーラ嬢に免じて聖霊子グマのことを信用してやるか！


治療終了後、なぜかよく分からないがやたらと上機嫌なフィオーラ嬢。

「そういえばお洋服、あなたの新しい衣服も用意してあげなきゃいけないわね、明日にでも屋敷に出入りしている者をこちらに寄越《よこ》すわね」

と言いたいことだけ言い終わると、女騎士様を連れ立ってそそくさと帰ってしまった。

残された俺は子供達《たち》から遠巻きに見つめられてるので、そこそこ居心地が悪いんですけど？

特に話しかけられることもなく見られてるのはいつものことって言えばいつものことなんだけどさ。

フィオーラ嬢にとってどんな意味があったのかまったく不明な儀式の解散後、特にすることもなくダラダラゴロゴロしていただけのそんな夜、久々にノックされる物置部屋の扉。

もちろん鍵なんてものは最初から掛かってないよ？　掛かってないというか付いてもいない。

だって倉庫の中から鍵を掛けるような特殊な状況なんてそうそうないからね？

パンデミックでも起こってゾンビに襲われた時くらいか？

ファンタジーな異世界でゾンビに襲われる教会。ご利益なさすぎだなその宗教。

「ハリス、その、入ってもいい？」

「んん？　ああ、どうぞー」

久々の来客はなんと……シーナちゃんでした！

まぁ今までもこの子以外が部屋に来たことなんて皆無……いや、三馬鹿が小銭を盗みに入ってきたことはあったたな。その他には倉庫なのに荷物を出しに来る奴《やつ》すら居やしねぇ。

もしかしなくても、この部屋は倉庫ではなくゴミ捨て場ではないだろうか？

部屋に入ってきて俺の隣——ベッドという名のペラッペラの布を敷いただけの板の上に腰掛けるシーナちゃん。

「ハリス、よかったね？」

「ん？　何が……ああ、火傷痕のことかな？　お陰で借金が倍に増えたけどね」

俺的には傷跡なんて正直どうでもよかったんだけど……でもほら、治してやろうってフィオーラ嬢の気持ちが嬉《うれ》しかったのは確かだし？　自然と頬《ほお》が少し緩んでしまう。

うん、ひきつった感覚がなくなって表情も自然な感じに……なってればいいな。

でも俺、基本的にはコミュ障だからね？　それはそれで偉そうに言えるこっちゃねぇな。

「ハリスってそんな顔、だったんだね？　その、カッコいいね？」

「そうなのかな？　鏡も見てないし、今の自分の顔がどうなのかとかまったく分からないんだけど」

久しぶりなので少し緊張しているのか、つっかえがちに話すシーナちゃん。

この三年間、自分の顔なんて全然見てないしさ。もちろん鏡がなくても桶《おけ》の水面とかに映るっちゃ映るけど……水面に映るのは顔じゃなく呪いの仮面だったからね？　いや、洗顔時は脱げよ。

でも記憶にあるハリスくんの二人の兄貴、ワイルド系とインテリ系の差はあれどその二人と似てるのなら、どちらに似ていたとしてもそこそこの男前なのではなかろうか？

「私の、分も含めると、金貨で二千枚なんだよね？」

「そうだね。あのお嬢様のことだから、お金を用意しても素直に受け取ってもらえるとは思えないけど……まぁでも一年もあれば全額返せるかな？」

幼女、いや少女にお金の心配とかさせちゃいけないから少しオーバーに伝えておく。

むしろ頑張れば一日でも稼げそうだけどな、金貨二千枚。

全裸のフィオーラ像とかリリアナ像とか作ってブラックマーケット的な所で売りさばければ……その後コメカミをひくつかせた親御さんに笑顔で指名手配されちゃうだろうけどさ。

「ハリスは凄《すご》いね、私はこんなだから」

さっきからこの子は何が言いたいんだろうか？　そもそもここに何をしに来たのだろう？

てか自分で『こんな』とか言うのは止めてくれないですかね？　……少し不快だから。

俺がどれだけシーナちゃんに助けられたか、俺がどれだけシーナちゃんの存在に救われたか……

まぁ今さら言うことでもないけどさ。

他人の彼女を口説く気なんてサラサラないしね？　何度も繰り返し言うけど俺、ロリコンじゃないし。これだけは絶対に譲れないからな！

「まぁ俺もシーナちゃんも近々ここを出ることになったし、お互いに元気で頑張らないとね？」

「えっ、そ、そうっ、だね……」

いや、いきなりそんな寂しそうな顔されても……反応に困る。

てか少女の顔がどんどん強張《こわば》っていってるんだけど？　そういえばこの部屋に来た時から話し方もぎこちなかったし……えっ、もしかしてこの後……シーナちゃんに刺される流れ？

「ハリスっ！」

「うわっと!?」

そしてなぜかいきなり抱きつこうとするシーナちゃん。

刺されるのではないかと警戒してたから思わず避《よ》けちゃったけど……俺、悪くないよね？

「……お互いに元気で、頑張ろうね？」

そう、彼女には彼女の選んだ相手がすでに居るし、俺には俺が選ぶ相手がきっと、どこかに……居るはず。お願いだから居てくれ！　後生だからっ！

現状第一候補は女騎士様なんだけどなぁ。ポンコツ可愛《かわい》い。

フィオーラ嬢？　侯爵令嬢に続いて公爵令嬢に恋慕とか、節操のないこと口に出しただけでも色んな所から暗殺者が送り込まれてきそうで怖いわ！

ハリスくんだけどハリスくんじゃないんだから、流石《さすが》にその程度の節操と常識はあるからね？

その後もシーナちゃんと昔話に花を咲かせ——いや、彼女は妙に暗い感じだったけれども——のんびりと夜遅くまで語り合う二人だった。

もちろんもう一緒に寝たりはしないからね？　繰り返すが彼氏持ちにも旦那持ちにも手を出すつもりなんて毛頭ないのだ。ああ、でももし二十五歳から三十歳くらいの色気爆発したお姉さんだったら血迷ってしまうかも……。

そして夜は更け朝になり……翌日である。フィオーラ嬢の宣言どおり、公爵家御用達《ごようたし》の仕立て屋さんが養護院を訪れて体のサイズを測られる。

てか仕立て服って一週間足らずでどうこうなるものなの？　特にこの足踏みミシンもなさそうな異世界で。セミオーダーなのかな？　と思ったら「死ぬ気でやらせていただきます！」って返答がきた。この『死ぬ気で頑張る』は比喩表現じゃなくマジなやつだからね？　公爵家の意向、恐ろしや。

そして今日はやたらと女の子が絡んでくる。声のトーンが普段より三つくらい高いのではないだろうか？　なんなの？　頭の天辺《てっぺん》から声出して喋《しゃべ》ってるの？　小銭稼ぎをしていた当時はシーナちゃんが追い散らしてくれてたことを思い出し、少し寂しい気持ちになる。

うん、君達の名前も知らないからお付き合いもしないし、嫁になんてするはずないよね？　どうかこれからもそのままの心で強《したた》かに生きてください。

最後には三馬鹿――ハリスくんに嫌がらせしていた、最後まで名前も知らなかったヒョロ、コブト、チビタの三人組が妙に馴《な》れ馴れしく、

「俺達も一緒に貴族様の所に連れていってください！」

「絶対に役に立ちます！」

「俺達、友達じゃないか！」

などと意味不明の供述を繰り返すものだから非常に困惑する。

どうなってるんだこのコソ泥連中のメンタルは。精神系の魔法で記憶の改竄《かいざん》でもされたのか？　そして言うに事欠いて『友達』ってなんだよ。軽々しくその言葉を口にするんじゃねぇよ。まとめてぶち殺すぞ？

少しは世間様ってモノが分かるように一度とことんまで追い込んでおくべきだろうか？　もちろんわざわざ俺が教育してやる義理もないからしないけどさ。

養護院《ここ》を出たらそれぞれの勤め先（あるかどうかは知らないけど）で間違いなくやらかすんだろうなこいつら全員……。

とりあえず無視してたらあまりにもしつこく付きまとってくるので、魔法で焼き煉瓦《れんが》を一つ作り出して、

「知ってるか？　人間って煉瓦で殴り続けると……死ぬんだぜ？」

って笑顔で教えてあげた。

うん、以前俺の部屋に小銭を盗みに入った時、土下座してる頭を何度も何度も踏みつけて《ストンピングして》やったのを思い出したのか、全員真っ青になってる。

流石に警告するだけで本当に殴ったりはしないからね？　殺《や》っちゃうほどの値打ちもないもん。

煉瓦？　せっかく出したしついでに目の前で粉々に握りつぶしてやったさ。

てかさ、住む所（職場？）が変わるといっても、養護院でのほほんと経験値稼ぎしてただけの俺に引き継ぎがあるわけでもなく、荷物があるわけでも……あ、王都土産のペナントが一枚だけあったな、一生懸命女騎士様の温《ぬく》もりと香りを感じようと頑張ったけど布の匂いしかしなかったやつ！　せっかく女騎士様が選んでくれたモノだし？　モノはともかく選んでくれた気持ちだけは嬉しかっ

たし大事にしまってておこう。てかこれって俺のことを想《おも》いながら一生懸命選んでくれた（実際は面倒なので目についたものを手に取っただけの）プレゼントだよね？

つまり俺と女騎士様はもう友達以上、恋人未満な関係のはず……これからは女騎士様改め女騎士ちゃんって呼んでも大丈夫かな？　同じ屋根の下で暮らすようになるんだしさ。もちろん女騎士ちゃんが住み込みなのか通いなのかは知らない。

ああ、下着も一組だけ自分で買ったのがあるな。まぁいつも付けてるから関係ないんだけど。

……とりあえず荷物はペナントだけだし、鞄《かばん》とか持ってないし、時空庫収納でいいや。

ずっと被ってたお面？　……いままで長い間世話になった戦友ではあるけど……いつまでもコイツに支えてもらうわけにはいかないからな。ごちゃごちゃと物が散乱した部屋を片付けるついでに壁際に並んだ棚にスペースを少しだけ空けて……そっと飾っておいた。

そんなこんなで特に変わりのない一週間を過ごした後、ご近所さんが何事かと集まってくるくらい圧倒的に目立つ、大きくて豪華な馬車が教会の前に横付けされる。

四頭立ての黒塗りで、金の金具で飾り立てた上に家紋まで入ってる馬車。ひと目見た俺の感想はもちろん「金かかってんなコレ」だった。

大きな馬車の両開きの扉に描き込まれている家紋はもちろんキーファー公爵家のもの。

フィオーラ様直々のお迎えである。

あ、女騎士ちゃんは綺羅《きら》びやかな全身鎧《よろい》を身に纏《まと》って馬に乗っての先導役なんですね。

いつにも増して凛々《りり》しくてとてもエロカッコいいと思いました。

今度ビキニっぽいアーマーとか着てくんねぇかな？

真っ赤な顔でこっちを睨《にら》みつけてくれたらなおよし！

しかし兜《かぶと》を被っているにもかかわらず漂ってくるこのエロオーラ、まさに女騎士の鑑《かがみ》やでぇ……。

色んな感情がないまぜになった子供達の視線を背中に受けながら、仕立て屋さんが死ぬほど頑張って間に合わせてくれた新しい衣装を身に纏い、前に進み出て馬車の扉の前で片膝を突き、頭《こうべ》を垂れる。こういうのは少し大げさなくらいに動作を大ぶりにして、靴音なんかを立てるのがカッコいいんだよね。

ああ、靴はいつものカランコロンした履物（旅館のトイレにあるアレの底が薄いやつ、革靴なんて買えない平民はだいたい履いてる）じゃなく、服と一緒に用意されていた革製の編み込みのサンダル（古代ローマの軍人さんとか剣闘士とかを思い浮かべてほしい）だ。

流石に革のブーツを仕立てる（『仕立ててもらう』が正しいな）時間はなかったから仕方ない。

このサンダル、あみあみなのでカランコロン同様に足はスースーしてるけど、フィット感というか履き心地は凄くいい。しかし当然冬場は寒い。靴下希望。

うん、ちょっとした上級貴族様の子弟のような豪華な衣装も相まって今日の俺、そこそこイケてるはずっ！　なんだかんだでこういう衣装って着るとテンション上がっちゃうのは男の子だから仕方ないよね？

お付きのメイドさんが馬車の扉を中から開いて先に馬車から降り、その後で馬車に付いているタラップの上をメイドさんの手の上に指を添えた公爵令嬢がゆっくりとした足取りで降りてくる。

こういう何気ない所作の美しさが育ちの違いなんだろうなぁ。

でも俺だって生まれも育ちも平民（日本の一般家庭）だけど、前の異世界で色々と教育されてるから、気合を入れてさえいればそれなりに上品に振る舞えるんだからねっ！

「御主人様直々のお迎え、まったくもってもったいなく……このハリス、歓喜により胸が張り裂ける思いです」

「面《おもて》を上げなさい。あなたは今日から私《わたくし》の側に仕えるのだからいちいちの挨拶はいらないわ」

「はっ！　畏《かしこ》まりました」

顔を上げると相変わらずいい笑顔で微笑《ほほえ》むフィオーラ嬢、陽《ひ》の光を受けて輝く金色の髪の神々しさも相まってまさしく聖女様、いや、女神様である。

その後は一度教会の中に入り、俺の引き受け書類などのやり取りが完了すればいよいよ俺は自由——ではなく公爵令嬢の私物となるのだ！

第五章　ちっぱ……おっぱいです!!

……あれぇ？

よくよく考えるとなんなんだ、この状況は。

適当な街で適当に稼いで適当に幸せに暮らす予定だったのに、いきなり大貴族様の私物とかちょっと何言ってんのか分かんねぇなこれ……。

ま、まぁ借金があるし？　返済が完了するまでは仕方ないね？

下車した時と同じく綺麗《きれい》な所作で馬車に乗るフィオーラ嬢、そして……えっと、これ、俺はどうするのが正解なんだろうか？

俺が跨《また》がってもよさそうな騎乗用の動物なんて、余分に連れてきてないよね？

御者席の隣に座る？　後ろから走って追いかける？

「どうしたのかしら？　あなたも早く乗りなさい」

「はっ！　いえ、しかし御主人様と同じ馬車に乗るというのは……」

「あなたは側仕えなのだから、一緒に乗らないと役に立たないでしょう？」

……そういうものなのだろうか？

てか今になってから根本的な話で申し訳ないんだけど……側仕えってなんぞ？

護衛とか秘書とか役職的なモノなの？

呼ばれ方がふわっとしすぎてて何をすればいいのか、職務的情報が含まれてなさすぎてまったくもって想像できないんだけど？

立ちっぱなしもカッコ悪いのでもう一度「はっ！」と元気に返事をして軽やかに馬車に乗り込み、扉を閉めるとフィオーラ嬢の向かいの席に座るメイドさんの隣に着座する。

いや、そんな目で睨《にら》まれても、お仕えする御令嬢の隣に座るとか絶対に駄目だと分かるくらいの常識は持ち合わせてるからね？

「ふふっ、ハリス、なかなかいい小芝居だったわよ？　華麗に振る舞うあなたを羨ましそうでいて恨めしそうな目で見つめるあの女……実に爽快な気分だわ」

「それなりに頑張ったのに小芝居扱いは酷《ひど》すぎませんかね……てか聖女様がしちゃいけない黒い笑

顔になってますからね？　あと治療の儀式の時から一体何の意味があるのかと思ってたら……」

すげぇ微妙な嫌がらせだな！　いや嫌がらせになってるのかそれ？

繰り返しになるけど、別に俺はシーナちゃんに思うところも含むところも一切ないんだけどなぁ。

いじめっ子は精神的にシメてきたし。

「まぁもう二度と会うこともない人のことなんてどうでもいいわね。それよりも……あなた、私《わたくし》に隠し事をしてるわね？」

「か、隠し事……ですか？　それはナニの大きさとかそういう？」

「絶対に違うのは分かっているわよね？　もちろんソレをあなたが報告したいのであれば聞いてあげてもいいのだけれど？」

お、おう、もちろん分かってるよ？　そして人に誇れるほどの大きさでもないので報告は控えさせていただきます。あとなぜか隣に座るメイドさんの鼻息が荒くなった気がするんだぜ。

てか隠し事……してるんじゃなく現状では隠してることしかないくらいなんだけどどうしろと？

そう、俺は秘密の多い少年なのだ！

「あなた……視《み》えているわよね？」

「……みっ、見えてませんよ？」

なんだと⁉

俺がフィオーラ嬢のスリーサイズを見たことがすでにバレてるだと⁉

でもアレだよ？　別に裸が見えてるとかじゃないんだよ？　ただ数字が見えただけで。

……魔眼をランク10まで上げればそういう機能（透視能力）が開放されるとかないかな？　早め

に試しておくべき事項かもしれないな……。てかランク8で裸が見えてランク10だと骨になるみたいな感じだったら三日三晩泣き続けるかもしれない。

「一度目は少し視線が気になる程度だったのだけれど、流石《さすが》に二度目は私《わたくし》だけじゃなくメルも気付いていたわよ？」

「……そう、ですか」

そっかぁー……確かに女の子はそういう視線に敏感だってよく聞くもんな。ちっさくてもおっぱい、否《いや》、ちっぱいだもんな。

てかメルって誰ぞ？

「あら、案外素直に認めるのね？」

「ええ、変に言い訳するのは男らしくないと思いますので」

むしろ言い訳すればするほど話が拗《こじ》れるのは目に見えている。

最終的に「私はそのアップルを一緒に買いに行ってほしかったのよ」とかわけの分からない話に発展するかもしれないし。足し算じゃねぇのかよ……。

うん、ここは素直に謝らないとね？　今後の主従生活に支障をきたすからね？

「あなた、聖霊様が視えているわよね？」

「申し訳ありません！　胸の大きさ、いえ、小ささの話だけは誰にもしませんので勘弁してくださ い!!」

……ん？

……んん？

「ハリス、少しそこに正座しなさい、そう、そこじゃないわ、椅子の上ではなくそちらの少し段差が付いている床の上に直に。それで、胸の大きさ？　とは一体何の話なのかしら？　いえ、あなた、言うに事欠いて胸の小ささなどと宣《のたま》ったわよね？　あなたは（鉱山奴隷に）行きたいのかしら？それとも（地獄に）逝きたいのかしら？」

「こ、これからも精一杯お姫さまのお側で生きていたいであります！」

あわわわわわわ……えっ、ステイタス（スリーサイズ諸々《もろもろ》）を覗《のぞ》き見《み》した話じゃないの？てか聖霊様を視てたのとかガッツリバレてる感じなの!?

「ふう……ええ、とりあえずそのお話は今は置いておきましょう。ええ、これから二人の時間はいくらでもあるのですからね」

「なんとなくいい雰囲気の台詞《せりふ》なのに、全然嬉《うれ》しくないのはなぜだろうか」

「話をいったん戻しますけど……あなた、聖霊様が視えてるわよね？」

「ま、まぁ視えてると言えば視えてるような、視えていないと言えば視えていないような？　そう、そもそも聖霊様とは哲学的な概念のようなものではないかと、本官は思うのでありますよ？」

「視　え　て　る　の　よ　ね　？」

「イエス・マム！」

びしょうじょこゎぃ。

聖霊って実はシュレナンタラの猫みたいな存在作戦、脆《もろ》くも失敗である。

てかどうしてソレで押し通せると思った俺。

「そう……あなたも聖霊様、『小さなクマ』が視えているのね？」

「ええ、初めて視た時は頭の上に子グマを乗せて歩いてるとか、なかなかファンキーなや……っ……っっっ！」

お嬢様、視線が！　コチラに向けた視線が刺さってます！

そして俺、またた　や　ら　か　し　た　。

何をかって？

フィオーラ嬢は俺に「あなたも小さなクマが視えてる」と言った。

うん、確かに視えてる、俺にはね。でもフィオーラ嬢にはクマは視えないんだよ……。

だって彼女の聖霊の友スキルはランク2。白っぽいモヤモヤにしか見えていないはずなのだ。だってクマさんと認識できるようになるのはスキルランク4からだったもん。

「ふふっ、しっかりしてるようでいて、やっぱりハリスちゃんはおこちゃまなのね？　でもそれはいいことよ？　私《わたくし》、素直な子供って嫌いじゃないもの」

「ぐぬぬぬ……」

いきなりお姉さんぶりだしやがりましたよこのお嬢様……いや、普通にお姉さんだったわ。

「そう、本当に光の聖霊様は小さなクマのようなお姿なのね……」

「そうですねー、あ、でもクマって言ってもリアルな感じのクマじゃなく、ヌイグルミみたいなデフォルメされた感じなんですけどね？　なんか喋《しゃべ》る時はオーオー言ってるだけですし？　そんな様付けするような存在じゃないというか、ヤツ、真面目な局面ほど俺のこと笑わせようとしやがりますし」

半ばヤケクソ気味に聖霊子グマの生態についてまくしたてる俺。

……あれ？　フィオーラ嬢、どうしてまた真顔になってるのかな？

「……あなた、もしかして聖霊様とお話ができるの？」

「……ノーコメントで」

……昔の人はこう言った。『口は禍《わざわい》の元』と。


養護院から公爵家のお屋敷まで、北都内での移動だからそれほどの距離はないわりに妙に道が入り組んでるのでそれなりの時間がかかったけれど、光の聖霊様の話を肴《さかな》に二人で盛り上がり（俺が一方的に問《と》い質《ただ》されていただけとも言う）、気付けば第一関門、高い城壁に囲まれた大きな門の前に到着する。

まぁ、まだこの門からお屋敷という名の小ぶりなお城までそこそこの距離があるんだけどさ。

地下鉄の駅一つ分くらいか？　てかそれ㎞単位で離れてるじゃねぇか。

流石にそこまでの敷地面積はないが、門からお屋敷まで二百ｍくらいはあるように思う。

二百ｍ、一ハロンだな。

ああ、フィオーラ嬢に聖霊様が視えることについてはしばらく誰にも言わないようにと固く口止めされた。同乗してたメイドさんも笑顔で威圧されてた。

お願いすれば魔法の威力が上がるらしいからね？　もちろん最初から自分で言い触らすような気はまったくないんだけどなぁ。フィオーラ嬢みたいな勘の鋭いお嬢様も存在するわけで。

ほら、俺って根が素直じゃないですか？　だから誘導尋問とかハニートラップとかには弱いのだ。

そしてやたらとヌイグルミについて食いつかれた。

おっ、おう、ご所望でございましたら機会があれば作ってさしあげますのでちょっと落ち着け。

てかヌイグルミ作りのためだけに裁縫スキルを上げるって、完全にポイントの無駄遣い……いや、もしかすると女性モノのセクシー下着を作るという崇高な使命を与えられるかもしれないしな。そもそも自分の下着も一組しかないし？　まったく無駄じゃない。そう、無駄ではないのだ！

馬車の窓に吊《つ》り下《さ》げられた赤いカーテンをそっと手で開き、そこそこ透明度の高いはめ殺しのガラス窓から外を覗くと、そこに見えるのは真っ白なお城。

平城で石垣も空堀もないので籠城には不向きっぽそうだけど……なぜか攻め落とす方向で思考してしまうのは前世（前異世界）の碌《ろく》でもない経験のせいだな。

いや、異世界関係なく日本に居る時からそんな妄想はしてたけどさ。うん、男の子ってみんなそんなモンだからね？

日本地図とか世界地図とか見ながら統一を考える。みんな日本の都道府県の色を一つずつ塗りつぶしていくのとか大好物だよね？　有名すぎる某《ぼう》戦国ゲームをやったことがある人なら絶対に！

そして流石にこの国でも一、二を争う権勢を誇る大貴族様、機能的な中にも美しさを兼ね備えたとても素晴らしいお城である。

「流石に何かしら後ろ暗いところがありそうな公爵家、立派なお屋敷ですね？」

「今日からここで暮らすのですから人聞きの悪いことを言うのはお止めなさい、それに後ろ暗いところなんて……ナニモナイワヨ？」

おい、どうして少し間が空いた上にカタコトになった？

まぁ最上級貴族のお家《うち》に何もないはずもなく……。

「それで、誰を殺してくればいいんですか？」

「いきなり物騒ですね⁉　あなたの中での公爵家ってどんな存在なのかしら……まぁしばらくは行儀見習いってところかしらね。それなりにはできているようだから、それほど難しいことはないと思うわ」

「えっ？　そんな簡単なお仕事で月に金貨を百枚も給金に頂いてもよろしいんですか？」

「一言もそんな話はしていないわよね⁉」

いやぁぁぁぁぁ！　欲しいのぉ！　おちんぎんいっぱい欲しいのぉぉぉ！

ちなみに声に出したらお嬢だけじゃなくメイドさんにまでドン引き通り越してスンッとした顔をされそうなので、俺の心の中にそっとしまっておく。

でも女騎士ちゃんに侮蔑の眼差《まなざ》しで蔑まれるのも悪くないんだよね。嫌な顔しながらパンツとか見せてくんないかなぁ……。

俺、DT拗《こじ》らせてこの年齢なのに性癖がそこそこヤバい気がしてきた。今さら感満載ではあるが。

さて、そんなお城、ではなくお屋敷の入り口、階段の両端にずらりと並ぶのは綺麗どころのメイドさん達《たち》、およそ五十名の女性と加齢じゃなく家令、羊さんじゃなく執事さんっぽい壮年の紳士。

平たく言えばちょっと枯れた感じのじいちゃんだな。普通に細身だし肉弾戦は得意ではないと思われる。　そもそもじいちゃんだし。

後々聞いた話だと名前はセバスチャン……ではなく『ジョシュア』じーちゃんと言うらしい。

速度を落とした馬車がお屋敷の玄関先、階段下にゆっくりと停《と》まる。

広々としてても玄関ポーチって言うのかな？　見た目は大病院の救急車が停まる場所みたいなイメージか。

停車した馬車から真っ先に降りる俺。

もちろん手を差し出してお嬢様が降りるのをエスコートするためだ。

お嬢様が下車するとそこに揃《そろ》った声で、

「「「お帰りなさいませ、お嬢様」」」

の、ご挨拶。

……お出掛けのたびにこれやってるのかな？　すっごい不経済というか、マンパワーの浪費というか、ただの時間の無駄遣いというか。

「今日はあなたを迎えに行ったからよ？　こんなこと毎回はしていないわ」

「まさか……心を読まれた⁉」

「顔に出ていたわよ？」

マジで？　なら『並んでるメイドさんの中から綺麗ドコロを一人、二人俺に下さい、お願いします何でもしますから！』と想《おも》いも心も込めてフィオーラ嬢を見つめてみたが、

「な、何かしら……？」

なぜだか赤くなってそっぽを向かれてしまった。

ちなみにメイドさんといってもビクトリアンなメイド服を着用しているわけではなく、お揃いの渋い色合いのワンピースの上から真っ白なエプロンを着用しているだけだった。

これはアレか？　セクシー下着に続いて裁縫スキルを俺に取らせようとする陰謀なのだろうか？

いや、セクシー下着は俺の妄想で、作るのはヌイグルミの話だったな。

ホワイトブリムっていいよね？　ちなみにメイド服は短いヤツより長いヤツ派、学校の制服のスカートは膝上派、でも一番好きなのは警察官とか自衛官です！

俺氏、どうやら昔から戦士系の女性に惹《ひ》かれてしまう性《さが》らしい。


これからここでお世話になるための落ち着き先として、公爵閣下の邸宅の裏手にある離れの建物、こちらもお家サイズではなく、昔の田舎《いなか》の木造の小学校一棟分くらいの大きさはある建物の一室を貸してもらえるということなので、さっそくお部屋までご案内してもらうことに。

フィオーラ嬢、暇そうに見えるけどそんなに暇なわけではないので、ここからの案内は『メイドA（仮名）』さんが担当してくれる。

まぁ常識で考えても、使用人の案内を御主人様がするのはおかしいもんね？

メイドさんの名前？　そんないきなり名前とか……聞けないじゃん？　よく分からない人見知りを発動させている俺だった。ちなみにこのAさんはさっきまで一緒に馬車に乗ってた人である。

部屋は一番奥の方になるので、そこまでの道すがら色々と説明してくれるAさん。

荷物？　いえ、特にないです。はい、ここが使用人用の食堂で、こっちがお手洗いですね？

ええっ!?　お風呂？　お風呂あるんですか!?　だいたい三日に一度？　十分です。ありがとうございます！　ありがとうございます！

俺のお風呂に対する超ハイテンションに若干笑顔のひきつるAさんであった。

お風呂、お湯の用意は俺が責任を持ってどうにかするから毎日入らせてくんねぇかなぁ……。

俺はっ、風呂のためならっ、他では一切使わないであろうスキルを取ることもっ、辞さないんだぜっ!!

お湯を出すのに必要そうなのは水魔法と火魔法、後は合成魔法って感じかな？　色々潰しが利きそう……てか俺、すでにそのスキル三種とも持ってるじゃん。

よし、風呂は俺に任せてお前は先に行けっ！

ん？　知らない人の前でいきなりそんなスキル使ったら目立つ？

……そうだね、この世界で初めて入れそうな風呂に意識を持っていかれすぎて、少々取り乱しすぎたかもしれないね？

ちなみに養護院で馬車に乗る時に、荷物を載せる素振りもなかったのでお分かりだとは思うが、手荷物はゼロの俺。

だから今は手ぶら。おっぱいを隠すんじゃなくブラブラさせてる方の手ぶら。男の子だからな！

何をブラブラさせてるのかは秘密だ。……もちろん手だからね？

服と着替え？　養護院で使ってた古着は借りてただけで他の子達も使う物だからさ。

今着ている自前の下着とフィオーラ嬢に仕立ててもらった服以外は全部置いてきたんだ。

まぁ買った下着もかなり使い込んでるので、他人に洗濯させられない一品ではあるんだけどさ。

流石に何枚か新しい下着くらいは用意しないとまずいよな。

時間ができれば古着や布糸を買ってきて少々試してみたいこともあるけど……そのへんは追々と？

入ったばっかりの新入りだし、休みが欲しいとか言いにくいうえに収入（お給料）とかどうなるかまったく不明だもん。いざとなれば露店で女神像を売りさばけばなんとかなるはず！

案内してもらった後は部屋の鍵を受け取り、お礼を言ってAさんとはいったんお別れする。

通されたのは今まで生活していた物置という名の廃棄物置き場とは異なり、ごくごく普通のお部屋だった。

広さは六畳間くらいかな？　使用人が寝るだけに使うとすればそれなりの広さだ。

鍵付きの部屋……感慨深いな。ほら、俺ってそろそろ思春期だし？　将来的には部屋でゴソゴソするかもしれないし？　鍵はとても大切なのだ。

掃除は行き届いてるけど、備え付けの家具はベッドと小さな机と椅子とオイルランプが一つずつ。

ベッド、簀《す》の子《こ》のような物に直にうっすいボロ布が一枚敷いてあった養護院の部屋とは違い、頑丈な箱型の上にそこまで柔らかくはないがマットのような物が敷かれている。中身は藁《わら》だろうか？

そしてマットの上には敷毛布と掛毛布。冬場は暖房器具（温めた煉瓦《れんが》）がないと普通に寒そうだけど、平民の寝室レベルは確保されてるようだ。貧民生活してたのに傲慢すぎるだろ俺。

寝具もできる限り早めに綿とか羊毛とか羽毛とか入ったのが欲しいなぁ。睡眠の質はとても大切なのである。

おそらくは北側、部屋の壁に設《しつら》えられた木製の窓を開くと外の世界、俺の視界いっぱいに広がる洗濯物、洗濯物、洗濯物。

そう、そこには誰もが羨むパラダイスが広がっている……はずなんだけどさ。

いや、だって大貴族様のお屋敷でお勤めする、おそらくは美人メイドさんのパンツがこれでもかとたくさん干されてるんだよ？　でもその形状が俺の物と何ら変わりがないからまったく心が躍らない。まだお外は寒いし心も凍えつきそうなのでそっと窓を閉じた。

干されているのが色気のないパンツなら、まだふんどしがはためいている方がいいよね？　もちろん女性物限定だけどさ。

なんかこう、いいよね？　女の子のふんどし姿。俺の性癖がどんどんおかしなことになってきてるけど深く考えたら負けである。

魔物と戦うふんどし姿の女の子……もうそれサムライ、いや、間違いなく対魔物専門のニンジャではないだろうか？　間違いなくおっぱいが大きいと思います。揺れる時の音はタユンタユン。

その日はフィオーラ嬢から特にお呼び出しもかからなかったので、そのまま晩ご飯を頂いて就寝することに。

お風呂は！　お風呂はどうでしょうか⁉　……次は三日後？　タイミングっ！　分かりました、お手数おかけいたしました。首を痛めそうなほどの、俺の急激なテンションのダダ下がりように困惑気味のメイドさん。

あ、晩ご飯はふっくらとしたちゃんとしたパンに、ちゃんとした野菜の入ったちゃんとした味のするスープに、焼いた鶏肉《とりにく》っぽいちゃんとした味付けをしたお肉が三切れと、添え物のニンジンという料理らしい料理を頂きました。「ちゃんとした」言いすぎである。

そしてまともなご飯に少し泣きそうになりました。

いや、シーナちゃんとたまに外食はしてたから、まともなものはそれなりに食べてたんだけどね？　貧しさの中でもおそらく食べものが貧しいのが一番心に堪《こた》えてたのかもしれないと気付いた、そんな夜だった。

さて、養護院からいきなり公爵邸でお世話になることになった俺なわけだが……とりあえずアウェー感が半端ないです。

まぁ知らないガキがいきなり公爵家内ヒエラルキー最上位の存在に連れてこられたんだから、警戒されるのも当然の反応といえば当然なんだけどさ。

こんなことなら倉庫の棚にそっと飾ってきた俺の相棒《マスク》も持ってくればよかった。

現状ではAさん以外のメイドさんとは頭を軽く下げる挨拶以外の接点はないし。Aさんとも別に親しいってほどではないんだけどさ。

俺のことを見る皆さんの目が「なんでこいつこんなとこにいるの？」って言ってるもん。うう……どこもかしこも世知辛い世の中やでぇ……。

てかさ、昨日から薄々気付いてたんだけどこの建物、てかこの寮ってメイドさんの寮だよね？

だって男、俺だけしか見かけないし。

食堂でご飯食べてるの女の人ばっかだったもん！

アウェーなのは女の園に男が一人だからじゃん！

トイレとか他の人が入ってないか凄《すさ》まじく気を使うわ！

あっ、お風呂も女湯じゃん……俺、入れないじゃん……。

昨日嬉々《きき》として風呂に入りたがった俺、Aさんにド変態だと思われてるんじゃないかな？

ちゃうねん、一緒にお風呂に入りたいとかそんなんやないねん、単純に入浴がしたいだけやねん！

もちろん一緒に入ることになってもぜんぜん大丈夫だよっ！

昨日の晩ご飯に続き朝ご飯も美味《おい》しかったです。ブラートヴルスト、とても美味しかったです。

うん？　ブラードヴルストって何だって？　ただの焼いたソーセージですが何か？

そして朝食後、まだ午前中にフィオーラ嬢からの呼び出しが入る。

アレだぞ？　『入る』これ漢字で書かないと駄目だぞ？　最低でも平仮名。カタカナで書いたりしたら欧米で大騒ぎになるからな？

『入る』とか言いながらタクシーを停めようとして右手でも上げようものなら、それはもう恐ろしいことになるんだからな？　そんな奴《やつ》は居ない？　せやな。

まぁそんなことはどうでもいいんだけど、

「お呼びにより参上いたしました、御主人様」

「早かったわね。……ハリスと少し込み入った話があるのでメルティス以外は退室してちょうだい」

「畏《かしこ》まりました」と声を揃えて出ていくメイドさん達。残されたのは俺とお嬢様と女騎士ちゃん。

「……ああ！　メルって女騎士ちゃんのことだったんだ？」

「なんだその女騎士ちゃんという胡乱《うろん》な呼び方は？　貴様、肉片に変えてやろうか？」

謎は全て解けた！　いや、特に謎でもなんでもなかったけどさ、薄々そうじゃないかな？　と思ってた女騎士ちゃんの名前の確信が持てた、というか知れた。

「なんとなく不快だから二人でいちゃつくのは止めなさい」

「どこから見てもイチャついてるんじゃなくてオラつかれてるんだけどなぁ」

そんなプンスコ気味な女騎士ちゃんも可愛《かわい》いんだけどな。

ヘイ彼女、俺の部屋で一度ふんどしめてみないか？

「……貴様、なぜ生暖かい瞳でこちらを見ている？」

「キノセイデス」

「やっぱりいちゃついてるじゃないの！」

だって、知らない人ばっかりで、寂しかったんだもの。

いや、違う、そうじゃない。

「てかですね、現状が色々とおかしいんですけど！　どうして俺は女子寮に住むことになってるんですか!?」

「女子寮？　あなたが住むのは使用人の暮らしている別棟でしょう？」

「いや、ですからその別棟に住んでるのが女の人だけで、そして男は俺だけで……あれ？　これって俺が自意識過剰なだけで世間一般的には普通のことなの？」

確かに住み込みの男がたまたま今は俺だけなのかもしれないし。

「お嬢様、一応こんな軟弱そうな見てくれの子供でも男は男ですので……流石にお預かりされている他の女性と一緒というのはまずいのかもしれません」

「……確かにそうね。もしかするとメイドに夜這《よば》いとかされるかもしれないものね」

「あ、する方じゃなくてされる方なんだ、俺」

あれだぞ？　見た目はこんなだけどドラゴンとタイマン……は無理かな？　でもゴブリンくらいは秒で殴り殺せるんだぞ？　てか人類としてはおそらく最強の部類だぞ？　あくまでも確認できている範囲でだがな！

……できるだけ早めにこの国で一番強い人間の鑑定をしておかないといけないな。

そして負けそうならステイタスを安全域までさらに頑張って上げる。必死に経験値を稼いで。

転ばぬ先の杖《つえ》だな。でもここのお屋敷だと女神像を彫っても少し経験値効率が下がっちゃうんだよなぁ。あ、ついでだからメルちゃんのステイタスも見ておいてやれ。

「……ふっ」

「貴様、今こちらを見て鼻で笑ったよな？」

「キノセイデス」

スキルとして剣術や槍術《そうじゅつ》をランク2で取得してるけど、レベルは5で、ステイタスは筋力と敏《びん》捷《しょう》さが高い（共に12）以外はそこそこの平均値。つまり速度重視の脳筋である。

俺の敵ではないな。いや、最初から敵対はしてないけれども。たとえ相手から個人的に敵視されていたとしても！

でもあれだよ？　スリーサイズ。

「……鎧《よろい》で覆い隠してるけど中身は……脱いだら凄《すご》いんだ」

「きっ、貴様っ⁉」

「ハリス、跪《ひざまず》きなさい、頭を踏みにじってさしあげます。私には胸の小ささなどと宣《のたま》っておきながらどういう了見なのですか。そうですか、まずは徹底した英才教育が必要ですか。フィオーラ様万歳しか言えない口になるまで躾《しつ》けてあげましょう」

大丈夫、フィオーラ様はおっぱい以外とても素晴らしいですから！

ですのでどこから出したか分かりませんが、その馬用の一本鞭《むち》はしまってください、それはひっぱたかれるととても危険なヤツです！

そうじゃないです、バラ鞭ならいいとかじゃないんです！　ノーモアムチ！

閑話　メイドさん達《たち》の夜のお茶会

ここは公爵家のお屋敷——の本宅の裏手にある、使用人の住み込み屋敷。

使用人といっても公爵家ともなればただの平民が雇われるはずもなく、裕福な商人、豪農、下級貴族の娘達《たち》が行儀見習いや花嫁修業の一環として働いている。

平たく言えば「公爵家や出入りの上級貴族の子弟狙いでワンチャン！」……もちろん正室ではなく側室ではあるが。

仕事も終わり、いつもなら夜番の女性以外は一日の疲れを癒やすために早めの就寝をしている時間であるのだが、今日は多くの女性が食堂に集まっていた。

「それでエリーナ、お嬢様が直々に連れてこられたあの男の子はどこのどなたなの？　やっぱりお嬢様のご婚約者様候補なのかしら？」

「馬車の中で親しげに話してはいらっしゃいましたが、婚約者……ということはないと思いますよ？　お迎えに行った先が、その、養護院でしたし」

「えっ？　養護院ってあんなレベルの高いお顔の男の子がいるの!?　ちょっと私、休日は養護院通いする！」

「でも雰囲気とか身のこなしとかどう見てもお貴族様の振る舞いだったよね？　お嬢様があんなに気軽に異性に接してらっしゃるのなんて初めて見るし、何かしらのわけあり……もしかして公爵家のお身内の可能性も」

「顔！　顔がどう見ても平民じゃなかったと思います！　抱かれたいです！　むしろ抱きたいです！」

「止《や》めておきなさい。お嬢様にバレたら一族郎党どころか、実家の村まで根切りにされるわよ？」

「お嬢様、確かに今まで浮ついた噂《うわさ》の一つもなかったもんね？　それなのにその初めてのお相手にちょっかいかけるとか……」

「根切り……なにそれありそうで怖い」

「それにそれに、女子寮《ここ》で生活するっていうのも何かわけありっぽいよね〜？」

「あれじゃないかしら？　本宅ではほら、鬼ば……第二夫人様がいつ王都から戻ってらっしゃるかもしれないし？」

「ならやはりお嬢様のお相手ではなくガイウス様かコーネリウス様のご落胤《らくいん》……コホン、お身内なのかしら？」

「お身内でもご婚約相手の線は消えないけどね」

「でもさ、ここで暮らすってことは私が美味《おい》しく頂いてもいいってことなんじゃないかな？」

「なんであなた限定なのよ……頂くよりも頂かれたい、そして二人で心を通じ合わせる純愛希望。美少年と美少女の甘い恋……」

「頂かれてるのに純愛ってどうなのよそれ？　そもそもあんた美少女じゃないじゃない？」

「今すぐ裏庭」

「というかエリーナ、早く情報を出しなさいよ、情報を。なに、独占するつもり？　寝てる間に複数人で手足を押さえつけて濡《ぬ》れた薄布を一枚ずつ被《かぶ》せていくわよ？」

「具体的な私刑《リンチ》方法の説明止めてもらえるかな？　情報って言ってもなぁ、お迎えに行ったのがエタン教会の運営している養護院ってことと、馬車でのお嬢様との親しそうな雰囲気、お屋敷に来てからお部屋に案内するまでの事務的なおしゃべりくらいしかしてないし……。あ、お嬢様とどんなお話されてたかは絶対に言えないからね！　口にしたらそれこそ村ごと根切りにされちゃうから！」

「え～、あれよ？　一人で抱え込むよりみんなで分かち合った方が心が軽くなるわよ？」

「そ、そんな甘言には騙《だま》されませんからっ！」

「というか馬車の中で隠す必要があるようなお話してたの？　もの凄《すご》く気になるんだけど？」

「とりあえず彼はそれなりの重要人物であることが決定～って感じだね。よし、これからは私、あの子一本に絞る！　可愛《かわい》いし！」

「確かにあの顔で甘い声で『おねえたんだいすき☆』とか囁《ささや》かれたら色んな部分が蕩《とろ》けちゃう……」

「変態ブラコンは実家に帰れ！　いや、確かあんたん家《ち》って弟はいなかったよね？」

「うん、ただの性癖☆」

「それはそれで業の深い……」

「それを言うならあなただって軽度の露出狂じゃない！」

「残念ながらそこそこ重度なのよねぇ。夢遊病のふりして彼の部屋の前をうろつこうかしら？　もちろん全裸で」

「露出っていえば、今日お洗濯してたら彼がお部屋の窓を開いて干してる下着を見てたよ?」

「ほほう、パンツに反応していたと?」

「反応……は、してなかったかな? なんかこう儚《はかな》げな表情で『ふっ』てため息ついてたもん」

「それはそれでどういうことなのよ……」

「あ、そういえば彼、やたらとお風呂にこだわってたよ? お風呂があるって言ったら飛び上がって喜んでたもん」

「お～、女の園でお風呂に入りたがるとか思ったよりもエロエロ少年だったか。そして飛び上がって喜ぶ少年可愛い」

「あれよね? 下半身丸出しだったら、ぷらんぷらんしてそうだもんね?」

「なぜそこで半裸の発想が出てくるのか……ぷらんぷらんじゃなくて、ぺちんぺちんだったらどうしましょう?」

「それはどういう違いなのよ……」

「可愛いのもアリ、凶悪なのもアリ」

「大きさの話なんてどうでもいいわよ! ていうかたぶん純粋にお風呂に入りたかっただけじゃない? 私も初めてこのお屋敷でお風呂に入った日のことは今でも覚えてるもん」

「でもそんなに喜ぶってことは彼、お風呂に入ったことがあるんだよね? だったら結構なご身分確定じゃない?」

「確かに……そうなってくるとやっぱりお嬢様との関係が気になるわね」

「お嬢様、そろそろ世間一般で言うお年頃通り越してるものね」

「とクロエが申しておりましたって明日報告しておくわね？」

「本当に洒落《しやれ》にならないから止めてね!?　笑顔で斬首されちゃうからね!!」

「何にしてもしばらくは様子見で、直接的なアプローチは控えた方がよさそうだね～」

「残念だけど完全に同意」

「ああ……美味しそうな青い雄しべが……」

「卑猥《ひわい》な発言は控えなさい、耳年増《みみどしま》の生娘《きむすめ》」

その後もワイワイと繰り広げられる雑談の主役が自分であるとはまったく窺《うかが》い知《し》らない少年は、おとなしく自分の部屋で寝ているのであった。

第六章　怪しいメイドさん

「はぁ……はぁ……」

「ふぅ……ふぅ……」

「いや、ホントもう勘弁してくださいって」

ちょっと口を滑らせたばかりに……目の色の変わった御令嬢主従に屋敷内外を追い回されること小一時間。

いいか？　女性におっぱいの大きさの話はしちゃいけないからな？　おじさんとの約束だぞ？

そもそも日常生活においてそういうお店以外で女の子と胸の話をする機会なんてあまりないと思

うけれども。 ストップ！ セクハラ！

流石《さすが》に走り疲れたのか庭……って広さじゃないなこれ、日本の都市部にある広い公園レベルの敷地面積だし。その天然芝という名の雑草の上にへたり込む二人。

俺？ 俺はほら、HPが高いから平気。スタミナ○郎もびっくりの持久力なのだ。

教訓：持つものの前で持たざるものの話はしちゃいけない。人命に関わる。

「あ、あなた……いったいど、んな鍛えか、たしてるのよ」

「うう、騎士なのに、私騎士なのに、こんなまっちろい子供に追いつけないなんて……」

「いや、女騎士ちゃんは昨日着てた物よりは軽装だけど、鎧《よろい》着てるし仕方ないと思うよ？」

「その不愉快な呼び方を止《や》めろ！ あとなんとなく上から目線なのが気に入らない！」

「えー、ならなんて呼べばいいのさ。あっ、メルちゃんでいい？」

「それはそれで何となく業腹《ごうはら》だから止めろ!!」

「なんだよ、このわがままさん、いやわがままボディさんめ。……メルちゃん？ とりあえず剣の柄から手を離すんだ」

「問答無用！」

さらに小一時間女騎士ちゃん改めましてメルちゃんの剣を避《よ》け続けることになるのだった。

まぁあれだ、勇者になってすぐの、和気あいあいと練習場で剣術を教えてもらってた頃を思い出して、少し楽しくなっちゃってテンションが上がってしまったらしく……如何《いか》に動かずに躱《かわ》せるかやスキを見て相手の急所に打ち込めるかの確認などなどをしてた。

もちろん打ち込みはしてないけどね？ こっちは素手だしさ。ちょっと踏み込むフリをしてみたくらいで。案外戦闘狂だったのかもしれないな、俺。

そしてスキルはなくとも頭と体が覚えている動きができるのはステイタスが高いからだろうなぁ。てかこの子、剣に殺気がこもってるんだけど？　それ以前に急所狙いにきてるんだけど？

急所と言ってもお○ん○んじゃなくて、首とか目とか心臓とか足の付け根とか……やだ、普通におち○ち○も狙われてるじゃん!!

聖女様が隣に居たとしても即死攻撃は癒やせないと思うんだけど？　流石に少しからかいすぎたか。

「カヒュッ……カヒュッ……」

ちょっと肺から出しちゃいけない音を出して呼吸を整えながら、精も根も涸《か》れ果てたと剣を投げ出し大の字に寝転ぶメルちゃん。エ○ゲなら間違いなくそういうシーンに突入してるはず。

でもさ、喉から変な音してるしヨダレ出てるし、完全に女の子が人さま、特に異性に見せていい顔じゃなくなってるんだよなぁ。念のためにダブルピースとかしてみたらどうでしょうか？

「いや、ホントにあなた、一体どんな鍛え方してるのよ？　まだまだ若いけれどメルティスは国内でも有数の騎士なのよ？」

「ふっ……若い頃に色々ありましたので」

「あなたの若い頃って年齢一桁よね？　何なの、養護院ってそんなに生存競争が激しいの？　修羅の国なの？　本腰を入れて支援したら最強の軍団ができる？　そして世界征服も……」

そこそこ本気の顔で悩み出す公爵令嬢様。

あと、養護院で暮らす普通の子供達《たち》を巻き込むのはちょっとだけ心が痛みそう（痛むとは言っていない）なので止めてさしあげて？

　そして公爵令嬢は世界制覇とか狙ってらっしゃるんですか？　ちょっと関わり合いたくないので逐電させていただけませんかね？

「さて、いい運動もしましたし。てかこんなとこで遊んでる場合じゃなく、何か御用だったんじゃないんですか？」

「別に遊んでたわけじゃない、いえ、どう見ても遊んでましたけれどもっ！　あなたに言われるとまったく納得いかないわね」

　ちなみに御用はこれからのお屋敷での生活、というか俺の日常業務のお話だった。

　基本的には午前中は作法礼法を学び、午後は自由時間兼お嬢様のお呼び出し待ち。

　思った以上にこれといってすることがなさそうなんだけど？　まぁ忙しいよりいいか。時間的な余裕はとても大切。

　ここでの何か新しい経験値稼ぎの方法も考えないと……これだけ庭が広いんだから当面は禿山《はげやま》ならぬ禿庭にする勢いで草むしりするのがいいかもしれないな。

　街なかでは見ない草花とか樹木とかいっぱいあるし、何らかの素材も集められそう。てか我ながらざっくりしすぎだろう、なんらかの素材って。

　さて、業務内容も決まり『職業：お嬢様のヒモ』じゃなくなったので精神的にも楽になり、呑気《のんき》に鼻歌なんぞ歌う体は少年、中身は精神的には少年でありたいと常々思っている中年《おっさん》の俺。

「うん、養護院にいた頃とは違う意味でキツイ。早急にどうにかしないといけない」

さっきまで鼻歌とか歌ってたくせに、どうしていきなり追い詰められてるんだよ、俺……。

そう、思い悩んでる原因。今回もトイレのことなんだ。

だってさ、ここ、昨日引っ越してきたメイドさんの寮で暮らしてるのってほとんどが妙齢の女の子じゃないですか？　※一部地域を除く。

わざわざ公爵家に奉公に出るような女性だから、全員それなり以上のお嬢さん達なんだよ。

で、トイレ。

俺の部屋からは真逆の寮の端っこで一応屋内にあるんだけどね？　小綺麗《こぎれい》にはしてるけど壁は薄いし穴が開いてるだけなのは養護院とそんなに変わりはないわけで。

勘違いされると非常に嘆かわしいので先に言っとくけど俺には『そっち方面』の趣味はまったくない。

まったくないのだが……俺が入っている時に誰かが隣に入ったりしたら非常に気まずいんだよ！

ちょっと詳しくは語れないけどね？　音とか。あと音とか！　うん、色んな音がするんだ。

あ、ちなみに紙はないけれど木片ではなくボロ布を使用してました。使用人でもボロ布、流石に公爵家の財力は絶大である！

まさか公爵閣下も知らない子供にう○こ関連のことで褒められてるとは思いもよらないだろうな。

でも量は少ないから結構使い勝手が悪かったりするんだよね、ボロ布。まぁ俺には自作のトイレットペーパーがあるからいいんだけどな！

そう、ステイタスも上がり、落とし紙ではなくロールタイプのトイレットペーパーが生産できるようになったのだ！

……でもね？　アレって引っ掛ける所がないとクルクルできないじゃないですか？　むしろコロコロ転がっちゃうじゃないですか？　だからまだ落とし紙を使ってるんだ。

そして大きなお世話だと思うけど、ボロ布ってそんなにサイズが大きいわけでもないしそんなに量があるわけでもないから、使用の際はかなりの技術力が必要なんじゃないかと思うんだ。

Q：てか今公爵閣下の話が出てきたけど、お屋敷には居ないの？
A：フィオーラ嬢以外の公爵家の皆様は全員王都のお屋敷に居るらしい。
本来なら次期公爵であるご長男がこちらにいらっしゃるみたいなんだけどね？　もちろん居ない理由は知らないです。

てか少々話が逸《そ》れたけどあれだ、何が言いたいかというと。

「男性用のトイレが欲しいです！　あわよくば男風呂も！」

「おそらく予算的に無理じゃないかなーと思いますよ？」

「でもですねAさん！　皆さんも女性の中に男が一人混ざってると、特に生理現象的な方面ではとてもご不便するじゃないですか？　便だけに！」

「いや、何を力説してるのかちょっとよく分かりませんけれども……。そこまで気にされるほどの不便はしていないと思いますよ？　むしろその状況を堪能してる子も……。そ、それに『エイさん』とかいきなり愛称呼びなんて照れちゃいますよう……」

ここはメイド寮の食堂。偶然見かけたAさん（仮名）を捕獲してなんとかならないか相談中。

なぜか頬《ほお》を両手で挟んでクネクネしている妖怪っぽい動きのAさん。相談に乗ってもらっている相手に対して少々失礼だが、そこそこ不気味である。

「もちろん私が一人で建設しますので！　裏手に場所さえいただければ予算はいりませんので！」

「一人で建設ってそんな砂場でお城を作るみたいに……」

「ふふっ、知らないでしょうけど俺って……泥遊びが得意なんですよ？」

「それは……エッチなお話ですか？」

「まったく何言ってるか分からないです」

……相談相手、間違えたかもしれないなぁ。

そもそも自分でフィオーラ嬢に話した方が早い？

いやいや、新人が古参の人間の頭越しに上司と話を進めるとか、集団行動でしちゃ駄目な行為第一位だからね？

一段ずつ上に上に報告していってもらう。このプロセスがとても大切なんだ。もちろん通るかどうかはまた別の話なんだけどさ。

新しい相談相手を探すか、それとも断念するか……。

しかしここで諦めてしまっては、近々新しい特殊性癖を獲得してしまう恐れがある。

今ですらそこそこ危険領域（年上好き、嫌な顔されながら、戦闘職好き、下着はふんどしもイケる）ではないかと思われるのに、ここに『ソレ』関連のモノが加わるとか絶対に阻止しなければならないのだ。

あれだな、少々荒業になるが、コイツならトイレくらいは作れそうとAさんに納得させることができるだけの実績を見せつけるべきか？

幸いにして俺が地魔法を使えるのはフィオーラ嬢も知っているのだ。もちろんメイドさんは知らないだろうが。

ならここでまず作るべきは『洋式の便器』ではなかろうか？　うん、和式とも言えない床に四角い穴が開いただけの空間より俺の精神面も安定するし、良い考えだと思う。

問題点は一点、今までの生活で便器なんて作ったことがないってことだけど……まぁ姿形は見慣れたものである、なんとかなるだろう。……なるかな？

てわけでAさんには上司のお姉様ってかお局様？　落ち着いた感じの綺麗《きれい》なお姉さんだった――に、敷地、寮の裏手の空き地の使用許可を取ってほしいと言い含めて男子トイレ設置会議本部の食堂を後にする。もちろんAさんがそんな会議に出席していた自覚はまったくないだろうけど。

ソレ関連の話を食堂でするのはマナー的にアウトだと理解はしているが、知らない娘さんを部屋に連れ込むわけにもいかないしね？　食事時ではなかったので今回に限り勘弁してもらいたい。

善は急げとばかりに一人で庭に移動した俺、早速地魔法で便器の製作を試してみる。

トイレットペーパーの生産で必要そうなスキルは揃《そろ》ってるし、習得済みスキルのランクも全部5まで上げたし、大丈夫……だと思う。

てなわけで、

「製造、洋式水洗便器！」

てか大丈夫なのかな？　こんなむっちゃ曖昧なコマンドワードで？

『時空庫の中に製作しますか？』

「あ、それでお願いします」

できたらしい。魔導板さん、相変わらずの高性能ツールである。まぁ記憶の中から情報を引き出してくれるらしいもんね？　俺の頭がＳＳＤ。

ちなみにＳＳＤを伏せ字にしてしまうとＳ○Ｄとなり、頭の中でエッチな妄想（動画再生）ばっかりしてる男の子みたいになってしまうから要注意。

それも企画モノと言われるニッチな方面の作品だからな？

前に述べられている俺の性癖でタイトルを出すなら、

『ふんどしをしめた女騎士様に、嫌な顔されながらお漏らししてもらいたい』

みたいな感じの。

なにそれむっちゃ面白そうなんだけど？　是非ともＳ○Ｄさんにはコラボしていただきたいものである。いや、ＳＳＤとコラボってなんだよ。

まったく関係のない妄想に入ってしまったがいったん置いといて……便器である。

いや、でもここまで優秀な魔導板さんなのだから……、

『制作、動画、ふんどしをしめた女騎士様に嫌な顔されながらお漏らししてもらいたい、女優さんはメルちゃんで！』

『I can't do it』

できないんだ……。もし仮にできていたとしても、どうやって再生すればいいのか分からないんだけどさ。

それよりもどうしていきなり英語？　なんとなく魔導板さんとの心の距離を感じるんだけど。

うん、馬鹿なことをしてないで便器だよ便器。

時空庫から新しく製作されたソレを取り出す。目の前に現れたのは、

「洋式トイレの……埴輪《はにわ》？」

素焼きで素朴な雰囲気を漂わせる洋式便器だった。

あ、コロンって転げて水洗タンクの蓋が外れた。

まぁ固定してないしそこそこ不安定な形だから土の上に取り出したら普通コケるよね。

てかさ、本体も便座も流すためのレバーも水洗タンクの中の浮き部分も全部素焼きでできてるんだけど？　粘土を素焼きしてできている浮きはただの重りだわ。

うん、やっぱりトイレの埴輪以外の何物でもないよね？　兵馬俑《へいばよう》の片隅にあっても違和感なさそうだもん。

どうしてこうなった……いや、普通に持ってるスキルだけで適当に作れると思った俺がバカだっただけなんだけどさ。

そもそも地魔法で作れるのは煉瓦《れんが》なんだから、陶器は無理かもって気付いて然《しか》るべきだよなぁ。

でも地魔法、ランクが上がったから煉瓦を出す以外にも色々できるようになったんだよ？　たぶん。

てことで魔導板さんで設計を開く。横着してないで最初からそうしろ？　だって手を抜けるところは抜きたいじゃないですか！

そう、行き詰まってこそ成長があるのだ。そしてトイレなのだから詰まって当たり前なのだ！

いえ、なんでもないです。

「オッケー魔導板さん、トイレ……じゃなくて便器の作り方教えて？」

そして広がる説明文とワイヤーフレーム画像。なにこれ蟹《かに》とか海老《えび》が頑張る機動隊みたい！

むっちゃサイバー空間しててカッケェ!!

……まぁワイヤーフレームになってるモノはただの洋式便器なんだけどな。

『ベンキの生産には　（地魔法ランク３＋火魔法ランク３＋陶工ランク３）＋（設計ランク１＋製造ランク１）＋錬金術ランク３　のスキルが必要です』

ふむ、必要なのは本体の加工をする『陶工スキル』と便座やタンク内の浮きを作る『木工スキル』レバーとか金具の作成に『鍛冶スキル』と『細工スキル』だな。

とりあえず加工する金属を持ってないことだけは分かった。

いや、それ以前の問題として水洗にしようと思ったら水道が必要だよな。

使う時に魔法で水を用意する？　いや、他の人が「あ、トイレだ、していこう」ってなった時にそのまま放置されてしまうかもしれないし、駄目だ。

そんなサン〇ウィッチマンのコントみたいな人はそうそう居ないだろうけどさ。

なら毎回井戸から汲《く》んで……とてつもなく手間がかかりすぎるな。

そもそも汚水をどこに流すかも問題だよなぁ。

……失敗は発明の母だとかそんな感じのこと誰かが言ってたような気もするしな！　一度でうまくいく恋なんてないもんな！　作ってるのは便器だけど！

一度部屋に戻って問題点を洗い出すか。水洗便器だけに。

閑話　お嬢様と騎士様とメイドさんは見た！

こちらはハリスとの稽古（？）終了後のお嬢様主従。

息を整え寝転んだ体勢からどうにか座り直したメルティスとその斜め前に腰を下ろすフィオーラ。

護衛騎士と公爵令嬢としては少々はしたない姿勢なのだが、特にそれを咎《とが》める人間も近くにはいない。

「メル、あなたそれなりに全力で剣を振るってましたよね？」

「それなりどころか完全に殺す気で斬り掛かってました。むしろ王都の騎士ならば二人や三人は楽に血祭りにあげていたはずです」

「それはそれで大問題になるので絶対に止《や》めてくださいね？」

「善処いたします」

「まぁいいですけど……あれだけ走り回っていたのに息切れもしない、その後同じくらいの時間あなたと剣の稽古をしても汗一滴流さない、彼は今まで一体どんな鍛錬をしていたのでしょうか？」

「そもそも鍛えただけでどうこうなる力量ではなかったのですが……。特に身の躱《かわ》し方などは達人と呼ばれる域だったと感じましたので、間違いなくなにがしかのスキルを所持していると思われます」

「王都で調べた彼の実家であるポウム家の長男は剣術に少々優れてはいるらしいですが、達人などと呼ばれるにはほど遠いでしょう。だいたいハリスは剣術のスキルなど持ってはいないはず。それに昔からあれだけの能力があるなら実家が、いえ、寄り親が放っておくわけもないでしょうし」

「そうですね。というか彼は王都の人間なのですよね？　なぜ北都の養護院などに入っていたのですか？　あれだけの多才な能力、少々変わり者ではありますが、引く手あまただと思われますが」

「ああ、あなたには言っていませんでしたか？　詳しくは後で、王都で調べた報告書を見せてあげますけど……彼、リリアナに横恋慕したらしいですよ？　それで『あの』第三王子に魔法で大火傷《おおやけど》をさせられたとか」

「は？　あの第三王子にですか？　いえ、それよりもリリアナ様に恋……ですか」

「ええ、私達《たち》が見ている今のあの子からは想像できないでしょう？　でも三年前、リリアナからもお話を聞いたことがありましたから本当のことだと思いますよ？」

「そうなのですか。しかし恋とか愛とか興味があるようには見えませんが。あの年頃の割に飄々《ひょうひょう》としすぎていると言いますか、達観しすぎていると言いますか」

「あれだけの疵痕《きずあと》になる大火傷を負ったうえに実家に捨てられたのです、養護院でも色々あったみたいですし」

「考え方や性格が変わる……いえ、老成しても仕方がない、と？」

「私達が知りようのない何かがあったのかもしれませんしね」

「現状では本人に聞こうにもそれほどの信頼関係はまだ構築できていないですか」

「そうですね、それに、あなたや私《わたくし》の胸のおお……ごほん、体型も分かるようなことを言っていましたし。聖霊様が視《み》えること以外にも色々と隠し事がありそうですね」

「……やはりあのようなエロガキはできるだけ早めに処分しておくのがよろしいかと」

「処分とか剣呑《けんのん》な発言は止めてくださいね？　わ、私《わたくし》の未来の旦那様最有力候補なんですからね？　とりあえずできるだけ早くお父様にご相談しておくべきね」

◆◆◆◆◆◆◆◆◆◆◆

水洗便器第一号の作成に失敗、トボトボとハリスが部屋に戻った後の作業現場。

色々と改良点などを考えながら部屋に戻った彼は洋式便器の埴輪《はにわ》の回収を失念して放置していた。

「あれは何でしょうか？」

「さぁ？　さっきまで例の彼がこの辺で何かしてたみたいだけど」

「ちょっと落ち込んでたよね、可愛《かわい》い。おっぱい揉《も》む？　って聞いてあげようかな、可愛い」

「落ち着けブショラタコン。でも本当に何でしょうかアレは」

「エリーナ、少し前にあの子と食堂で話してたわよね？　何か聞いてないかしら、羨ましネ？」

「いきなりの暴言⁉　色々は聞いてないけどお話はしたよ！　彼ったら私のこといきなりエイさんなんて呼ぶのよ？　もう……」

「誰もそんなこと聞いてねぇし。ぶち転がすぞ？」

「怖いわね！　ていうか言葉遣い‼」

「それで、ハリスたんはなんて言ってたの？」

「ん〜まとめると自分用のトイレとお風呂が欲しいので敷地の提供お願いします？」

「何そのお金持ち発言……やはり貴族様か……早めにつばつけとかないと」

「あ、自分で作るから場所だけで大丈夫って言ってた！」

「おっと話が変わってきた」

「貴族様じゃなくてまさかの大工さんだったと？」

「でもどうしていきなり自分用のトイレなんて欲しいのかしら？」

「あ～、なんか恥ずかしいみたいなこと言ってたよ？」

「あっ、それ、もしかしてあたしがあの子がトイレ入るの確認してから隣に入ってお花摘みしたからじゃないかな？　いやん、小さくてもオ・ト・コ・ノ・コ」

「黙れド変態！　間違いなくあんたのせいだわ」

「じゃああなたは同じチャンスがあっても行動に出ないと？　どうしてそこでベストを尽くそうとしないのよ！」

「あんたと私ではチャンスの定義が違いすぎるわ……」

「確かに恥ずかしがる顔は見てみたいけど、その後のことを考えれば諸刃《もろは》の剣《つるぎ》すぎるでしょ……」

「むしろ扉の外で全裸待機するべき」

「トイレから出たら裸の女が立ってるとか、普通に悲鳴あげるわよ！」

「新手の魔物か悪魔かな？」

「話は戻るけど……そこのアレ、土っていうか粘土でできてるよね？」

「この辺に粘土なんてあったっけ？　いえ、そもそもアレって焼物よね？　そこそこ重そうだし」

「つまりハリスちゃんは力持ち、または魔法使い」

「……魔法であんな複雑そうな形のもの作れるの？　それとも粘土で形作ってから焼いたとか？

火魔法？　錬金術？」

「知らないわよ、錬金術師の知り合いなんていないし」

「あのルックス、公爵家との繋《つな》がり、そして特殊な魔法使い」

「「「超優良物件……」」」

「問題はお嬢様との関係性」

「「「それ大問題……」」」

◆◆◆◆◆◆◆◆◆◆

さて、部屋に戻……る途中、寮の裏手で少し気になるものを発見。いや、まぁ単なる小屋なんだけどさ。

お屋敷の裏手の寮の裏手、なんとなく「裏の裏は表！」みたいな錯覚に陥るけど現実的には裏の裏はさらに奥まった場所なだけ――にある建物。

簡単に言うと洗濯場の近く、俺の借りてる部屋からも見える場所。

大きさはプレハブの倉庫くらい？　使わなくなった自転車とか健康器具とか放り込んである感じの建物。そこでメイドさんが何やら作業をしていた。

「人手が必要ならお手伝いしましょうか？」

「ヒィッ!?　……なんだ、新人さんですか、脅かさないでください。お声掛けありがとうございます、でも特に重い物はないので大丈夫ですよ？」

小屋の扉を開いて荷物、それほど大きくない何かが入った麻袋を仕舞《しま》っているメイドさんに声を掛けたらもの凄《すご》くビックリされた。

「そんな死体を隠してる殺人犯みたいな驚き方しなくても……」

「そ、そそそ、そ、そんなことあるるるはずが……」

「ちょっと騎士様呼んできますね？」

「もう、可愛い冗談ですよ？」

「もちろん分かってますとも」

いや、狼狽《うろた》え方が堂に入りすぎてて不審者にしか見えなかったんだけど……。

まぁ今は笑ってるしホントに冗談なんだろう。

「で、埋めるんですか？　それとも焼くんですか？」

「全然分かってないじゃないですか……」

プクッと頬《ほお》を膨らます可愛いメイドさん。ご飯の時にも見たことあるしこれからはBさんと呼ぼう。

でもほら、一応は倉庫の中を確認しておかないとね？

あなたを疑ってるわけじゃないのよ？　ただ信用してないだけ。

そして倉庫の中に広がる……割れたガラス玉の入った箱、箱、箱。さっきの麻袋の中身はこれか。大きさにそれほど違いはないというかそれほど大きな物はないように見える。直径二、三㎝くらいのビー玉くらいの大きさか？

ナニコレ？　公爵家ではガラス玉を見たら割る風習でもあるのか？　直接死体を見つけるスプラ

ッタ系よりもジャパニーズホラーっぽくて怖いよな。

「なんですかここ？」

「なにと言われましても……見たままですよ？　使い終わった『魔水晶』を一時保管してる小屋ですね、まぁ保管といっても特に使い道などはないので、実質燃えないゴミなんですけど」

「なるほどなー」

いやいやいや、魔水晶ってなんぞ？　まったくハリスくんの記憶にはないんだけど？

前の異世界で見た『魔石』とは見た目も色も形も違うけど似たようなものなのかな？　使い終わったとか言ってるし何かに利用するものらしいけど。

メイドさんはさも知ってて当たり前みたいな雰囲気だし、一般的に広く利用されてるモノみたいで聞きづらいな……。

聞くは一瞬の恥、知らぬは亭主ばかりなり、みたいなニュアンスの諺《ことわざ》もあったしここは素直に……鑑定で確認する。

だってこんな時のために習得したスキルなんだもん☆　自分でやっててコレはないと思いました。

もしここで「それって何なんですか？」とか質問して、メイドさんに「こいつそんなことも知らないの？　とんだDT坊やね」なんて思われたら三日ぐらい部屋にこもって泣いちゃうかもしれないからね？　むしろ俺なら絶対にそうなる。そう、絶対にだ！

被害妄想が激しいうえに凄《すさ》まじいガラスメンタルだな、俺。

ちなみに鑑定の結果は、

『薄黒く色の変化したガラス玉、魔力を消費しきって割れてしまった魔水晶の欠片《かけら》』

『薄黒く色の変化したガラス玉、魔力を消費しきって割れてしまった魔水晶の欠片』

『薄黒く色の変化したガラス玉、魔力を消費しきって割れてしまった水魔晶の欠片』

『薄黒く色の変化したガラス玉、魔力を消費しきって割れてしまった火魔晶の欠片』

『薄黒く色の変化したガラス玉、魔力を消費しきって割れてしまった魔水晶の欠片』

ふむ……そのままか、いや、たまに少し違うのが混じってるな。

てか魔水晶って呼び方だけどガラス玉なんだ？　じゃあ最初から魔ガラス玉でいいじゃん？　いや、水晶とガラスの違いとか知らないけどさ。

「やっぱり公爵家ともなると消費量が多いんですね、火属性や水属性のモノもありますし」

「あら、色も変わってしまってるのによく分かりますね？　凄いです」

ちょっと驚いた後に尊敬の眼差《まなざ》しになるメイドさん。ふっ、これがスキル操作できる男の実力よ！

まぁ情報は全然ないから何に消費されてるのかはまったく分からない。

「お屋敷の方では厨《くりや》やお風呂で水魔晶や火魔晶を使ってらっしゃるみたいで、少し羨ましいですよね」

「確かにそうですね！」

と思ったらふわっとした使い方の説明が入った。このメイドさん……できる子だ。

よしBさんからCさんに格上げしてあげようじゃないか！　Aさん？　あの人はほら、そこそこポンコツだから据え置きで。

そして属性の付いた魔水晶は水魔晶とか火魔晶って呼ぶんだ？　まぁ火水晶だと「火なのか水なのかはっきりしろよ！」って……ならねぇな、うん。

てかコレ捨てるのかな？　ガラス片なら加工すれば窓ガラスとかにも使えそうなのに。色が変色してるから無理なのかな？

てか煉瓦《れんが》みたいに地魔法でどうにかならないかな？　いくつか欠片を手のひらに乗せてコッソリと小さな声で言ってみる。

「設計、直径五㎝、魔水晶」

『ランク３以上の鉱物魔法スキルと冶金スキル、ランク１以上の設計スキルと錬金術スキルが必要です』

おおう、地魔法だけじゃやっぱり無理か……。

てか「地魔法だけじゃやっぱり無理か……」のデジャヴュ感。ついさっきも同じようなこと言ってたよな俺。どこまでもつきまとう地魔法のガッカリ感……。

鉱石魔法の獲得に足りないのは採掘スキルで、冶金スキルに足りないのは鍛冶スキル。

まだ経験値に余裕はあるし取っとくか。両方ランク５まで上げて……再度コマンドを唱えてみる。

「設計、直径五㎝、魔水晶」

薄ぼんやりと手のひらの上でガラスの欠片が光り——少し大きめのスーパーボール大の丸い玉と、使われなかったガラスの破片が残る。

うん、透き通ってとっても綺麗《きれい》だけど普通のビー玉にしか見えない。一応鑑定してみると、

『最高純度の空《から》の魔水晶。魔力を込めるにはランク３以上の魔力操作スキルと各属性の魔法スキルが必要です』

ガラス玉とは表示されなくなったたな。

ガラス、水晶、魔水晶これらの線引きがまったく分からねぇ……。

まぁ大切なのはリサイクルが可能って分かったことだ。もしかしたら何かのお金儲《かねもう》けになるかもしれないしさ。収入にできそうな技術はいくらあってもいいのだ！

てか空の魔水晶か。つまりここに魔力を込めれば使い物になるのかな？　お屋敷ではお風呂に火と水の魔水晶を使ってるらしいし。

風呂、入りたいよなぁ……。

魔水晶《これ》の消費を気にせず自由に使えるようになったら、三日に一度と言わず毎日入れるようになるかな？

魔力操作スキル、そ、そのうちなにがしかに使うと思うし？　うん、上げるか！　一体俺は誰に言い訳してるんだろうか。

魔力操作、似たようなことを勇者だった頃にやったことがあるけど相変わらず慣れるまでは気持ち悪《わり》ぃな……。例えるなら血流を五十倍くらい敏感に感じられるようになったみたいな？　どこか怪我《けが》した時に血がドクドクと流れる感覚って言うの？　あれの上位バージョン。それが手のひらとか指先に集まる感じ。

手のひらの上に乗っかってる魔水晶に火の魔力を込めてゆく。

てかこれ、結構MP消費するな、10くらい減ったぞ？　俺は余裕があるからいいけど普通の人だとMP切れで倒れてる、むしろ死んでるところだぞ？

先ほどまで無色透明だった魔水晶の中で、炎のような動きをする赤色がゆらゆらと揺らめく。

『最高純度の火魔晶：最大充填《じゅうてん》』

ＭＰはそこそこ消耗するけどＭＰ注入自体は案外簡単にできた。……まぁこれをどう使えばいいのかは分からないんだけどね？

てか前の世界の魔石と使い方が同じなら、何かしらの古代の道具《エンシェントアイテム》やら魔道具《マジックツール》やらは絶対に必要だろうなぁ。

それとなくお嬢様に、

「……」

「……」

そうだね、俺、一人じゃなかったよね。Ｃさん、こっちをガッツリ見てるよね。

「えっと、そのですね」

「……好き」

「なんでやねん」

「だって、魔水晶、それも属性持ちの魔水晶が作れるなんて見たことも聞いたこともないですよ！ハリスさんは何者なんですか！　大魔道士様？　賢者様？　それとも私のダーリン!?」

「ダーリンだけはないです。てかこの国の女の人ってみんな即物的すぎじゃないですかね……」

「いいですか？　自由に使えるお金がそれなりにあってこその愛情なんです」

「世知辛い！」

てかホントにトイレとか風呂とか自分の生活環境の改善的なモノに熱中すると周りが見えなくなるの、どうにかしないとそのうち痛い目に遭いそうだな。

もうすでに遭ってる？　深く考えちゃ駄目だ、それなりに凹《へこ》むから。

「ちなみに属性付きの魔水晶っておいくらいです？」

「火魔晶でその大きさ、その純度なら金貨五十枚はくだらないかと」

おお！　これ四十個作れば借金完済できるじゃん！　てかCさん物知りだな。

「もともと魔水晶を扱っている商家の娘ですので」

「あ、そうなんですね？」

そして表情読まれすぎだろ俺。とりあえずお給料が入ったら一緒にお出掛けして美味《おい》しいものでもご馳走《ちそう》するという条件で口止めはしておいたけど……だいじょばないだろうなぁ。

別れ際に、

「今日のことは二人だけの秘密ですよ？」

「はい、旦那様」

「なんでやねん」

などという小芝居も挟んだけれど、今度こそ自室である。

収穫は色々とあったけど、自分の不注意によりCさんに対して情報の漏洩《ろうえい》があったのが少し痛いところである。

まぁ総合的にはプラス評価……だといいな？　人間、上とか前とか向いて歩くべきだからな！

そして何かに躓《つまず》くのもまた人生なのだ。

他にも色々と試してみたいので小屋にあったガラス片を分けてもらえないかと聞いてみたら、廃材でしかないし引き取りに来るのはCさんの親御さんなので、遠慮なくどうぞと許可がもらえた。Cさんが管理者なので好きに使ってもOKと。どうやら本当にただの廃棄物だったらしい。

色が悪いので普通のガラスとしての再利用も俺と同じことができるスキル持ち以外には難しいらしい。そしてそんなスキルは見たことも聞いたこともないと言っていた。

確かに食器とか入れ物に使うにはちょっと色合いが悪いもんね？


さて、話は戻って魔水晶、というか属性付き魔水晶である。

錬金術スキルを覚える時に全属性制覇している俺に一分もスキはないのだ！

……ごめんなさい、スキだらけですね、はい。

先ほどと同じ、五㎝大の空の魔水晶を五つ作って、火以外の残り五属性の魔力を込めてゆく。

水魔晶は水の流れっぽいゆったりとした動きで水色が、風魔晶は……何かモヤッとした感じの緑色が魔水晶の中で揺らめいている。そして地魔晶は磨き抜かれた泥団子みたい。

頑張れよ地！　お前ももっと他のみんなみたいに漂えよ！

てか闇魔晶は一切光を通さない塗料みたいな黒さで、ガラス玉なのにツヤが一切ないのはなぜなんだ？　見た目小さなブラックホールみたいで吸い込まれそうな感じがちょっと怖い。

反対に光魔晶は明るい。むっちゃ明るい。白光色とか昼光色の蛍光灯の比ではないくらいに眩《まぶ》しい。……これはもう部屋の灯《あか》りに使うしかないのではなかろうか？

だってオイルランプってあまり明るくないんだもん。

油の追加をするのも面倒だし、なにより燃える臭いが結構くさい。

光魔晶と比べると『あんどんと太陽光』くらいの光量差があるからね？

油も電力も消費しないうえに、置いておくだけなら込めた魔力も消費しないし発熱もなしというトーマスも真っ青な安心安全な永久機関なのである。
トーマス、もちろん人面機○車じゃなく発明王の方な。
……これ、爆発とかしないよね？　大丈夫だよね？　また明日にでもCさん聞いてみ、

『オー！　オーオーオー！』

「ほわっ⁉　なんだ‼　悪霊の奇襲攻撃かっ⁉　……ってモフモフ、じゃなくて聖霊子グマかよ……いきなり壁を突き抜けて人様の部屋に入ってくるとか、お前の教育どうなってんだよ」

マジ驚いて心臓止まるかと思ったわ！　自由がすぎるだろこの子グマ……まぁ愛らしいから許すけどさ。そう、可愛いは正義なのだ！

秘密だが昔から勝手に住み着いたクマとか、帰宅してくるネコのヌイグルミが大好き人間の俺である。てか、いきなり壁もガン無視して走り込んできたけど、この子何か御用なの？

『オー？　オー！　オーオー‼』

「あー、なるほど！　って分からないからね？　通じてるようで何一つ通じてないからね？」

それでなくとも不思議生物相手なのに、『オ』だけで会話が成立するわけないんだよなぁ。

うん？　光魔晶の方に指、というか手を向けてバタバタしてる？

「魔水晶？　欲しいの？」

『オー！』

何だろう？　何か儀式に必要だとか？　まぁ別に材料さえあれば幾つでも作れることが分かったから良いんだけどさ。

「聖霊様がそんなモノ何に使うんだか。別に持ってっていいぞ？」

『オ？　オオー！』

嬉《うれ》しそうに目を細めて差し出した光の玉を手に取る子グマ。

そして両手で掴《つか》むと顔に近づけてカリカリと、

「かじるんだ⁉　てかそれ食えるんだ⁉　なに？　ガラス玉食べるとか聖霊様のかくし芸なの？」

『ムフー』

てか食うの早《はえ》ぇなおい。ん？　両手広げて何だ？　抱っこしてほしいのか？　いや、別に構わないけど。

おおぅ……なんだこの極上の、猫っ毛も微笑《ほほえ》みながら素足で海辺を駆け出しそうな毛並みは……全身妙に柔らかいけど骨とかどうなってるんだろう？

まぁ生物じゃなく聖霊だしそんなモノなのか？　知らんけど。

てか寝てるよねこのクマ。食ってすぐに人に抱きかかえさせてそのまま寝オチするとか、まさに傍若無人だなコイツ！　そんなクマには是が非でもお仕置きが必要だと思うんだ……。

◆◆◆◆◆◆◆◆◆◆

トントントン。

トントントン。

……何？　朝っぱらから三三七拍子？　メイドさん対抗運動会でも始まったの？

「ハリスさーん、起きてらっしゃいませんかー？　ハリスさーん！」

「……ん？　ああ、はい！　起きてらっしゃいません！」

「そうですか！　では後ほどー……って返事されましたし、起きてますよね⁉︎」

扉越しの間延びした声はきっとAさん。案外ノリのいい子である。

「もう、お嬢様がお呼びですよう！　なんでも聖霊様のことで大至急お話があるとか！」

聖霊？　子グマなら俺の隣で大口開けて大の字で寝てるけど、また別の子？

もうね、凄かったよ昨日のこいつ……極上の抱き枕だった。こんなにぐっすりと、いばら姫のような眠りについたのはいつぶりだろうか？　ついでにメルちゃんのキスで目覚められれば最高だったのに……いや、これ幸いとトドメを刺される危険があるから駄目だな。

そしてこんな朝っぱらからお嬢様のお呼び出しってなんの用なんだろう？

「了解しました、すぐに向かいますねー」

特に寝間着などは着ていないので、下着の上からフィオーラ嬢に買ってもらった上等な服を着込み、彼女のもとに早足で向かう。

文面だけだとちょっとした恋人同士の逢瀬《おうせ》のようだが、ただの社畜と雇用主、それとも駄目男のヒモに引っかかったお金持ちのお嬢様か。いや、ちゃんと働いてるから！　ヒモじゃないから！

一人で進む勝手知ったる他人の家。まぁ職場で迷うのはカッコ悪いからね？

お屋敷の奥、お嬢様の部屋の扉の前で待機しているメイドさんに到着の連絡と取次をお願いすると、すぐに室内へと通された。

「おはようございます、御主人様。お呼びと聞き参上いたしました」

今日のお呼び出しはお仕事なのでキッチリと跪《ひざまず》き頭《こうべ》を垂れて挨拶、声が掛かるまでそのまま待機する。

てかチラッと見えたお顔がかなりお疲れ気味なんだけど昨晩はあんまり寝られなかったのかな？

もしかしてメルちゃんとあんなことやこんなことの可能性も……ないか。

「早かったわね、ハリス。……実は大変なことが起こったのよ」

「言伝《ことづて》の方より聖霊様のことで何か御用と伺いましたが」

「ええ、そうなの。……聖霊様が、聖霊様が……いらっしゃらないのよ！」

「居ない……ですか？　頻繁にお嬢様の頭の上に乗っている子グマの聖霊様なら、昨晩より私の部屋で好き勝手されておりますが、それとはまた別の聖霊様です？」

そう、壁をすり抜けておやつを食べてそのまま寝やがったからなあいつ！

お陰で俺も抱き枕効果で疲れも取れて、元気ハツラツだよ！

「えっ？」

「えっ？」

そんなキョトンとした顔でこっちを見ても「もの凄く可愛いですね？」くらいの感想しかないよ？

「……えっと、あなたの部屋に」

「はい、私《わたくし》の部屋に」

「聖霊様が？」

「聖霊グマが」

「なぜいらっしゃるの？」

「いや、知らないですけど。いきなり駆け込んできたと思ったら光魔晶を食い散らかしてそのまま寝ましたけど」

「すみません、ちょっと情報量が過多なので待ってもらってもいいかしら？」

「はい、どうぞどうぞ」

もの凄い簡潔に話したよな？　情報量なんて子グマがわがままくらいしかなかったと思うんだけど。

「まず……聖霊様は昨日の夜からあなたの部屋にいらっしゃったのね？」

「はい、壁を突き抜けて現れたのでもの凄く驚きました」

「聖霊様は扉がなくとも自由に部屋に出入りできるのですか？」

「よくは分かりませんが、聖霊ですから壁を抜けるくらいは可能なのではないですかね？」

だって聖霊、霊の字が入ってるんだから壁とか屋根くらいはすり抜けそうじゃん？

でも普通に触れるし……やっぱり謎生物である。

「そしてあなたの部屋にあった光魔晶を体内に取り込んだと？」

「取り込んだというか、カリカリとかじってましたね」

「なぜあなたの部屋に光魔晶なんてあったのですか？」

「……最初から明かり代わりに」

「置いてあるわけがないでしょう！」

そんなの何かの手違いで置いてあるかもしれないじゃん！

「それで、その後あなたの部屋で寝ていたと？」

「口を開いて大の字で」

「そもそも聖霊様は睡眠が必要なのでしょうか？」

「クマですし、もしかすると冬眠もするかもしれませんよ？」

あれだぞ？　熊って冬眠からあけるとう○こが固まって○門が詰まってるらしいぞ？　で、その詰まりを取るために蜂蜜を舐《な》めるとか。舐めるより直接塗ればいいのに。むしろ違う熊に……もうそれ完全にそういうお店のプレイだな。店名は『子グマの巣』。絶対に流行《はや》らなそう。

ちなみにうろ覚えの話なので、他所《よそ》で自慢気に話すと恥をかく恐れがあるから注意が必要である。

「あなたはどうしてそのまま一緒に寝ていたのですか？」

「見た目どおりモフモフしていてとても気持ちのいい肌触りでしたので」

「……」

「……」

「昨晩私がいつもの夜のお祈りに聖霊様が祀《まつ》られていらっしゃる部屋に参りましたら、その場から消えられており、屋敷内は今まで静かに大騒ぎだったのですよ⁉」

「そ、そりゃ犬や猫でも散歩くらいはするでしょうし……」

「聖霊様は愛玩動物《ペット》ではありません！」

え──……見た目ペット以外の何物でもないじゃないですか。あと静かに大騒ぎってなんだよ。

「公爵家存亡の危機と言っても過言ではない状況であなたは……。私《わたくし》がこんなに神経を擦り減らして聖霊様の探索をしていたというのに、呑気《のんき》に一緒に寝ていたと……」

「いえ、その、寮の方にはまったく情報が伝わってきていませんでしたので」

「当たり前です！　聖霊様が消えたなど国家規模での秘匿情報ですよ⁉」

いや、ダブルの意味で知らんがな。てか朝からメイドさんが伝えに来たじゃん。居なくなったとは言ってなかったけど。

そしてあのクマ、そこまでの重要人物、いや、重要聖霊様なのか。

お疲れ気味でも気丈な感じで立っていた体勢から崩れ落ちるように椅子に倒れ込むフィオーラ嬢。

「よ、よかったですね、聖霊様が見つかって」

「……あなた、煽《あお》ってますよね？」

完全な言いがかりです。そしてまたもやジト目をいただきました。

「……私《わたくし》はとても疲れました」

「お、おつかれさまであります！」

「なのにあなたからとんでもないことを聞いてしまいました」

「あー……な、何か……言いましたかねぇ？」

さらっと話したことなんだから、そんなに気にしなくていいんだよ？

ほら。「てゆーかーカラオケ行かねぇ？」みたいな感じで流そうよ？

「とぼけても無駄です光魔晶ですなぜあなたの部屋にそのようなものがあるのですかそもそも聖霊様が視《み》えることだけでも驚きですのにあなたはどれだけ私《わたくし》をビックリさせれば気が済むのですかそれに長年の付き合いがあるはずの私《わたくし》より聖霊様と仲がいいのは納得いきませんあともう絶対に逃しませんよ？」

「早口すぎてちょっと何言ってるのか聞き取りにくいです。それと最後の方に不穏当な発言があったような気がしました！」

一晩夜ふかししただけでヤンデレ化とか勘弁してほしいです。

「……少し取り乱してしまいました。それで、光魔晶はどこから入手したのですか？」

「えっと、昨日Cさんが寮の裏手の小屋の整理をされてまして」

「シーさん……とは誰でしょう？」

「あ、Cさんは仮名でして、名も知らぬメイドさんです。使い終わった魔水晶の管理というか破棄担当のメイドさんらしいですよ？」

と、昨日あったことを一から説明――するとややこしくなりそうなので、少しごまかしてみる。

「で、その小屋の使い終わった大量の魔水晶の欠片の中に、偶然光魔晶が」

「あるわけがないでしょう……。ハリス、そもそも光魔晶がどういうモノか知らないのではないですか？」

「使い勝手の良い照明器具ですよね？」

「間違いなく違うのは分かって……ないみたいですね……」

おおう、もの凄く残念で可哀想《かわいそう》な子を見るようなメルちゃんの瞳が……とても心地いい。

ん？　いきなりメルちゃんが出てきた？　いや、最初から部屋の中に居たよ？

「あなたは私《わたくし》と居てもちょくちょくメルティスと見つめ合いますよね？　なんなのですかそれは、二人が通じ合ってる意思表示か何かなのですか、二人して私《わたくし》のことを」

「お、お嬢様、今は魔水晶のお話の続きを」

「……そうでしたね、二人の関係については後ほど伺いましょう。それで、光魔晶ですが……そもそも希少すぎて王国ではそうそう出回るような代物ではないのです。小指の先くらいの大きさの光魔晶一つで、神薬《エリクサー》が必要なほどの大怪我を治療することすら可能ですので」

「おう……」

そんな大げさなものなのかよアレ。

てか流石《さすが》に存在しない物が倉庫から見つかった、では通るはずがないよな……。

小指の先どころかちょっと大きめのスーパーボール大のヤツ食っちゃったよ、あの子グマ。

「それで、その光属性の、魔水晶は、どこから、入手したの、ですか？」

怖い怖い怖い！　開いてる！　瞳孔が開いてるから！

「え、えっと、作りました」

「……」

「……」

「……」

「……はい？」

お嬢様がお嬢様らしくない素っ頓狂な声をあげる。

「申し訳ありません、貴方《あなた》からあり得ない言葉を聞いた気がいたしますので先ほどの説明をもう一度、もう少し詳しくお願いします」

「ですので割れた魔水晶の欠片を生成というか精製？　して空の魔水晶を作って、そこに魔力操作で光魔法のエキスを注入です」

「光魔法のエキスとは一体なんなのですか……。言っていることが非常識すぎて理解が追いつきません……メルティス、少し代わってください」

「ふぁっ⁉　わ、私がですか⁉」

えー……おそらくこの国でも最上位で優秀なお嬢様が理解できないことを、ポンコツメルちゃんに交代して取り扱えとか、とんだいじめっ子じゃねぇか。

「メルちゃん、むっちゃ目が泳いでるよ？」

「馴《な》れ馴れしい呼び方をするんじゃない！　そして目など泳がせていない！　むしろどっしり構えすぎて沈んでいってるくらいだ！」

「それ泳いでる通り越して溺れてるじゃん……」


てことで事情聴取には大した役に立たなかったメルちゃんではあるが、お嬢様が落ち着くための時間稼ぎにはなったようで。

「……つまり、あなたは属性の付いた魔水晶を廃棄物から生産することができると言うのですね？」

「できると言えばできますし、できないと言えばできないといいますか」

「で　き　る　の　で　す　ね　？」

「で　き　ま　す　ね　！」

魔水晶、前の異世界にあった魔石、魔道具を動かすための電池程度の存在、大きくなると希少価値は上がったが、安い物だと銅貨数枚から買えるモノのちょっとした上位互換程度の物だと思ったら、想像以上の価値があるヤヴァイヤツだったよ……。

そして何かを考え込むフィオーラ嬢の隣からポンコツ娘が、

「お嬢様、この男の発言だけで信じるのはいささか早計なのでは？」

「……えっ？」

「……ええっ⁉」

「な、何か変なことを申したでしょうか？　というか貴様は何をそんなに驚いている？」

「メルちゃんが……頭の良さそうなことを喋《しゃべ》った……」

「よし、すぐに表に出ろ、決闘だ」

「えー、嫌だよ面倒臭い……」

「貴様という奴《やつ》は！　騎士の決闘を何だと」

「メルティス、少し煩《うるさ》いですよ？」

「申し訳ございません、お嬢様」

ふっ、怒られてやんの。

ニコッと微笑んで見つめたらむっちゃこめかみに青筋が浮かんでいた。

「でもメルティスの言うことも一理ありますね。必要なものは……その倉庫とやらから魔水晶の欠片を持ってこさせれば製作できるのですね？」

「あ、材料はまだ手持ちがありますから大丈夫ですよ？」

「……特に何も持ち歩いているようには見えませんが？」

そりゃ時空庫に全部入れてるもん、持ち歩いてはいないさ。

「ズ、ズボンのポケットの中に」

「何かが入っているようには見えません」

「男の子の下半身を凝視するなんて！　お嬢サンドウィッチ！」

「何を言っているのか分からないです」

「やっぱり材料がないです」

「やっぱりってなんですか、やっぱりって……子供じゃないんですから諦めて出しなさい」

いや、普通に見たままの子供なんですけど？

仕方ねぇな！　ポロン（時空庫からガラスの欠片を出す音であって断じて他の『モノ』を出したわけではない）。

「……」

「……」

「……」

「ええと、今、急にそれが現れたように見えたのですが、どこから出しました？」

「ハンド的なパワーといいますか」

ハンドパワー、いわゆる一つの腕力である。そうだねプロテインだね！

「おそらくは……絵本などで有名な時空庫ではないかと思われます」

「直感的に物事を把握する能力だけは凄いなあんた!?　流石野生の女騎士!!」

「ふふっ、そうだろうそうだろう」

「メル、あなた、まったく褒められてはいませんよ……」

まぁ本人が嬉しそうなんだからいいじゃない。

「ハリス、時空庫というモノがどういう……いえ、今はいいです」

「お、おう」

その後幾つかの属性の魔水晶を連続で作らされ、危うくＭＰが底を尽きそうになった。十数個《いくつか》だからね？

いい仕事したなー、疲れたしそろそろお部屋に戻って二度寝とかした、

『オー！　オオー！』

「現れやがったな諸悪の根源！」

また壁抜けしてきやがったぞコイツ。

ご機嫌な様子で走ってきたのでまた魔水晶が食べたいのかと思ったら、そういう様子でもなくピヨコンッと俺の膝に飛び乗って寝転ぶ。

……クマっていうか犬みたいだな。かいぐりかいぐり。

「聖霊様をそのように呼ぶとは何事ですか！　ご無事で何よりです聖霊様」

「えー……御主人様も途中から子グマのこと忘れてたっていうか、魔水晶の方が気になってたじゃないですか」

「そ、そんなことはないです。ええ、あろうはずがないでスッ……」

「ならなぜ目を逸《そ》らす」

さて、聖霊様も無事に戻り、というか最初からどこにも行っていないが……一安心の公爵家。呼び出されたついでに昨日からお願いしようと思っていた話をする。

「あの、差し支えなければでよろしいのですが、お姫さまのお風呂とトイレを見てみたいのですが」

「あなたはなぜそれを見るのが差し支えないと思ったのですか⁉　そ、そのような……未婚の女性

が殿方に肌を晒《さら》す、あまつさえ排泄《はいせつ》行為を見せるなど。いくら婚約者といえどもできるはずがないでしょう!!」

「貴様、なんと破廉恥な……」

あれー？　どうしていきなり顔を真っ赤に染めて憤ってるんだこの子達？

……あっ！

「いえ、違います！　誤解です勘違いです！　お姫さまの入浴姿とお手洗い姿を見せろと言ってるのではなくてですね！　お屋敷にあるお風呂とトイレの魔道具を見せていただきたいと！　魔水晶がどのように使われてるのかが知りたくてですね！」

わたわたと言い訳する俺。うん、風呂はいいけどトイレ姿を見せろって言ったと思われるのは流石にド変態だからな……。まぁ大貴族の御令嬢でなくとも女性に対して風呂は見てもいいなどということも絶対にないのだが。

「もちろん理解してますよ？」

「ならたちの悪い冗談は止めてくださいね？　公爵令嬢にお風呂を覗《のぞ》かせろなんて面と向かって言うとか、自分から十三階段を駆け上がる自殺志願者ですからね？　あとどさくさに紛れて婚約者とか無茶苦茶《むちゃくちゃ》なこと言うのは止めてくださいね？」

「プクー」

「クッ、そんな可愛く膨れても流されないですからね！　まぁ冗談はさておきですね、もう色々やらかしてるのでぶっちゃけますけど、自分のお風呂が作りたいんです！　毎日入りたいんです！　トイレも必要なんです！　精神的に色んなモノが削られるんですっ!!」

「わ、私も見せないからな！」

メルちゃん、その話はもう周回遅れなんだ。でも何を妄想してるのか真っ赤になって俯《うつむ》いてるの可愛い。あっ、着替えにふんどしいる？

てことで大問題に発展するところだったが表面上は何の問題もなく今回の聖霊様騒ぎも収まったので、むしろ問題視されたのは光魔晶だったが……今度は公爵家のお風呂&トイレ見学会である。

トイレは魔道具でもなんでもなく、メイド寮と同じタイプの和式の上部が穴の開いた椅子になってるだけだった。ツヤツヤした石製の。魔道具じゃないなら最初からそう言ってほしかったな？

そして個室用はその椅子の部分のみ。大人のおまるだな。素材は木製で用を足した後は内蔵されている壷《つぼ》の中身を捨てるタイプ。だから魔道具じゃないなら見学の必要はないからね？

てかこれ、特に最初の石を磨いたヤツ！　冬場とかお尻冷たすぎない？　ぢになるわ、ぢに！

あれか、草履を懐に入れてたと言い張ってるけど尻に敷いてた某《ぼう》猿みたいに、メイドさんにトイレで座る担当みたいなのがあるとか？　なにその地味にキツイレベルの拷問としか思えない担当。

湯船は部屋に置くタイプ、猫脚の付いてる陶器製のアレみたいな個室用の小さいモノではなく、ご家族専用の浴場があるみたいだ。

ちなみにお風呂の見た目は、モザイクタイルで装飾された広さも内装も含めて昭和の民宿の浴場みたいだった。

浴槽の広さは日本の一般家庭で使ってるヤツの三倍くらいかな？

確かに人力で水場からここまで水を運ぶのは人数も必要だし、とんだ重労働である。

でもそこは大貴族様のお宅、そう、いよいよ魔道具の出番なのである！

「ふむ、この蛇口みたいなところとあの網目になってるカゴみたいな物の中に、水と火の属性魔水晶をセットするのかな？」

「そうですね、水魔法か火魔法の使い手が魔力を通すとそれぞれの魔水晶が効力を発揮します」

「思ってたより手間がかかるというか原始的というか。どうせ魔法使いを使うなら魔法でお湯を出した方が早くないですか？」

「……水魔法と火魔法の両属性が使えるような大魔道士にお風呂当番をさせろと？」

大魔道士？　……ああ、この世界には二つの属性が使える人間はそんなに居ないのか！

このへんの魔法の話とか結構なカルチャーショックなんだよね。前の異世界の魔法使いにそんな制限なかったからさ。個人の得手不得手はあってもまったく使えないような属性はなかったし。みんなそれなりの範囲で全属性使用可能だったもん。

そして俺、属性別魔水晶を作る時に色んな魔法適性というか魔法スキルが使えるのを眼《め》の前で全部フィオーラ嬢に見せちゃってるわけで。

「とりあえず試しにお湯を張ってみてください」

「お、俺、低ランクの地魔法使いですので……できません？」

「私《わたくし》と出会う前まで遡らなければ、そんな戯言《たわごと》は通りませんよ？」

クッ、時魔法覚えなきゃ！　てか時空庫も空間魔法もあるけど時魔法はたぶんないんだよなぁ。

ちなみに転移魔法は闇魔法と空間魔法のランクを上げたら取れる。うん、まだ取ってないけどいつでも取れるんだ。

お湯かぁ。

「しょうがないにゃぁ……いいよ？」

「ちょっとしか可愛くありません」

むしろちょっと可愛かったんだ俺⁉

少しだけ気分も良くなったのでお風呂にお湯を張ることに。

水魔法と火魔法と合成魔法でできるからね？　てか氷魔法はあるけどお湯魔法なんていうニッチな魔法はないので合成魔法、それも設定が面倒なので魔導板さんで調整することに。

「火と水が合わさって最強……ではなくお湯になる！　温度は四十二℃で……いでよお湯！　百リットルくらい！」

てか、お風呂のお湯の量とか分かんないんだけど？　何となくキリのいいところで百って言ってみたけどさ。

そういえば俺、この世界のスキルで魔法らしい魔法を使うのって今回が初めてじゃないかな？

なんとなく突き出した手のひらの前に浮かび上がり、クルクルと回りながら大きくなっていくお湯の玉。そっと浴槽に降ろしてみるも、

「足湯どころか、くるぶしくらいまでしか溜《た》まってねぇな……お湯、千リットル！」

先ほどよりも大きな水の玉を浴槽に入れる。

うん、そこそこ盛大に溢《あふ》れたけど、お風呂のお湯はなみなみと入ってないとな！

「ちょっと浸《つ》かりますので出ていってもらっていいですか？」

「なぜ出ていくと思ったのですか？」

だって、お風呂、せっかくお湯を入れたのに……入れたのにっ！

「ううううう……」

「泣くほどのことなのですか⁉」

はっ、いかんお風呂への郷愁《ノスタルジア》で自制が利かなくなってた。

「まぁあなたも家族の一員なのですから、ここで入浴するのは構いませんが」

「ご遠慮いたしますマム！　寮でメイドさんと一緒に入らせていただきますマム！」

「メイドと……一緒に入浴？」

「一緒って言っても一緒（のお風呂を使用する）ってだけで一緒（ピンク色漂うサービスタイム）って意味じゃないですからね？」

「伝えたいことがまったく分かりませんが」

ちゃんと行間とか読まないと！　いや、たぶんこのお嬢様なら分かってるはず。そして絶対に俺は家族の一員ではない。

『従業員は家族』とかそういう意味じゃなさそうだしな！

そう、色んな意味で絶対にここのお風呂には入ってはいけないのだ！

まぁ魔道具の確認はできたし、ヨシ！

水を溜めてから温める感じで、シャワーもない使い勝手の悪そうな風呂だったけど。

後は……体を洗うのはあの色の悪い石鹸《せっけん》みたいなやつかな？

クンクンクン……油っ臭いなこれ……ちなみに俺はボディソープじゃなく石鹸派、それも牛○石鹸の赤箱派だ。

「あ、あ、あ、あ、あなたは何の匂いを嗅いでるんですかっ⁉」

「何って……石鹸ですよねコレ？」

「そうですけど！　そういう意味ではありません！」

ならどういう意味……あああ!!

「もしかして……コレ……公爵閣下がご使用の？」

「父は王都ですから違います！」

「ほっ……なら大丈夫ですね」

「全然大丈夫ではありませんがっ⁉」

ほっ……。最悪、むしろ災厄は免れたな。てか匂いじゃなくて臭いだったしな。

ちなみに石鹸の利用者についてこれ以上の詮索をしてはいけない。なぜなら御令嬢がお顔を真っ赤にしてこちらを睨《にら》んでいるからだ。

「貴様はなかなかに行動的《アクティブ》な変態だな！」

「今回に限っては何も言い返せねぇ……」

ポンコツ娘に罵られようとも今は我慢だ！

てことでなんとなくこの世界の魔道具がどういう物かが分かった。公爵家で使ってる物があのレベルならそれほど発展している技術でもないのだろう。

そもそも魔道具以前に魔法がそんなに発達していないようにも思えるもん。

てかあの風呂場改装してぇなぁ……まぁ俺がお屋敷本館のお風呂を使うことは絶対にないからいいんだけどさ。

その後なぜだか分からないが、メルちゃんの朝稽古——すでに昼なんだけどね？　に、二時間付き合わされた。

フッ、「も、もうこれいじょうは……らめぇ」って言うまで相手してやったぜぇ。

もちろんメルちゃんは口では言わないから雰囲気で察したんだけどね？　きっと言ってたハズ。

今日はそこそこ朝早くから起こされて、今まで色々してたから朝ご飯食べてないんだよなぁ。

養護院生活で空腹には慣れてるから、晩ご飯まで保《も》つっていえば保つんだけど。

寮の食堂に行ったら何か貰《もら》えるかな？

てことで食堂に行ったら朝ご飯は普通にあった。むしろ朝から大変だったわねぇと慰められた。


さて、トイレ、お風呂、お風呂周りのアメニティも大切だけど、できれば今すぐに欲しいのが替えの下着、そして歯ブラシ。

着替え、高いから一組しか買ってないんだよね……。素材にかかわらず布がバカ高いから仕方ないんだけどさ。あと質が悪い。メッシュ加工かと勘違いするほど肌が透けて見えるもん。

でもほら、紙が作れるんだから布も作れそうじゃないですか？　スキルで。

で、布が作れるなら下着とか服も作れそうじゃないですか？　スキルで。

もろちん、もちろん材料は必要なんだけどね。なぜこのタイミングで挟んだ『もろちん』。きっと誰も気付かなかったぞ、もろちん。

必要そうなスキルは『紡績』かな？　……ないな。『織物』はあるから糸紡ぎも含まれてるのかな？

あとは裁縫？　お針子？　まったく違いが分からねぇ……。裁縫でいいか。ランク5までならまだ二十種くらいはスキルを取れそうだし取っちゃえ。

材料はやっぱり麻とか綿とか絹、毛織物になりそうな動物の体毛って感じか。戦国時代の上杉謙信の話でよく出てくる、あお……あお……あおむし？　なんか芋みたいな漢字のやつ。

あんな系統の個人的にまったく知らない素材もありそうだけど……知らないんだからどうにもならない（真理）。暇があれば知ってそうな人に教えてもらおう。

でも麻でさえ擦れて痛い時があるのにそれよりチクチクしそうな植物素材は勘弁してもらいたい。ちなみに擦《す》れるの擬音はザラッだけど、これが擦《こす》れるに変わるとスコスコにならない？　ならんか。

話は戻って衣類用の素材の入手方法である。流石に公爵家の花壇というか庭というか森？　では綿花の栽培なんてしてるはずもなく……。

そこで俺が目をつけたのは……素材ではなく加工品、言わずと知れたボロ布である！

そうだね、ここん家《ち》のトイレで使われてるアレだね。

紙を作る材料にボロ布が使えるんだから、布を作るのに使えなかったら苦情を入れてもいいはず。誰に言えばいいのかは分からないけど。

流石にお屋敷のトイレから勝手に全部回収してきちゃうと個室に入ったお嬢さん方がパニックを起こすので、またまた誰かメイドさんを捕まえて……あ、食堂でお茶してる人発見。

「あの、すみませんが少々お時間よろしいでしょうか？」

「ハリスたん⁉」

いきなり斜め後ろから声を掛けた俺も悪いが、そこまでビックリしなくても……いや、寮にはほぼ女の人しか居ないのに男に声を掛けられたら驚くか。反省。

てか「ハリスたん」って可愛い噛《か》み方だな。大人っぽい雰囲気でできる女性って感じなのに。少しホンワカしてしまう。

「いきなり申し訳ないです。あの、少々お願いがありまして。実は下着が欲しいのですが」

「下着⁉ 欲しい⁉ こ、ここでですか⁉ その、差し上げるのはやぶさかではないのですがここで脱ぐのは流石に……人目もありますので……」

もの凄く残念そうな表情のメイドさん。

てか脱ぐ？ 人目がある？ 一体何の話をっ……‼

「いやいやいや、違う、そうじゃない、そうじゃないいんだ！」

「ええ、ええ、お姉ちゃんはちゃんと分かってるよ？ ハリスたんもそういうお年頃だもんね？もう……でもちゃんとお姉ちゃんに言えて偉いぞ？」

誰だできる女性とか言ったヤツ！ 今まで声掛けた中で一番やべぇヤツじゃねぇか！

確かにある意味でできそう（意味深）な雰囲気だけども！ 見えてるブービートラップってレベルじゃねぇぞ⁉

「えっとですね、そうじゃなくて下着がね？ 俺の替えの下着がなくてですね」

「えっ？ ハリスたんお姉ちゃんのパンツ穿《は》きたいの⁉ そう、でもそういう愛の形も確かにあるよね？」

「ねぇよっ！ 誰か助けてー、この人話どころか言葉から通じないのー」

そこそこ大きい声で二人で騒いでたので、何事かと様子を見にきた違うメイドさんに事情を説明。

ちょっとイカれたメイドさんは、

「いやっ、お姉ちゃんはハリスたんと一緒にいるのっ！　パンツを共有するのっ！　そして二人の赤ちゃんを産むのぉぉぉぉ!!」

などと意味不明なことを叫びながらズルズルと引きずられていった。

まだ何も解決してないのにどっと疲れたわ……やはり知らない人に声を掛けるのは危険だな。

いや、それで済ませちゃ駄目な人材（ある意味逸材）だろアレ。

公爵家のメイドさん、Aさん（ポンコツ）、Cさん（ゼニゲバ）、さっきの（名伏し難きモノ）と、俺のメイド像を破壊されっぱなしだぞ？

……お、噂《うわさ》をすれば……知ってる人発見。

「ああ、Cさんお久しぶりです。えっと実はですね、ボロ布が欲しくてですね」

今回はいらぬ誤解を招かないように最初から下着ではなくボロ布と伝える。

「シーさん？　昨日ぶりですのでお久しぶりではないと思いますが……旦那様はそんなに私と会いたかったと。そしてボロ布ですか？　あるにはありますが……また何かやらかすのです？」

「まったくやらかさないです。むしろこれまでやらかしたことなど一度もないですからね？　ボロ布、特に特別な物じゃなくてトイレで使う予定のやつでいいんですけど。もちろん代わりのモノは用意させていただきますので」

ポケットと見せかけて時空庫経由でポロンとロールタイプのトイレットペーパーを一つ取り出す。

うん、サイズ的にポケットから出したと言い張るのはかなり無理があることは理解してる。

でもいちいち部屋に戻って持ってくる素振りとかするの面倒臭いじゃないですか？　Cさんには昨日すでにやらかしちゃってるし。先ほどのやらかしてない発言、早くも崩れ去る。

「これでどうでしょうか？」

「な、なんですその真っ白い薄い……もしかして紙です？　もの凄くツルツルというかスベスベというかサラサラ……でもそれだけじゃなくふわふわとしてるんですけど……」

「もちろん布の代わりに使うモノですよ？　三重とか四重にしてこう……いや、使い方は分かりますよね？」

「ええ、それとなくは分かりますけれども。もしかして旦那様は私で実演しようと？」

「Cさん、お前もか……。あと旦那様ではないです。ならボロ布とそれを交換していただけませんかね？　とりあえず五十ロールくらいでいけます？　そんなに在庫がないので足りなければ少しお待ちいただくことになりますけど」

「わ、分かりました、たぶん大丈夫です。話を通してまいりますので少しだけお時間をください、上の者と相談いたしますので」

Cさんは話が早くて助かる。よし、無事にボロ布ゲットだぜっ！　たぶんだけどな！

部屋に戻ってトイレットペーパーを取り出し、ピラミッド型に積み上げながら待つことしばし。

うん、なにがしかの不都合が発生するかもしれないがそれは些細《ささい》なことである。

だってさ、着替え、欲しいじゃないですか？

そもそも毎日着替えてお洗濯したいじゃないですかっ！　洗濯はメイドさんがしてくれるらしいんだけどさ。

今は一組しかないからほら……ここに来てから着替えてないし洗ってもいないんだ。

お貴族様の使用人としてはそこそこの問題発言である。

まぁ俺の着替えの話は置いといて。

イマイチよく分からないけどさ、すでにバレてしまった魔水晶が想像より貴重なブツらしいし？

トイレ用の紙くらい出してもどうってことないよね？　……ないはずっ！

トイレットペーパーピラミッドが完成してからさらに半時間ほど経過した頃、メイド長に話をつけてくれたらしいCさんが、知らないメイドさんと共に大量のボロ布を洗濯かごに入れて持ってきてくれた。

たぶん某通販会社の段ボール箱五個分くらいかな？　いや、荷物によって箱の大きさが変わるから何の指標にもならないなこれ。

新しい服は……ちょっと無理かもしれないな。

とりあえず何組かの下着とバスタオル及びフェイスタオルを作るくらいなら十分な量だ。

当然のように室内に入ってきたCさんが、

「旦那様、流石にこれはやりすぎではないでしょうか？」

「なんかもういいかなって」

「ここにきてまさかの大雑把《おおざっぱ》……」

ちょっと騒がしかったけど気にしてはいけない。

一緒に居たメイドさんも「えっ、こんなモノがどうしてこの部屋に大量にあるの？　そもそもコレって何なの？」と、疑問の視線を投げかけてきてたけど華麗にスルー。部屋からとっとと持ち出してもらう。残念ではあるが他のメイドさんに対する使用方法の説明はCさんに一任することに。

あ、後でトイレの個室にカランカラン付《ペーパーホルダー》けておかなきゃ！

メイドさんが荷物を運び出した後、一応部屋に施錠してからボロ布を全部時空庫に取り込む。

今さら施錠したところで何の意味もないような気がするが、まったく問題はない。

ふむ……ボロ布、よかったほとんどが木綿製だった。

今着用している袋に穴を開けただけの下着ともこれでおさらばである。

「設計、Tシャツ……Sサイズ？」

『生地がありません』

ああ、そこからか。ちなみに『作成、木綿の生地』にしたら『糸がありません』って言われた。

『作成、木綿糸』にしたら普通にボロ布からのリサイクルができたからいいんだけどさ。

いつもそこそこ応用を利かせて行程を短縮するという無理を聞いてくれている魔導板さん、今日は反抗期だったのかな？

あの『女騎士ふんどしヴィデオ事件』で距離を置かれたわけじゃないよね？

てかボロ布からの再生素材なのに上質の木綿糸ができたのが地味にありがたい。もちろんその糸からの生地も上質の木綿の生地になった。織物スキルのランクを上げればさらに質が上がるのかな？　もちろん今着用している下着も一緒にリサイクル。

……全裸になっても鍵かけてるし、誰も入ってこないよね？

てかよく考えなくとも先にシャツとパンツをワンセット作ってから脱げばよかったのに、どうして俺は全裸で作業をしていたのだろうか？

もろちん、シャツもパンツも普通に完成いたしました！　そして繰り返される誰も気付かないもろちん発言。

袋に穴を開けただけじゃなく着慣れた首周り、腕周りが立体的に加工された普通のTシャツだ。

パンツはトランクスなので見た目はそれほど変わってないけど、オチン○ンホール完備！　もし俺がアメリカ人なら喜びのあまり「B○D！」コールを起こしていたと思う。

ちなみにオチ○チンホールの正式名称は知らない。

女性用下着の二重になってるところの名前は知ってるのにっ！

どうして人は聞かれてもいないのに必要のないエロ系の雑学を披露しようとするのか。

……ちゃうねん、マンガ知識やねん、調べたとかやないねん。

てか今まで着てたのとは肌触りが段違いだなこれ！　ポコちゃんの収まりもまったく違うし！

ちなみにうちのポコちゃんの友達はペ○ちゃんではなくタマちゃんである。

下着の色はカーキオリーブ。兵隊さんが着てるような緑色っぽいヤツだ。

だってほら、白だと汚れが目立っちゃうからね？　メイドさんに洗濯してもらう時に「……シミが」とか思われたらふた月くらい部屋に引きこもっちゃうもん。むしろそっとお屋敷から去る。

ちなみにカーキオリーブになった理由は時空庫に入ってる素材（主に草）で出せる色がそれくらいしかないから。

現状『白、緑、黒』程度しか選択肢がないのだ。

手に入れたボロ布で作れたのは下着が三セット、バスタオルが二枚とタオルが二枚。

結構な量のボロ布があったように見えたのに、木綿のほぼすべてが消費されてしまった。

でもバスタオルとタオルはパイル生地だぞパイル生地！　タオル地っていうくらいだからな！

よし、とりあえずは下着を付けるか！　まだ全裸だったのかよ。

さて、新しい下着を手に入れた俺の快進撃は続く。そう、次の目標は歯ブラシである。

「えっ、プラッチック作れるの？」

もちろん作れない。異世界に原油の加工スキルなんて流石にないと思うし。ないよね？

あとプラスティックな。

なら何の素材から作るのか？　もちろん『馬の毛』である。次点で『豚の毛』。柄《え》の部分は木工スキルもあるし大丈夫だろう。

まぁこっちは普通に厩《うまや》に行って「ハァハァ、ちょっと馬の体のブラッシングさせてください！」って頼めば素材は確保できるのでお手軽。

ちょっと厩番のおっちゃんに気味の悪いモノを見る目で見られたけど、気にしない。

馬に興奮してるわけじゃなく走ってきたからハァハァしてただけなんだからね？

何の関係もない話だけど孫悟空（玉集めするヤツじゃなく天竺《てんじく》目指すヤツな）も弼馬温《ひつぱおん》っていうお馬の世話する仕事をしていたらしい。本当に何の関係もなかった。

そして歯ブラシが呆気《あっけ》なく完成！　歯ブラシ……やっとだよ……。木を柔らかく噛《か》んだ後で擦るだけとか磨いた気がしなかったもん。歯間を綺麗にしようとすると歯茎からそこそこ大量に出血するしさ。まぁ歯垢《しこう》が溜まるような食事は養護院では出てなかったんだけど、街で買い食いとかしてたしね？　シーナちゃんと二人で。今日からはこれで歯茎とベロまで擦り回してやるんだ！

歯磨き粉はしばらく塩で我慢かな。

魔導板さんに教えてもらったんだけど……塩、少量なら土からでも取り出せるんだよね。結構なMP使っちゃうけど。

どうせMPなんて毎日トイレットペーパー製造以外で使ってないからいい……いや、もしかしたらこれからは大量消費されるかもしれないんだよな、トイレットペーパー。

というか「どうしてそんな生き急ぐように替えの下着とか歯ブラシとか用意始めたの？」と疑問に思っている方もいらっしゃるかもしれない。目立ちたくないとか言いながらトイレットペーパーとボロ布の交換ってバカじゃないの？　もっともなご意見である。

いや、目立ちたくなかったのは教会の施設に居たからって部分も大きかったんだけどさ。

でもね？　忘れてるかもしれないけど今日は、

『三日後のお風呂の日』なのである！

お風呂に入れるなら、少しくらいのデメリットなら、許容範囲でしょう？　だって三年間も入ってないんだよ⁉

まぁお風呂以前に下着をもっと早くどうにかしておけって話なんだけどさ。

ちゃんと体は毎晩手ぬぐいで拭いてたから！

日も暮れていき、着替えも用意できたので「お風呂っ、お風呂っ♪」とワクワクしながらその時を部屋で待つ、ただひたすらに待つ。

……が、特に誰も呼びには来てはくれない。そもそも何時から入るのか、そして誰から入るのかも知らないんだよなぁ。男は俺だけだし、一人で入ることになるよね？

部屋の中で落ち着きなく逆立ちして「ベントラーベントラー」とか言っている間に晩ご飯の時間になる。どうも、暴れベントラです。誰が分かるんだコレ……。

よしご飯ついでに食堂で情報収集でもするか。

「えっと、お風呂は明日ですけど」

ちょうど知り合い、Aさんが食事をとっていたので、これ幸いとお向かいの空いていた席に俺もご飯を受け取ってから着席する。ふむ、今日は肉と野菜の炒《いた》めものか。

「えっと、お風呂って何時からなのかな？　そもそものところ、俺も入って大丈夫なんだよね？　やっぱり順番的には最後になるのかな？　石鹸とかシャンプーとか備品は完備？　洗うビニールのタオルはないよね？」

などと早口の質問を投げかけた俺に対するアンサーがその言葉であった。

……なん……だと。

三日後って、三日後って言ってたじゃないですか!?　今日、明日、明後日じゃなくて明日、明後日、明々後日《しあさって》の三日後だなんて聞いてないですよ！　それって四日後じゃないですかっ！

絶望、まさしくタルタロス級の絶望である。

「無理……もう、もう俺……これ以上は我慢できないんだっ!!」

「それはもう絶対にエッチなお話ですよね!?　う、受け入れる覚悟はすでにできていますっ!!」

どう考えても風呂の話だろうがっ！　あとその覚悟が必要になる時は永遠にこないから裏山にでも捨ててしまえっ！

そしていくら追い詰められているからといっても、メイドさんに八つ当たりはよくないな。

てなわけでちゃんと最後までご飯を頂いて、ごちそうさまでしたをしてからメイド長に声を掛けてもらい、一緒にお風呂場に向かう。

食べ物の大切さとありがたさは養護院暮らしで十分身にしみてるからね？　残したり粗末にしたりは駄目、絶対！

なぜだか関係のないメイドさんがぞろぞろと後ろからついてきてるけど……気にしてはいけない。

AさんとCさんとアレでソレなメイドさんも混ざってるけど、気にしてはいけないのだ。

さて、女子寮のお風呂場。初日に場所を教えてもらっただけで中には入ってなかったけど……お昼に見せてもらった公爵家の家族風呂より湯船が当社比五倍くらい広い。

まぁ人数多いもんね、メイドさん。脱衣所と洗い場に関しても二倍ほどの広さだ。

タイル張りではなく木の床に木の壁で湯船も木製になっているので、なんとなく温泉旅館のお風呂って感じがする。

あ、鳥かごみたいなヤツ、火の魔道具はここにも付いてた。

でも水は井戸から人力で往復して運ばなければならないという。

まぁ薪《まき》じゃなく魔道具で沸かすことができるので多少は楽……なんだろう、きっと。

竹筒みたいなのでフーフーしながら風呂沸かすのとかしたことないけど絶対に疲れると思うもん。

てかあの竹筒でフーフーするのと大きめの団扇《うちわ》でパタパタするのと、どっちが効率いいんだろうか？　共に疲労度は関係ないものとして。

「えっと、お風呂のお湯を自分で用意したら一番に入っても大丈夫です？　もちろん魔道具は一切使いませんので」

「えっ？　ええと、それは……大丈夫ですけれども……でも魔道具を使わないとお湯を沸かせないですよ？　この時間からお水を汲《く》むのも大変な作業ですし」

困惑顔のメイド長。しかしちゃんと責任者の言質《げんち》は取ったっ！

「お湯、五千リットルっっっ！」

少々力が入りすぎている気もするが、コマンドワードを唱えて魔法を発動させる。

今回はちゃんと魔導板さんに新魔法として登録してあるのだ！　そして初登録の魔法がお湯、熱湯ではなく四十二℃のお湯なので温度的にも完全にお風呂専用魔法である。

ビックリするほど地味でニッチな魔法だな。

発動してしまえばすでに見慣れたクルクルと回りながら大きくなっていくお湯の玉を眺めるだけ。

湯船にゆっくりと下ろすと……うん、普通に溢れた。

よし、待ちに待ったお風呂タイムだ！　ヒャッハー！

「……」「……」「……」「……」「……」「……」「……」「……」

脱衣所からこちらを覗く見学組のメイドさん達が目を見開き、ついでに口もポカンと開いてる。

いや、あの、みなさんとりあえず出ていってもらえますかね？　今から裸になりますので……。

「ふぅ……」

うん、いい、実によかった。お風呂最強。

えっ入浴シーン？　俺しか入ってないのにどこの層に需要があるんだよソレは……。

てか洗うタオルはないし、石鹸は油っ臭いし、シャンプーはただの泥だし、と色々問題点が見つかったので大至急改善しないと駄目だな、公爵家のメイド寮の風呂。

そう、トイレに全力を出さなければいけないように、風呂にも全力を出すのは仕方がないのだ！

これはもう大自然の摂理といえるかもしれない。

もちろん、湯船に浸かる前にお昼に作った普通のタオルに石鹸をガシガシと擦りつけて体を洗ったからね？

足掛け三年分の垢《あか》だからいっぱい出たと思うじゃん？　毎日ボロ濡《ぬ》れ手ぬぐいで擦ってたからそうでもなかった。それでも念のために二回洗ったんだけどさ。

ついでに髪も石鹸で洗ったらキッシキシになった。あと油っ臭い。植物油ではあるんだろうけど独特な臭いがする。サラダ油だって爽やかな香りはしないもんな。

そして湯上がりのふわっとしたバスタオルの肌触り……パイル生地最高。もちろんスキルじゃなく手芸（手縫い？　手織り？）で作れる気はしない。

脱衣所から廊下に出ると……先ほどより大量のメイドさん達が立っていた。ちょっとしたゾンビ映画の様相である。てか無言で囲んで見つめられるとか恐怖しか感じないんだけど？　全員表情筋に仕事させて？

「お、お先です？　あ、お湯が足りなければ呼んでもらったら足しますんで」

男の入った後なのでちゃんとお湯は張り替えてきた。

……そしてその後そこそこ遠慮のないメイドさん達に五回も出させられた……もちろんお湯の話だからね？

てかさ、お湯を継ぎ足しに行くのはいいんだけどさ、どうして自分達が風呂に入る前に呼びに来ないのかな？　それも五回とも。

一応タオル……じゃなく手ぬぐいで隠してるけどさ、布が薄いから透けてるからね？　何なの？　ギリギリのライン見極めてるの？　黙ってたけどそこそこアウトの人居たからね？　薄布を透過して見える突起物とか茂みとか。ここが天国《ヘヴン》だったか……。

歯ブラシ、タオルは用意した。しかしこれ以上の快適入浴ライフのためにはさらなる追求が必要なのだ。

そう、それはもちろん石鹸とシャンプー、リンスもあればなおよし！

てなわけで翌日、朝から礼儀作法のお勉強をジョシュアじーちゃんとこなした後は石鹸の作成である。

「お前、石鹸の材料なんて知ってるのかよ？」って？

一応学校でも習ったじゃん？　苛性ソーダとか使うやつ。さらっと教師が説明してるのを聞いただけだから正直記憶には残っていない。

確か重曹で代用できるらしいんだけどね？　この世界、スーパーマーケットとかないから売ってないし……。

でも俺にはディス○バリーチャンネルの知識がある！　あれ？　ヒス○リーチャンネルだったかも？　なんか女の人が獣脂と灰で石鹸作ってるの観《み》たんだよね。

てか授業で苛性ソーダとかいうから何かこう……特別な物が必要なんだな？　って思っちゃうんだよ！　灰（に含まれる成分）って言えよ、灰（に含まれる成分）って。

そして今の俺には設計スキルと錬金術スキルがある！　そう、分量などの試行錯誤要らずで、材料さえ集めて時空庫にステンバイしておけば、スキルの行使で最良の完成品を入手できるのだ！

たまにヘソを曲げるけど魔導板さんは最強。

でも既製品ですらお肌に合う合わないとかあるらしいからなぁ。

それに石鹸で髪の毛洗ったらギッシギシになるよね。

シャンプーはどうしよう……あ！　あれだ、もしも肌とか髪の毛《キューティクル》が傷ついても治療しちゃえばいいんじゃね？

石鹸はそのままでもいけそうな気がするけど、シャンプー（という名の固めてないだけの液体石鹸）にはとりあえずポーション混ぜちゃえばよくね？

そこそこアホの子の発想である。

でもそんなに的は外してない気はするんだ。よし、ポーション作成。錬金術だけじゃ駄目かもしれないな……追加で薬師スキルも必要かな？

てか最近無制限にスキル取っちゃってるから予備のポイントが結構減ってるんだよなぁ。でもお風呂とトイレのためだから仕方ないね？

後は材料だけど、流石にその辺にあるモノだけでは揃《そろ》わない。植物油とかも厨《くりや》の備品だから勝手に使ったら料理のおば……お姉さんに叱られちゃうし。

さて、どうするか……と思ってたらお嬢様に呼び出され、

「今日もお風呂にお湯を入れてもらっていいかしら？」

と頼まれる。

乗るしかない！　このビッグウェーブに！　風呂だけにな！　いや、波のプールはあるけど波の風呂はないな。ジェットバス？　違うか。

噂では日本には『泡のお風呂』があったらしい。勘違いしちゃ駄目だぞ？　ただのバブルバスだからな！

そんなことよりもお風呂のお湯を入れるの早くないかな？　まだ正午過ぎてそんなに経《た》ってないんだけど……まぁいいや。

「てことでお願いします！」

「どういうことよ……」

お風呂にお湯を張った後、フィオーラ嬢のお部屋で色んな材料の購入をお願いする。

困惑しながらも話を聞いてくれる公爵令嬢、流石聖女様である。

「……先に聞いておくけれど、あなた、これらの品物を使って何をするつもりなのかしら？」

「黒魔術の儀式でも始める気なのか？」

そうだね、色々と胡散臭《うさんくさ》いよね？　てか黒魔術っぽい材料――個人的にはヤモリの目玉とかイモリの黒焼きとかマンドラゴラとか。家畜の頭（生）は必須――は含まれてないだろ。

でも今回に限ってこちらには切り札があるのだ！

「お嬢様の肌とか髪が今より少し綺麗になるかもし」

「メルティス！　すぐに御用商人を呼び出しなさい！　遅れるようなら全ての利権を剥奪《はくだつ》しても構わないわ！」

「はっ！　直ちに！」

むっちゃ食い気味にこられてちょっと引いちゃうんだけど。そもそも俺の中でお嬢様は暫定王国一位……、または二位の超美少女、それ以上の美貌を求めるとか貪欲すぎじゃないですかね？

あと出入りの商人さん、ご迷惑をお掛けいたしましてなんかすみません……。自分にはこれといって不備はないのに、なんとなく申し訳ない気持ちになる俺だった。


石鹸だけは材料が簡単なので当日には完成。

だって石鹸の材料って要するに油と灰（灰汁《あく》）だからさ。

灰汁が必要って言っても固形石鹸と液体石鹸では必要な成分、固形なら苛性ソーダ、液体なら苛性カリと変わってくるので、本当なら固形の石鹸を作るには海藻の灰を使うのがいいらしいんだけど……周りには山しかないからなぁ。

まぁ手作業で試行錯誤しながら油と灰を混ぜるんじゃなくて、錬金術で魔導板さんが成分を抽出して製作しちゃうから特に問題はないだろうけどね？

香り付け用の花やハーブの類いは公爵邸のお庭にいくらでも咲いてるし？　いや、まだそんなに咲き誇ってるってほどもなかったわ。名も知らぬ小さいお花さん、摘んじゃってごめんね？

そしてそんなお花さんの儚《はかな》くも尊い犠牲の上に完成したのがこちら！　たぶん植物由来の素材だけでできた固形石鹸である！　たぶんとか少しだけ怪しいけど大丈夫、たぶん。

どうやって作ったのか？

「製造、お肌に優しくて汚れがよく落ちる植物素材の固形石鹸、十五㎝四方で。お花の香りがするやつ！」

見事完成である！

もちろん油臭くない、良い匂いのする石鹸だ。ちゃんとお花のフローラルな香りがする！

ちなみにここに牛乳を追加しても牛○石鹸にはならない。だって牛○石鹸の原材料、牛乳ではなく牛脂だからね？　それを初めて知った時は「マジかよ……じゃあ乳は何の関係があるんだよ……」ってなったわ。

思ったより早くできた石鹸に続いてシャンプーも二日後には完成。時間がかかった理由はポーションの素材の納入が少し遅れたからである。いや、十分に早かったんだけどね？

完成品は液体状の石鹸に固形石鹸とは違う香料、そしてお手製のポーションを混ぜたモノだな。オマケでリンスもご一緒に。

知ってるか？　リンスのスは酢のスだからな！　たぶん嘘《うそ》である。

そもそもシャンプーもリンスも自然素材感がゼロの品物じゃないですか？　だからどうなるかな……と思ったんだけど、

「設計、ポーション入りシャンプー……、持ってる素材で髪に優しいやつ」

「設計、ポーション入りリンス……、いい感じで」

で、作ることができた。俺なら「何言ってんだこいつ……」と、頭と膝を抱えて座り込みそうな命令であるが魔導板さんに不可能はないのだ！　でも俺の頭の中から情報を引き出してるらしいから俺の手柄でもあるはず！

さらにどちらもポーション入りだから万全の回復能力なのである！

治癒力を求められるシャンプーとは一体……。

今までに時空庫内に溜まっていた草花（名前は知らない。だって調べてないもの）も、それなりに減ってるから洗浄か回復か香り付けで何かしらの有効成分が含まれていたんだと思う。

そしてお手製ポーション、入れ物は割れたガラス片を使ってクリスタルカットのよくゲームで見るような形にしてみた。見た目の高級感が凄い。

飲んでよし！　塗ってよし！　混ぜてよし！　と、万能すぎるなポーション。でも怪我の回復には光魔晶か、素直に回復魔法（光）を使うので出番はない。なんとなく可哀相《かわいそう》だぞ、ポーション。

おそらく他の物に混入させてるのは俺だけだと思うけど……。お店で買ったらそこそこのお値段するからね？　とりあえず全国の真面目な薬師さんにこの場を借りて謝罪しておこう。

あ、寮のお風呂もメイドさん《ろうどうりょく》と魔道具《おかね》を使わない、つまり俺が魔法でお湯を張るなら毎日入ってもいいとお嬢様とメイド長からご許可をいただけました。

素材の納入がやたらと早かったので早々に完成した石鹸とシャンプー。……ではあるのだが、いくら魔導板さんを信用していて自然由来の素材しか使用していなかったとしても、石鹸もシャンプーもリンスもアレルギー反応が出ないかのサンプリングは必要。

なので知ってる三人のメイドさん（AさんとCさんと、そして不本意ながらもあの人）に使ってほしいとお願いしたら、翌日の朝から大群のメイドさんに囲まれ「私達にもお慈悲を、何でもしますから！」とお願いされる。

ホントにお嬢さん達はおじさんの言うことを何でも聞くんだね？(ゲス顔)

いや、別に使うのはいいんだけどさ。

でも、言い方は悪いけどまだ人体実験段階なんだよ？　無論変なモノは一切入ってないし俺自身も使ってるから安全だとは思うけど。

でも流石にお嬢様とメルちゃんはしばらくは無理ですから！　だから女子寮から勝手に持っていこうとしちゃ駄目だってば！

……もちろん持っていかれましたが何か？

◆◆◆◆◆◆◆◆◆◆◆

公爵家のお屋敷にお世話になるようになってひと月。予定ではそれなりに暇なスケジュールが組まれてたはずなのに……思ったより忙しい日々を送っている不思議。
・午前中に礼儀作法のお勉強
分かる、というか今の俺のメインのお仕事はコレだな。ちなみに先生は家令のジョシュアじーちゃん。頼りになる、そして一緒にいるともの凄く落ち着く癒やし系じーちゃんなのである。
・メイド寮のお風呂のお湯張り
分かる。お湯、入れないと毎日入浴できなくなっちゃうからな！　幸せな生活を送るための最優先事項だ。あと目の保養にもなる。
・お嬢様のお風呂のお湯張り
分か……る。うん、まぁ、魔道具使うの面倒臭そうだし、時間もお金（魔水晶代）も掛かるし仕方がない。
・メルちゃんとの毎日の稽古

分か…………る？　俺って側仕えらしいし、一応は護衛としてのスキルも必要なのかな？　でも一日に二〜三時間とか長くないですかね？　もちろんメルちゃんとキャッキャウフフできるので否やはない。メルちゃん、完全に俺を殺す勢いで斬りかかってくるのはどうかと思うんだけどね？

・ヌイグルミの作成

少し微妙。いや、別にスキルで作るから時間のかかるもんじゃないんだけどさ。聖霊子グマのヌイグルミ以外にも色々作らされている。

フィオーラ嬢、ヌイグルミを渡すと年齢相応の女の子って感じのとてもいい笑顔で凄く喜んでくれるし、俺もホンワカできるからまぁオッケーだな。

でもお嬢様の部屋の掃除担当のメイドさんとかがさ、もの凄く期待した目で俺のことを見てくるんだよね……。

大きいやつだと材料費でメイドさんのひと月分のお給料くらいは飛んでっちゃうから無理だからね？　綿ってそこそこお高いんだよ。早くお布団が欲しいなぁ……。

いや、服と同じで布の成形からやり直すんだから古着を集めて使えば……うん、古着もお安くないし無理だな。

もちろん、お嬢様のモノは全部新品で材料が用意されてるからかなりの高額。

そしてメルちゃんとの稽古では『剣術』『動体視力』『体捌《さば》き』『直感』などのスキル経験値が結構な速度で上がるので、時間が短い割には効率がいい（おいしい）。

メルちゃんの剣術ランクが俺より高いので（俺はランクが上がったら下げちゃうしさ、それに高いといってもランク2なんだけど）、獲得経験値がかさ増しされるみたいなのだ。

ちなみに盾を持ってみたら『盾術』のスキル経験値が上がるんだけど、その分剣術スキルの伸びが悪くなったからあまり意味はなかった。

で、このひと月の間の暇な時間、明確な勤務時間って決まってないから何もしてない自由時間にああだこうだといじくり回して、

「苦節ひと月、とうとう洋式水洗便器の完成であります!!」

そう、便器ができたのだ！　苦労した、思ったよりも苦労したよ……。

いや、属性の魔水晶の存在を知ったから水の心配はなくなったんだよ。魔水晶の形も設計スキルで整えてくれるし。

でもさ、下水道がないじゃん？　水が流せても流す先がないとどうにもできないわけで。

流石に公爵家の庭先に垂れ流しとかあり得ないしさ。

問題点は『う○この行方』の解決方法だったのである。

プランA、寮のトイレの上に被《かぶ》せちゃう。

むっちゃ簡単な方法だな。でもこれだとあれやこれやの音の問題がまったく解決しない。もちろん板一枚下は地獄なので臭いもするし。

あと大量の水を流すので溜まっちゃうのも早くなるという……。

「詰んだ」

いや、プランB以降ないのかよ！　だって何も思いつかなかったんだもん……。

てなわけで毎日寝る前、必死に考えて考えた結果、何となく思いつくことができました！

『どこか一箇所に集めて燃やしてしまえ』と。まさに発想の転換、本当の意味でのヤケクソである。

もちろん溜まったブツを自分で持ち運びするのは嫌だ、そして他の人、このお屋敷だと必然的にメイドさんに運ばれることになりそうなので、与《あず》り知《か》らぬところで毎日の健康のチェックをされるのもいただけない。

てか、今昔物語か何かで『好きになった女の人がどんなう○こしてるのか気になりすぎて、女性のお付きの女官を買収してその女の人のう○こ持ち運び用の箱に入ったう○こを確認、いい匂いがするから食べてみたら美味しく味付けした練り物だった。彼女はなんて奥ゆかしい女性なんだ！』みたいな話があった気がする。うん、今昔稀《まれ》にみる酷《ひど》い話だった。

そういえば千夜一夜物語にもドレスに付いた生卵の白身を精○だと勘違いされて、その疑いを晴らすためにソレを焼いて食べさせて潔白を証明するみたいな話があったな。どっちもうろ覚えだけど。

そんな先例もあることだし？　やっぱり他人に持ち去られるとか嫌じゃないですか？

なので私、ある魔法に注目しました。そう、それは、

『転移魔法』

転移魔法自体は空間魔法をランク7にすると覚えられる、闇魔法も必要だけど条件のランク5はすでにあるので新しいスキルを入手する必要はない……んだけどコスト（ポイント消費）がお高い……。だってランク5までなら『合計で35点』だけど、そこからランク7まで上げようと思ったら追加で『96点』必要だからね？　もちろん転移スキルのランクを上げるためのポイントも必要である。

しかし……俺の快適なトイレライフのためには、どうしても必要なスキルなのだ!!

てかさ『時空魔法ランク7（もちろん転移の魔法ね）』を魔道具を通して使用するには『魔道具師』『付与』『魔法陣』もランクが7で必要なんだよね……。

そう、思いついてもすぐに実行できなかった理由、ひと月かかったのはポイントがちょこっとだけ足りなかったからなのだ。その場その場で刹那的に色々取ってるからね？　スキル。

もちろん後悔も反省もしていない。

そしてできあがりましたのは『便座Ⅱ』と『地獄の業火君一号』の二つの魔道具。

「便座だと座るとこだけだし、便器Ⅱじゃないの？」とか、

「じゃあそれを固定する台座は便座ブロ〇クだな！」とか、

「地獄の業火君一号ってなんだよ……」とか色々あると思われるのでご説明を。

あと便座ブ〇ックはヤバいから止めろ。

まず最初に『新式洋式便器・便座Ⅱ（名前が伸びた）』であるが、形は完全に最新式の足部分（支え部分）が大きめで安定感のある洋式便器である。

使ったのは水魔晶と闇魔晶。闇落ちした便器とかちょっとなに言ってるのか分からない。

一連の流れとしては、

いたす↓タンク内の水で押し流す↓下部にある汚物タンク、大きめにとった足部分に流し込む↓水魔法が終了後タンクに刻み込まれた転移魔法で外部デバイス地獄の業火君一号に送り込む。

どうこれ？　完璧じゃないか？　……うん、言いたいことは分かってる。

う〇この運搬がしたくないって理由だけで転移魔法をトイレに仕掛けるとか完全にどうかしてるからね？

てか転移魔法じゃなく消滅魔法って手もあったんだけどさ。総合的に色んなスキルをランク10にしないといけないからポイントがまったく足りない。

ウン十年単位で先送りになっちゃう。

そしてもしも暴走などしようものなら……リアル「俺のう○こで世界がヤバい」状況になっちゃうので笑えない、いや、その状況になったらたぶん笑うわ。

なので今回は自重した。自重してそれかよって感じだけどどうにかなるだろう。

ちょっと夜ふかしのハイテンション状態の妄想を実行しちゃったから、悪ノリの産物でもあるんだけどね？

そしてもう一つの魔道具、地獄の業火君一号はもちろん焼却炉である。

形は一m四方で正面ではなく上面に扉の付いた金庫。凄く重い。もちろんう○こを盗まれないためである。俺のう○こに対するセキュリティ意識、ちょっと高すぎではないだろうか？

素材は粘土（耐熱煉瓦）。だって金属素材とか持ってねぇし。いや、仮に持ってたとしても高温になる焼却炉だから内部は耐熱煉瓦一択だけどさ。便器のレバーなどの金属部品はどうしたのか？

普通に陶器製で強化魔法をかけてあるのだ。

送られてきたブツ、流された水とソレから水分を抜いてカラッカラの状態にした後に燃やす。

使用するのは水魔晶と火魔晶と風魔晶。

トイレの使用頻度から考えるとそこそこ燃費が悪いけど、魔水晶は自作自演……じゃなくて産地直送……でもなくて自産自消！　できるから問題なし。

お外に置いておかないと抜いた水分が横に取り付けたパイプから流れ出るので、水浸しには注意。

もちろん出てくる水は魔法で濾過《ろか》されているので普通に飲用可であるが……少なくとも俺は飲みたくはないな、気分的に。

どうだ？　文句のない出来だろう？

当然今ある魔道具、ここん家《ち》のお風呂みたいに属性魔法の使い手が毎回魔道具を動かすのに必要！　なんてわけはなく、ボタン一つでオッケーなのだ。

もうね、この勢いで是非とも寮のお風呂の改装も……。

「それで、あなたがニヤニヤして撫《な》でているそのヘンテコなモノはなんなのかしら？」

「ほうわっ!?　……お姫さま？　なぜこんなむさ苦しいところにいらっしゃるのです？」

「石鹸が小さくなってきたから、視察ついでに頂きにきたのよ」

「俺の部屋……鍵とか掛かってませんでしたっけ？」

「予備の鍵があるわ」

あるとしてもなぜそれを持ち歩いてるのか……。てかこの状況、これは、

「もしかして……夜這《よば》いですか？」

「まだ真っ昼間よ！」

違ったらしい。

そして小一時間が経過。

説明させられた。事細かに説明させられた。そしてそのご感想の一言目が、

「ハリス、あなた、馬鹿なの？」

「否定はしない」キリッ。

「というよりも……どうするのよそれ……」

どうするってもちろんう○こするに決まってるじゃん？　だって便器だよこれ？

「いい？　魔法使いを必要としない魔道具ってだけでも国を、いえ、世界を揺るがすほどのモノなのよ？」

「あ、はい」

「それを言うに事欠いて転移魔法ですって？　……それも使い道が」

「う○このうんぱんです」

「声に出さなくてよろしい！」

肥だけに？

「あなた、他国の間諜《かんちょう》に知られたら即刻暗殺対象よ？」

あ、特にお通じは悪くないのでかんちょうは必要ないです。

「はぁ……いいこと？　これまでに作ったモノや能力、特にソレのことは絶対に漏らしちゃ駄目よ？　あと、何かをする前に必ず私《わたくし》に伺いを立てなさい」

かんちょうはいらないけど漏らすほどでもないです。

「……ハリス、真面目に話を聞いてないわよね？」

「ちゃ、ちゃんと聞いておりますよ？」

むっちゃ頬がひくついてるよお嬢様。

「いい？　少なくとも公爵家の一員となるまでは、いえ、キッチリと私《わたくし》の婚約者になるまでは自重しなさい？　いいわね？」

「いやいやいや、公爵家の御令嬢がご冗談でも婚約とか口に出しちゃ駄目ですって！　もし俺が本気にしたらどうなさるおつもりですか？　ご存じのように俺、リリアナ様に付きまとったことがある前科持ちなんですよ？」

「別にリリアナはあなたのことを嫌ってはいなかったし、むしろ屋敷に来なくなって寂しいと言っていたわよ？　それに……冗談で言っていると思ってるのかしら？」

「むしろご冗談以外の何だって言うんですかね……」

得体の知れない、いや、ハリスくんの身元は一応準男爵家の三男だったけどさ？　なんにしてもエセ貴族と大貴族、身分がかけ離れすぎてるのに公爵令嬢様の婚約者とかどこのラノベだよ。

あとリリアナ嬢の話をすると俺の心の奥のスポンジ○ブ的な場所がキュッと絞られそうになる。

「あなた、色々と余計なことを考えてるみたいだけど特に問題は……あぁ、そうよね、他の貴族家と交流のないあなたが知っているはずがないものね。そもそもこれだけの美貌を持つ聖女様がこの歳《とし》で婚約者もなく、未婚のままだなんてオカシイと思うでしょう？」

「ルックスではなく性格に難があるんじゃないんで……なんでもないであります！」

怖い怖い怖い！　眼力《めぢから》が眼力が凄いです！　大丈夫だよね？　俺の知ってる意味での魔眼とか持ってないよね？　目から麻痺《まひ》とか石化の光線とか出てないよね？

「……処すわよ？　……そうね、少し長い話になるのだけれど」

「あ、聞くと泥濘《ぬかるみ》にどっぷりと沈み込みそうなので、いらないでーす」

「黙　っ　て　聞　き　な　さ　い」

まったく聞きたくなかったのに、白日の下に晒される美人公爵令嬢がいまだに未婚な理由！

……長いって言われたけど本当に長かったので要点だけまとめると、

・この国の成り立ち。王家と大貴族、そして建国に力を貸した五大聖霊様
・聖霊様との絆《きずな》と王国貴族家の成り立ち
・公爵家と光の聖霊様の繋がり
・癒やしの聖女、フィオーラ様と癒やしの奇跡

前半ただの歴史の授業じゃねぇかよ……。知ってる名詞に知らない名詞。

名詞というか名士？　古い貴族のことなんて心の底から興味ないからどうでもいいんだけどなぁ。

そして要点だけでも結構長いんだよなぁ。

なんだよ最後のやつ、お見合い写真の釣り書レベルの自己アピールじゃん。

てなわけで結論をさらに噛み砕くと、

・公爵家と光の聖霊様の繋がりが最近弱まってきた……。
聖霊の友スキル保有者の減少、もしかして全滅？
・そんななかで久々に生まれた、聖霊様との相性がいい公爵家直系の子孫！
これはフィオーラ嬢のことだな。
・なので同じく聖霊様と相性のいい相手を探して婿入りさせ、公爵家と聖霊様との繋がりを強化し

よう！
※ある程度までは身分、外見、年齢は問わないものとする。
なお、結果の発表は発送をもってかえさせていただきます。

家格と家の繋がりが全ての貴族社会、それも公爵家なんて大貴族にしてはかなり思いきった話である。通常ならどう頑張ろうと公爵令嬢の夫になるには上級貴族、例えるなら伯爵家の嫡子くらいの位は必要だもん。俺の知ってる侯爵家の御令嬢も王子様と婚約してたもんね！

てか、見つかった聖霊の友スキルの高い相手がもしも小太りのオッサンだったら……。

むっちゃ腹が立つ……想像したらむっちゃ腹が立つ……なんかこう体の一部がモヤモヤする！

「表情筋の運動は部屋でしなさい。どうかしら？　少しは理解できたかしら？」

「つまり小太りのオッサンと美少女の薄い本ですね？」

「まったく理解できていないことだけは分かったわ……むしろちゃんと話を聞いていたかすら怪しいわね……」

えっ？「やめて！　私に乱暴する気でしょう？　エロ同人みたいに……エロ同人みたいに！」

って話だよね？　違うの？　違うか。

「まぁ全て建前の話なのだけどね？　私《わたくし》が聖女と呼ばれ出したのは十歳くらいなのだけれどその時、嫁にと一番に声を掛けてきたのは誰だか分かる？」

「逆に分かったら怖いと思うんですけど……そうですね、国王陛下……はそこそこのお歳ですし、王太子殿下ですかね？」

「相手の立場的には微妙に掠《かす》ってなくもないわね。光神教、ルフレ派のゲルギウス枢機卿《すうききょう》よ。ちなみに当時の私《わたくし》は十一歳、枢機卿は六十三歳、正妻ではなく側室で身請けしてやると言ってきたわ」

やっぱり薄い本じゃん！　てかエタン教会も光神教だったよね？　光神教って色んな宗派があるんだ？

そして出たよ枢機卿……個人の感想としては登場した時点で『悪役』確定なんだよなぁ。完全な偏見なんだけどさ。

「もちろんお父様が激怒してそんな馬鹿な話は断ったのだけれどね？　でも一応気遣う必要のある相手じゃない？　だから聖霊様と相性のいい婿を探しているという体《てい》で私が望む相手を自分で好きに探してもいいことになってるのよ」

「なるほど……てか、それならそれで最初にあった長々とした王国史の説明は必要なかったんじゃないですかね……。あとご自分で自由に選んでいいなら、ご婚約者様すら居ない原因は本格的にお嬢様の性格に何らかの難があるので説が有力になるんですけど……」

「そんな状況で、そう、年齢的にそこそこ追い込まれた私《わたくし》の現在の状況で現れたのがハリス、あなたなのよ？」

「お、おう？　あと性格問題に関してはスルーしましたね？」

「最初に会った時から私《わたくし》に、公爵家の家名に媚《こ》びることもなければ不必要に怯《おび》えることもない、そして利用しようともしない。不思議な、それでいて面白い子供だと思っていたのだけれど……まさか聖霊様が視えるどころかお話すらできるなんてね」

「オーオー」言ってるだけのクマ相手に微妙に意思の疎通が図れているのは、果たして会話していると言えるのだろうか？

そして最初から視えてたわけじゃないけどね？　フィオーラ嬢が聖霊の友スキルを持ってたから興味本位で……なんだっけ好奇心は熊を殺すだっけ？　聖霊子グマ、早く逃げてっ!!

あ、熊じゃなく猫だったかな。動物虐待、絶対に許さない!!　いや、熊は状況によっては仕方ないか……。てか昔読んでたラノベだと生態系を歪《ゆが》めるレベルで、あちらこちらで大量に狩られてたよな、熊。親の仇《かたき》なのかってくらいに。

「その上で屋敷に来てからの色々。あなた、もしかしなくても自分の火傷痕の治療くらい……いつでもできたのでしょう？　光魔晶が創れるほどの光魔法の使い手だものね。そんなあなたに偉そうに治療してやるみたいな態度。私《わたくし》、一人で空回りしてただけじゃない……」

少しスネたような、寂しそうな顔をするフィオーラ嬢。いや、そんなことない。絶対に。

「そんなことないですよ、あるはずがない。あなたが親身になって俺のこと……俺の傷を治してくれるって言ってくれたこと、どれだけ嬉しかったか」

そう、きっと日本にいた頃、勇者をやっていた頃、この世界でハリスとして生きている今、全部合わせても一番嬉しかったもん。

「だからそんな悲しそうな顔をするのは止めてください。あなたにはいつだって笑っていてほしいですから……。もしもあなたを悲しませるなら、俺は魔王だって退治してきますから」

しっかりと瞳を見つめて、キッパリとそう伝える。

「ならば……私《わたくし》をあなたのお嫁さんにしてくれますね？」

「あ、それはいいでーす」

「なんですか⁉　今、完全にそういう流れで話が進んでたじゃないですか!!」

それはそれ、これはこれでまた別のお話なんだよなぁ……。

「だって俺とお姫さまは友達でしょう？」

「ついでにメルティスも付けますよ？」

「ちょっと真剣に考える時間を頂いてもよろしいですかね？」

「よし、あなたを殺して私《わたくし》も死にます」

いきなりヤンデレるのはお控えください。消えてます、お嬢様、瞳のハイライト機能がオフになっちゃってます！　あとそこそこお強いので刃物もお控えください、とても危険で危ないです！

だってほら、俺、メルちゃんのこと好きだし？

それに……。まぁいいじゃん。

そのうちフィオーラ嬢にも本当に好きな人ができるだろうし、今くらいはこのままでも……さ。

てことで、なぜか謝罪と賠償を求められた俺。要求はお嬢様の私室に洋式水洗トイレの設置とトイレットペーパーの無制限放出。

なんだかんだ言って欲しかったんだ……便器。たぶん一度使っちゃったらもう元の生活には戻れなくなるよ？　大丈夫かな？

まぁ生産できるようになれば量産は難しくないから、お部屋に備え付けるくらいは全然いいんだけどね？

てかどこに設置するのかと思ったら、私室にお手洗い部屋（木製の移動式便器がある）があったんですね。「見学の際には見せてもらってませんけど？」などと細かいツッコミを入れると命に関

わるから何も言いませんが。

魔法陣の書き込みスペースや流す水の量の関係で台座部分は大きくなってるのでしっかりしてるけど、形状は一本足で支えている水洗機能だけの便器ではなく多機能な洋式便器タイプだからね？　分かりやすく言うとちょっといびつな炊飯器みたいな形？　でも使用中にコケたりしたら大惨事なので床にしっかりと固定する。こんな時便利なんだよね地魔法。もちろん床が木製の時以外。

これで底を叩《たた》き壊《こわ》すか再度地魔法で外す以外にはどうこうはならないはず。ちなみに無理やり底を叩き壊したりしたら転移魔法の魔法陣は無効化されるのだ。

まぁこれでいいか、あんまり長居するとまた余計な話が出そうだし！

「では、そろそろお暇《いとま》いたしますね。また御用がありましたらいつでもお呼び出しください。ホントに部屋に来るのではなくお呼び出ししてくださいね？　あと合鍵は然《しか》るべき人物に預けておくべきだと思われます。それではご機嫌麗しゅう」

胸に右手を添えて、綺麗な角度でお辞儀をしてから退出する俺だった。


「まったく……あの男は……あら？　メルティス、どうかしたの？　赤い顔でボーッとして？」

「……いい」

「……メル？」

「『もしもあなたを悲しませるなら、俺は魔王だって退治してきますから』って、なんなんですかあの台詞《せりふ》、そしてあの凛々《りり》しい顔は！　特に『魔王』というところに心惹《ひ》かれてしまいました！」

「お、落ち着きなさい。いきなりどうしたのです？　壁に頭でもぶつけたのかしら？」

「いたって正常であります。それよりも、先ほどのあの言葉、むしろあの告白、聞きましたか!?」

「聞いたも何も目の前で言われましたので……それに告白じみた言葉を宣《のたま》っておきながら、婚約は拒否するとかどうなってるんですかあの男は」

「私……あんなこと言われたの初めてです」

「待ちなさい、少し冷静になりなさい。いいですか？　言われたのは私《わたくし》であり貴女《あなた》ではないのですよ？　そこは間違えてはいけませんからね？」

「初めて出会った時から薄々気付いていてはいたのです。私を見るつぶらな瞳、そうあれは愛する人に向ける目だと」

「落ち着いて思い出すのです、出会ってから今までを振り返ってみなさい、どう贔屓目《ひいきめ》に見ても少しイヤらしい視線と可哀相な人を見る視線しか貴女には向けられていませんでしたよ？　だから深く深呼吸をしなさい、良い子ですから」

「ああ……一度は女を捨て、武芸に捧《ささ》げたこの体……なのに今になってこんな気持になるなんて……」

「それでは歌っていただきましょう」と思わず言ってしまいたくなるメルティスの台詞に「駄目だこいつ、どうにもならないかもしれない」と護衛の変更を真剣に検討するフィオーラであった。

閑話　メイドさんリターンズ&女の戦い

少しだけ時は遡り……こちらはまたまたメイド寮の夜の食堂。

ハリスが毎日お風呂に入りたいので、そのおこぼれで毎日入浴できるようになったメイドさん達《たち》が、湯上がりホカホカで集まっておりました。

「ふぅ……今日もお風呂気持ちよかったね。ていうかこんな毎日お風呂に入れるとか完全に上級貴族様の贅沢《ぜいたく》だよねぇ」

「うんうん、ハリスくん様に感謝だよね。もう足向けて寝られない、むしろ足で踏まれながら寝たい」

「あなたの性癖はどうでもいいわよ……。それよりもあれよ！　最近みんな、妙にお肌も髪もツヤツヤツルツルしてるでしょう？　お使い先でたまに他所《よそ》のお屋敷の子と会うんだけど、肌のもちもち感とか透明感が明らかに違うのよね」

「あー、それ、私も思った！　やっぱりあのハリスちゃん様印の石鹼《せっけん》と洗髪剤？　のお陰よね？」

「石鹼、匂いがあんまり好きじゃなかったけど、ハリスたんのは匂いがまったく違うもんね！　お花の香りの石鹼とかどうやって作ってるんだろう？」

「石鹼もだけど、洗髪剤？　アレって凄《すご》いと思うのよ。私、指先に怪我《けが》をしてたのに髪を洗ってるうちに治ってたんだけど……流石《さすが》旦那様」

「いやいやいや、いくらなんでもどんな効果なのよそれは……。流石にないでしょう？　あと旦那様ってなによ」

「クロエも⁉　私も腕に火傷《やけど》した時に髪の毛洗いながら『泡がしみるなー』と思ってたらお風呂上がりに火傷が綺麗《きれい》に治ってたことあるよ‼」

「なにそれ怖い……。てかさ、石鹸とかもだけどあのお湯！　毎日魔法で出してくれてるけど、魔法の水ってうんぬんかんぬんで若返りの効果があるって何かで読んだことがあるんだけど」

「一番大事なところなんだから、そのうんぬんかんぬんをちゃんと覚えておきなさいよ……若返りっていうより体調とか魔力の流れを整える効果があるらしいわよ？　だから特に疲れ気味の子とかはお肌に凄く良いんじゃないかしら？」

「マジで⁉　だったら飲まなきゃ駄目だよね⁉　ハリスたんの入浴後のハリス汁を‼」

「彼、自分が上がる時にいつもお湯の張り替えしてるでしょ、お湯を流すんじゃなくて持ち上げて捨てるみたいな感じであっという間に。それにお肌に良いって言ってるのにどうして浸《つ》かるんじゃなくて飲むのよ」

「それとあなた達さ、お湯の補充してもらう時絶対に全裸待機してるよね？　私結構な頻度でハリスくんを呼びに行く係にされてるんだけどアレってズルくない⁉　もちろん呼びに行く係もお話ができるからいいんだけど」

「あー……だって……ねぇ？　お風呂場だから合法的にお肌を見せつけられるし？　お顔が真っ赤になるから可愛《かわい》いのよね〜。いつか血迷って襲ってくれないかな？」

「姉弟《きょうだい》なんだから、あんなに照れなくてもいいのにね？」

「ちげぇよブショタラコン。私わざと手ぬぐい濡《ぬ》らして透けさせるサービスしてるよ！」

「なによそのブショタラコンって……。あなたはいつも攻めすぎだと思うわ。お手洗いの一件で懲りなさいよ」

「あ、私いつもハリスさんのお洗濯物を担当してるんだけどね？」

「チッ」「チッ」「チッ」「チッ」「チッ」

「一オクターブずつ音を上げていく高度でチームワークの揃《そろ》った舌打ち止《や》めて!?　ハリスさんの下着って凄いの！」

「えっ？　もしかして貝殻とかそういう？」

「それどこの海岸の人魚姫なのよ……。そうじゃなくて素材っていうか布っていうか」

「あ〜、確かにすっごい良い生地使ってるわよねアレ。お嬢様の下着と比べても木綿同士なら肌触りが段違いに良いもん」

「どうして肌触りなんて知ってるのよ……。いつも使ってる手ぬぐいじゃなくばすたおる？　も凄いよね、触らせてもらったけど凄く気持ちよかった！　あれ、欲しいなぁ」

「触らせてもらったの？　もしかしてお○ん○ん？　気持ちよかったの!?」

「落ち着け変態。アレも良いものだけど、私はお嬢様のお部屋にあるお人形が欲しい！　もの凄く可愛いのよ！」

「可愛い？　お○ん○んが!?」

その日も遅くまで、彼女達の会話はとめどなく続くのだった……。

◆◆◆◆◆◆◆◆◆◆

ところかわりましてこちらはお嬢様主従。

「ああ……メル……どうしましょう、私《わたくし》もうアレなしでは生きていけないかもしれません……」

「アレ……ですか？　えっと、何のことでしょうか？」

「アレよアレ、ほら、小さいお部屋に付けてもらった」

「ああ！　洋式便器というヤツですか！」

「大きな声で言わないでよもう！　凄いわよねアレ」

「そうですね、臭いもしなくなりましたもんね！」

「貴女《あなた》、一度助走を付けて殴るわよ？　いい？　お姫様のそういうのは最初から臭いなんて一切しないの、分かったかしら？」

「えっ？　でも前は入れ替わりで入ったら……」

「アーアーアー!!　きーこーえーまーせーんー！　まぁそれはいいのよ！　座り心地もいいし、水ですぐに流せるからなにより清潔だし。そしてなによりアレよ！　トイレットペーパー！」

「あの字の書きにくい紙ですよね？　あれ、インクは滲《にじ》むしペン先ですぐに破れるし……」

「どうして貴女はわざわざアレに字を書こうとするのですか……。肌触りもよいですし、なにより贅沢に使えるのがいいわね」

「そうですね！　お小水の時にも遠慮なく使えますもんね！　それに擦《こす》ってもお尻の……」

「だから大きな声でそういうことを言わないで頂戴！　まったく、あなたは少々、いえ、多大にデリカシーと女らしさが欠けているのです」

「うう……えらい言われよう……」

「いつまでもそのようではお嫁の貰《もら》い手《て》がなくなり……いえ、すでにもう……」

「そこは諦めないでください！　そもそもお仕えする方を差し置いて、私が嫁に行くわけにもいかないではないですか！」

「あら、つまりあなたが結婚『できない』のは私《わたくし》が結婚『しない』からだと言うのですか？」

「そうです！　お嬢様がいまだ結婚『できない』ので私も結婚『しない』のです！」

「……」

「……」

「いえ、この話題は誰も幸せにならないのでここで止めておきましょう……」

「そうですね……」

そう言いながらも「コイツより先に嫁にいってやる！」と心に誓うお嬢様と女騎士様だった。

第七章　王都と初恋の人

そんなこんなで、季節はいつの間にか春から初夏へと移り変わっていた。

『イィーッ!!』……もしかして：ショ○カー？

トイレットペーパーと交換を続けているボロ布で自分の新しい服や下着を整えたり、メイド寮のトイレも全部水洗転送式に取り替えたりしながらも、それほど変化のない平和な毎日、通常業務の空き時間にはスイッチ式の魔道具の研究開発なども続けている俺。

……もちろんフィオーラ嬢監視のもとで。そんなに心配しなくても大丈夫だよー。うん、自分でも信用ならないな。

あ、魔道具じゃないけど筆記用具！　クッソ使い難《にく》いうえにやたらと手が汚れる羽根ペンの代わりになるようにとガラスペンを作ってみた。筆圧に気を使わないとペン先が欠けたりするけど見た目も使い勝手もものの凄《すご》くよく、お嬢様以外のお屋敷の人にも大人気である！

……そろそろ自分が何の仕事をしてるのかよく分からなくなってきたけど、やってることはほとんど趣味の範囲なので特に問題はない。なんだっけ、ほら、Ｄ……Ｄ……Ｄ〇Ｍ？　絶対に違うな。えっと……ああ……そうだ、ＤＩＹ！　日曜大工の延長線だな！

トイレの次に完成した魔道具はもちろん新しい浴槽。浴槽自体が魔道具ではないから正確には湯沸かし器になるのかな？

寮のお風呂場で使うので結構大きなサイズの長方形で内側は楕円形《だえんけい》。広さは全然違うけど日本のブルジョワジーなご家庭の屋上に付いてるジャグジーバスのような見た目で陶器製、湯船の蛇口を取り外して本体に内蔵、新魔法『給湯』を付与してあるので、ジェットバスレベルの勢いでお湯が出るのだ。

温度設定は二十℃、四十二℃、六十℃の三種類に増やした。お湯を出す魔道具なので残念ながら追《お》い焚《だ》き機能はない。空焚《からだ》きしちゃったら危険だしね？

うん、形状はもの凄く近未来的！　そしてこの世界では間違いなく最先端の技術である。

給湯魔法ができたからシャワーを追加できたのもとても嬉《うれ》しいところ。湯温は四十二℃固定。

で、このお湯を直接出す構造を想像（と言うより妄想？）してた時に「てかこれ、お湯じゃなくて空気の温度調節ならもっと簡単にできそうだよね？」と思いついて完成したのがエアコン。

見た目はエアコンっていうより空気清浄機なんだけどさ。床置きタイプの縦長の箱だし。

ようするに触媒とか一切使わないで魔道具で直接コイル状の銅管を冷やして（または温めて）、その中に風を送り込むといういたって簡単な作りのエアコンである。やってることは凍らせたペットボトルに扇風機の風を当てるのとそれほど変わらない作りなんだもん。ちなみに冷やすのに使う魔水晶は水と火と風。氷魔法のスキルはあるけど氷魔晶はないので少し不便なのだ。

これもボタン一つで冷房にも暖房にもなる優れもの。

流石《さすが》に一酸化炭素とか二酸化炭素が部屋に充満すると怖いので、密閉した狭い箱の中に置いて実験をしてみたんだけど特に問題はなかった。

魔法の炎はクリーンエネルギーらしい。そもそも温めてはいるけど燃えてはいないんだから当たり前か。

あと実験に使ったネズミさん……ごめんね？　実験の終了後も元気に生きてたんだけどメイドさんが、メイドさんが……うん、俺は何も見てない、「キュッ!?」と言う断末魔の叫び声も聞いてはいないので大丈夫。

もちろん浴槽はさらに装飾を施して高級感を出したものが公爵家の本宅に、エアコンは俺の部屋だけでなくお嬢様の部屋にも設置してある。

それでもなぜだか本宅のお湯も毎日出すように言われるんだけどな！　ボタンを押したら勝手にお湯が出るから今までみたいな手間も時間もかからないんだけどなぁ。魔水晶は必要だけどさ。

時間に関しては俺の移動時間を考えたらそこまで変わらなくないだろう。いや、湯船も結構デカいしだいぶ変わるか。

寮の方は毎日使うなら俺がお湯を張る約束なので問題はない。

風呂用最新式魔道具、今のところまったく誰にも使用されず……。

ちょっと気になるけど厨房《ちゅうぼう》関係のものは現状ではノータッチだ。魔導コンロとか魔導冷蔵庫とか。

とりあえず魔導って付けておけば凄い物に聞こえる不思議。

流石にそこそこの大人数、それも食材を納入する商人なんかのお屋敷の人以外も出入りする場所のモノは目立つからね？

大人数で使う風呂はいいのか？　ちょっと形は違うけど昔からある魔道具だから！

だいたいメイドさんに対してはそれこそもう今さらだしさ。

……自分の部屋用の小さな冷蔵庫は欲しい気もするけど、今のところは特に入れる品物がないので必要なかったり。

そんな、特に忙しくも暇でもない初夏のある日。

「ハリスさーん、お嬢様がお呼びですよーう」

素材採集と経験値稼ぎのために庭というか、庭園の草むしりに励んでいた俺を呼ぶ間の抜けた声。

もちろんいつものAさんだ。

あ、最近知ったんだけどAさんはエリーナさんと言うらしい。だからどうしたって話だけどさ。

ちなみにCさんはクロエさんって名前らしい。

最近増えてきた俺の服などはAさんが洗濯してくれているので、たまにりんごっぽい味の飴玉《あめだま》とかを差し入れている。

どこから入手したのか？　普通に果物と砂糖を買って調理スキルで作ったんだよ。

カラッカラになってたポイント、草むしりとメルちゃんとの稽古でまたそれなりに溜《た》まってきたから調理スキルも取ってみたんだ。相変わらず後先考えないポイント浪費家な俺なのである。

「えっ？　買い物できるの!?」ああ、気になるのそこなんだ？

いや、普通にお給料貰《もら》ってるからね？　それも月に金貨十枚というかなりの高給取りなのだ。

新人にしては多すぎる？　お嬢様のお風呂代とか家電レンタル代とかもろもろ含まれてるしね？

あ、お嬢様に借金してた、金貨二千枚に関しては一cm大（小指の先くらいの大きさ）の光魔晶一個で無事完済できました。

買おうと思って買えるものじゃないから時価で取り引きする感じの品物らしいんだけどね？

てか想像どおり、

「私《わたくし》が勝手にやったことなので、あなたが返済する必要などまったくありません。そもそも二人はすでに婚約者の仲なのですから」

などと事実無根の証言を繰り返しながら受け取ってもらえなかったけど。

最終的には俺が、

「分かりました、もしも受け取ってもらえないなら、このまま玄関にこれを置いて永のお暇《いとま》させていただきます」

って駄々《だだ》を捏《こ》ねてやった。うん、どっちもどっち、完全に子供の喧嘩《けんか》である。

その時はそのまま二人で大喧嘩に発展したけど……どうしても借りたものは返しておきたかった。

だって……二人は友達だから。助けてもらえることは嬉しいけど、借りたものはちゃんと返さないと友達じゃなくなってしまうもん。


などと余計なことを思い出している間に到着したのはフィオーラ嬢の私室。

「お呼びでしょうか、御主人様」

「ええ……呼んだわよ……」

何だろう？　いつもの返事よりも心なしか歯切れが悪いような？

「お顔の色が優れないようですけども……どうかなさいましたか？」

「ええ……」

うん、絶対におかしいな。

これはいよいよ……アレかな？

「それで、誰を殺してくれれば」

「違うわよっ！　もう、今回はそうではないわ」

「あ、その時もあるんだ……」

「……ないわよ？　いえ、そうじゃなくてですね……ハリス、しばらくプリメルを離れることになりそうだからあなたにもついてきてほしいのよ」

「え？　あ、はい。そんな畏《かしこ》まられなくとも普通にお供させていただきますが。どちらまで？」

「……キルシュバーム……王都よ」

王都、か。ちょこっとだけ記憶にあるけど、あんまり詳しくは知らないんだよね。だって記憶の中のハリスくん、ほぼ家に引きこもって小さな庭で泥団子捏ねてたから。

王都名物とかあるのかな？　キルシュバームバナナとかキルシュバームの恋人とかキルシュバーム八つ橋とか？　少なくとも八つ橋がないことだけ確かだな。カリカリじゃなく生の方が好き。やだ、むっちゃ楽しみなんだけど！　フィオーラ嬢と行くなら優雅な馬車の旅っぽいし！

「……あら？　それほど嫌そうじゃないわね……というよりもなんだか嬉しそうですね？」

「へっ？　ええ、何だかんだで王都観光とかしたことないですから。初めてのことですし、お嬢様のお仕事中にメルちゃんと色々回ろうかと」

「あ、うん、大丈夫だぞ！　私がしっかりと王都を案内してやろう！」

「まぁそれは断固として阻止しますが……私《わたくし》の訪問先がブリューネ家なのですよ」

「阻止されるんだ……」

そしてブリューネ家、というかブリューネ侯爵家かぁ。

まぁあれだな、俺の数少ない王都での知り合い、リリアナ嬢のご実家だな。

てか、そこって、

「えっと、そのお屋敷はなんといいますかですね、俺は出入り禁止になっているといいますか、門前払いといいますか」

「それは聞き及んでいます。もちろんブリューネ家にあなたを連れていく予定はないのですが……リリアナがかなりの大病を患ってるらしく、最悪あなたの手を借りることもあると覚悟しておいてほしいのです」

「はぁ、まぁ向こう様から絶縁されてるだけですし、特にリリアナ様に関しては負い目しかありませんので、御主人様がいいとおっしゃるなら訪問することに何の問題もございませんが」

むしろ実家から絶縁されてるから寄り親（の寄り親の寄り親）とも絶縁状態なだけで、向こう様は俺のことなんてまったく気にも留めていない、むしろ記憶にもないかもしれないし。

てかリリアナ嬢が病気……今すぐ駆け出してしまいそうな衝動が湧いてきてるんだけど……動悸《どうき》も早くなってきたし……呼吸が、息が……苦しい……なんだこれ……。

「ハリス、お顔の色が真っ青になってますよ!?」

「だ、大丈夫れす……」

「全然大丈夫ではないじゃないですか!? やっぱり王都になど連れていくべきではないようですね。大丈夫です、あなたを捨てるような実家には……ちゃんと報いを受けてもらいますから」

「ああ……あの、何か盛大な勘違いをしてらっしゃるみたいですが……別に実家にトラウマとか恨みとか表面上はないですよ？ そもそも興味がないですから」

「そんな強がらなくともいいのです！ 現にそうして顔色を青くして、息を荒くして苦しそうにしているではありませんか!!」

お嬢様がむっちゃ猛《たけ》ってらっしゃるところ大変申し上げ辛《づら》いのですが、これはおそらくハリスくんの中の人の記憶がリリアナ様を心配してるだけだと思われます！ ってストレートに伝えられたら簡単なんだけどなぁ。まず中の人とは何かの説明ができないという。

まぁ伝えなければ伝えないでそのまま体調を心配され続けるだけなので、

「えっと、実家どうこうというわけではなくてですね、リリアナ様のお体がとても心配になりまして……少し心苦しくなってしまっただけなのです」

と、正直に伝えるも、

「あら、あなたはなんと心優しい殿方なのでしょう……もう何年も昔、そう、遠い過去に目通りしただけの御令嬢の体調でそれほど心乱するなんて……。ハリス、あなたは私《わたくし》にあのような、白馬に乗った勇者様のような告白をしておきながら、私《わたくし》の手を振り払って昔の女と元サヤに収まろうというのですか？」

「いや、何なんですかいきなり始まったその小芝居は。するならするで最後まで押し通してほしかったんですけど？　いや、そうじゃなくてですね……ちゃんと話を聞いてました？」

てか俺、フィオーラ嬢に告白なんてした記憶はないんだけど？　一体何の話なのかな？　本人の与《あずか》り知らない所で告白とか夢遊病なのか俺は？

そしてリリアナ嬢と交際してたなどという事実も一切ないからね？　あちら様に多大なご迷惑がかかる言いがかりだからね？　あと、そんな噂 話《うわさばなし》聞かれたら俺が侯爵閣下に処されちゃうからね？

まぁ口元を引きつらせながらも「それなら遠慮なくついてくるといいわ！」ってことで翌日から馬車に揺られることとなった。

当然公爵家の御令嬢《ごれいじょう》が緊急事態だけど、緊急と言うほどの状況でもないらしい（どっちやねん）状況で野営などできようはずもなく、宿場間の移動になるのでそこその時間的ロスはあったんだけど……十日で王都に到着する。この人数での移動にしては早かったのではないだろうか？

ちなみに馬車の移動速度はだいたい時速十キロくらい。もちろん休憩も挟むし同じ速度で走り続けられるわけでもないから、一日の移動距離は平均五十キロほどになるのかな。

それが十日間で五百キロだとしたら、北都から王都までの距離は東京─大阪間または大阪─山口間ぐらいと思われる。もちろん直線距離じゃないから正確な比較はできないけど。

今さらだけどこの国の領土、そこそこ広いんだなぁ。大きい街だけでも王都、北都の他に西都、東都があるもん。なのに南都はない不思議。そしてどれだけ遠くに捨てられたんだ俺は。

ちなみに公爵家の紋章付きの馬車、当たり前だが北部の町や村の出入りに関してはどこでもフリーパスである。通常なら各地を治める領主がフィオーラ嬢に挨拶に来たり屋敷で歓待したりするのだが、急ぎの旅だから今回は先触れで「気遣い無用！」と伝えてある。

まぁそれでも領境まで小領の領主が挨拶に来て、そのまま次の領境まで先導するくらいはされてるんだけどさ。もしも領内通過中の上位貴族に何かあった際「気遣い無用と言われていたので行きませんでした！」では通らないという面倒臭い世界なのである。

街の出入り、宿の手配などの手続きは馬上の麗人であるメルちゃんが淡々とこなしてる。

こうしてキリッとした表情をしてると、見た目はどストライクの怜悧《れいり》で知的な（意味被ってるなコレ）黒髪美人なんだけどなぁ、メルちゃん。

てかさ、俺の記憶にはあんなにそつなく仕事をこなしてる有能なメルちゃんは存在してないんだけど？　少し惚《ほ》れ直した。

ああ、もちろん公爵令嬢の移動に俺とメルちゃん、御者とメイドさん、そしてオマケの聖霊子グマの少人数しか付いていない、などということはないからね？　キーファ家の第三騎士団が護衛に付いているので総勢で百名を超えていて小旅行としては大所帯となっている。

てか目的がリリアナ嬢の治療だからオマケじゃなくメインキャストだな、子グマに関しては。

ついでに御者としてジョシュアじーちゃんも居るんだけど、留守の間の北都の色々は大丈夫なのかな？　ああ、じーちゃんはフィオーラ嬢付きだから平気と。俺と同じだな！

お屋敷に居ると馬車の操縦なんてする機会がないので、じーちゃんの隣に座り御者の技術を学ぶ。

ただスキルを上げただけじゃ分からないことも……もしかしたらあるかもしれないしさ。あとじーちゃんと喋《しゃべ》るのが単純に楽しいから。

そして公爵家の騎士団って言ってもほぼお屋敷と寮を行ったり来たりの引きこもりに近い俺と面識があるような人物が居るわけでもなく、出発初日の昼休憩場所で、

『何こいつ？　ああ、少しご結婚の遅い御令嬢が趣味で連れている顔だけの愛玩動物《ペット》的なアレか？　護衛騎士だかなんだか知らないけど、側にいる女騎士もどきといい、いいご趣味だな』

みたいな目でこっちを見てやがった。

俺のことはいいけど、フィオーラ嬢とメルちゃんを小馬鹿にされるのは非常に業腹《ごうはら》である。

そうだな、こういうのは最初が肝心だからな。

メルちゃんについてきてくれと目線を送ると察してくれたのか、少し離れて後ろからついてくる。

これ見よがしに上半身裸になり素振りや打ち合いなどの稽古をする騎士団の、特に声が大きい荒くれ者っぽい顔の連中の近くで本身の剣を二本持って陣取る俺とメルちゃん。

「近衛長、長距離の馬車移動で少々体が鈍《なま》ってしまいそうですので、手合わせ願えませんか？」

「ふっ、よかろう」

と声を掛け、剣の片方をメルちゃんに投げ渡す。

ヘッポコなところはあるが決して無能ではない、いや、世間一般からすれば超有能――かもしれないメルちゃん。

俺の思惑を理解してくれているようで、獰猛《どうもう》な笑顔をこちらに向けてくる。

そして……いつもどおりのガチ斬り合いを見せてやった。

怪我《けが》をしないのか？　ふた月み月、一緒に稽古してる仲なんだからお互いの速度にも慣れてるし体を動かす時の癖も分かっているので案外平気。

てか、メルちゃんの速度に合わせてるから言い方は悪いけど俺の方は全然余裕があるしね？　ステイタス、とっても大切。

いつもとの違いはわざとメルちゃんの鎧《よろい》の端に剣を当てて『ガインッ！』と大きな音を立てたりすることか。二人で思いっきり剣を振りかざし高速で斬り結ぶ。

いつの間にか剣術スキルが３にランクアップしていたメルちゃんと、ステイタスだけなら人外の域の俺の稽古、かなりの速度で剣と剣がぶつかり合うので傍《はた》から見ると古き良きバトルマンガみたいな光景である。

そしてメルちゃん、怖《こわ》い、顔がいつにも増して怖い。周りに対する威圧行為としては大正解なんだけどさ、嬉々《きき》とした顔でフェイントかましながら致命傷を狙いにくる同僚ってどうなのかな？

騎士達《たち》からこちらに向けられる視線が、

「なんだ？　おままごとでもするのか？」から、

「こいつら、もしかして本気で斬り合いしてる……？」になり、

「当たったら絶対に死ぬだろソレ、どうしてそんな楽しそうに笑いながら殺し合いしてんだよ……」に変わった頃合いで終了。

最近は体力も付いてきたようで、半時間ほどの稽古では息切れもしなくなったメルちゃんなのである。

「ふぅ……まだ少し物足りないですね。どうです？　そちらの騎士様、よろしければ胸を貸していただけませんか？」

「い、いや、我々はこれから出発の用意があるのでな、申し訳ないが」

顔をヒクつかせ去っていく人相の悪い騎士。話しかける前に威圧スキルまで取って使ったのは少々やりすぎだった気がしないでもない。

でもそれでいい。お前らの上位者が誰であるか、フィオーラ嬢の威光を心に刻んでおくように。

そんな苦労をした俺とメルちゃんなのに、

「あなた達は二人で何をやっているのですか、休憩時間にはちゃんと休憩をしなさい」

お嬢様に叱られたでござる。

……ちなみに第三騎士団からの視線云々《うんぬん》は全てハリスの被害妄想であったことを本人が気付くとはなかった。第三騎士団、顔はイカツイが実際は気のいい連中なのだ。

てなわけで王都である！　第三騎士団の連中も相変わらず目つきは悪いが、態度や返事はとても良くなったのではないだろうか？（※最初から彼らの態度などは特に悪くはありませんでした）

「王都よ私は帰ってきた!!　……まったく何の思い出も思い入れもないけどな」

「一応十年は暮らしていたのでしょう？　なのに思い出がないってそれはそれでどうなのかしら」

「だって、あなたと出会ってから今日までの時間が輝きすぎていて……すべての過去が色あせて見えますから」

「そ、そうだな、うん」

「メルティス、繰り返しますが今のも貴女《あなた》への言葉ではないですよ？　ほら、視線を確認しなさい。貴女ではなく私《わたくし》に向いているでしょう？」

適当に言葉を返す俺。だって王都の想《おも》い出《で》＝泥団子しかないんだもん。あとは最後の方にちょこっとだけリリアナ嬢。

そしてフィオーラ嬢とメルちゃん、いつもながら面白い主従である。ちなみに現在地はすでに公爵家の王都屋敷の庭だ。

流石に公爵家の家紋が入った馬車の窓から顔を出してチラチラキョロキョロと周りを見回すなんてできないからさ。

家名に傷がついた！　などとなれば切腹も覚悟せねばならないのが大貴族。もちろん切腹の風習なんてないけどね？

でも『ワインを賜る』ことはあるから死ぬことには変わりないんだよなぁ。

北都のお屋敷という名の小城と違い、こちらは普通に立派なお屋敷。もちろんサイズ的には宮殿と言っても差し支えない広さがあるんだけどさ。

お屋敷に到着して最初の俺の仕事。そう、それはもちろんお嬢様のお部屋に洋式便座の設置である。旅の道中も宿に到着するたびに設置させられていた。

まぁまずは荷物を下ろす手伝いから……お屋敷の方から光を放つような笑顔のお姉様がゆっくりとこちらに向かってくる。

「フィオーラさん、やっと着いたのね！　道中何もなかった？　もし不便があったなら包み隠さず言うのですよ？　即刻関係者を粛清しますからね？」

「もう、大丈夫ですよお母様、特に何事もございませんでした」

発言に多大な恐怖を感じるが……美人である。とてつもない美人である。

超美少女と超美人がハグをしている。ナニコレ、ちょっと俺も真ん中に挟まっていいですかね⁉

「メルティスも変わりなかった？　あら、そちらの稚児《ちご》さんはどなたかしら？」

うん、声もなんというかちょっとこもった甘い感じで色気があって非常にいい。

「お父様にはお手紙で知らせてあるのですが、何もお聞きになってませんか？」

いやいや、もうすでに稚児さんっていう年齢じゃないんだけどね？　まさかお稚児さんの方の意味合いじゃないよね？　絶対に違うからね。生粋の女好きだからね？

それはそれで年頃の娘さんの側に置くには大問題だと思うけど。

「そういえば、ふた月ほど前に一時期荒れていたことがあったけれど……その子が原因なのかしら？　ふふっ、いい歳《とし》になった娘にやっと春が来るかもしれないというのに困ったお父様ね」

「お母様、私《わたくし》はまったくいい歳ではありません。まだまだ若輩者ですから、ほら、この肌と髪を見ていただければお分かりになるでしょう？　ええ、ええ、お母様とは違いまだまだお尻に殻のついた雛鳥《ひなどり》のようなものですもの」

「まぁまぁフィオーラさんったら、それじゃまるで母が年老いたようではないですか。私もいまだに社交界の華、言い寄ってくる殿方も……フィオーラさん、ちょっとこちらに。この髪は……サラサラとしていい香り……肌も前より張りと艶が……」

なんだろうこれ、感動の再会だったはずが、いつの間にか不穏な空気が漂いだしているぞ？　いわゆる風雲急を告げる状態なんだけど？　感動の再会、どこにいった？

ほら、メルちゃんもいつの間にか少し離れて気配を消してるしさ。てかあんたそんな特技あったのかよ！

「まぁこれも私《わたくし》を愛する殿方の力なのですけどね？　ねぇあなた」

おい、誰があなただ誰が。そして厄介そうな話題をこっちに振るんじゃない！　……っていつもなら怒るところだけどさ。

もの凄い美人さんの前に跪《ひざまず》いてしっかりと目を見つめながら挨拶する。

「お初にお目にかかります美しいお方。私《わたくし》、そちらのお嬢様に拾っていただいたハリスと申す若輩者でございます。お嬢様のお姉様……失礼、お母様ですよね……いえ、そうして並ばれているとどう拝見させていただいても仲睦《なかむつ》まじい美人ご姉妹にしか見えなくて……」

「まぁ、小さいのにお上手な方ね。フィオーラの母のオースティアです。よろしくおねがいしますわね」

オースティア様か……なんて素敵なお名前……そっと差し出された手を右手で優しく包み、ゆっくりと唇を手の甲に、

「ハリースっ！　そこまででいいですから！　というか貴方、私《わたくし》に初めて挨拶した時と態度が違いすぎませんか？　少なくとも手にキスをしようなんてしませんでしたよね!?」

「えっ？　だって……」

だって、凄く、好みのタイプ、なのだもの。

そっと握っていた俺の手と公爵夫人の手を引《ひ》き剝《は》がす公爵令嬢。

鬼、悪魔、お嬢様っ！

「ああ……」

「あなたはどうしてそんなに残念そうな声を出してるんですか！　見た目は若作りですけど普通におばさんですよ!?」

「フィオーラさん、母のことを言うに事欠いて若作りのおばさんとは何事ですか？　いいでしょう、久しぶりにゆっくりと教育して差し上げましょう」

「あら、私《わたくし》も成長はしていますのよ？　いつまでも言いなりの娘だとは思わないでいただきたいですわね」

やめてっ！　私のために争わないでっ！　被害が、被害が無辜《むこ》の民に広がっちゃうからっ！

「ハリス、戦の支度を！」

「あら、ハリスくんは私の陣営ではないのかしら？」

「はい、奥様」

「裏切られた!?」

驚愕《きょうがく》の表情のフィオーラ嬢。

仕方ないんや、清楚《せいそ》な（清楚とは言っていない）お姉さんとか大好物なんや！

だいたい、中の人の年齢的にはお母さんの方がしっくりくる年齢だからね？

「まぁ冗談はこれくらいにして」

「「冗談で戦はできませんわよ？」」

あんたら息ピッタリだな！　実は仲いいだろ！


てことで挨拶も済ませ、お嬢様のお部屋にたどり着いたフィオーラ様と愉快な仲間達。

最初はちょっと拗《す》ねていたが、なぜか「そうよね、小さい頃に家族を全員亡くしたのだものね、母親が恋しくても仕方がないわね」とよく分からない納得をされ、微笑《ほほえ》まれてしまった。

フィオーラ嬢、察しがよすぎて勘違いしがちなタイプなのかもしれない。

あと特に母が恋しいわけでもないですし、元家族は貴族街の片隅の端っこでひっそりと生きているはずでございます。

少し落ち着いたら旅の埃《ほこり》を落としたくなるもの、お嬢様達はお風呂に——入ろうとしたらお湯が入っておらず王都のメイドさん達が大騒ぎ。

集団で泣きながら石の床に頭を叩《たた》きつけての謝罪の合唱である。

ヒクワー公爵家ヒクワー……。

まぁすぐに俺が魔法でお湯を入れて事なきを得たんだけどね？

ふふっ、王都のメイドさん達からの感謝の視線が熱い！

あ、ついてきたAさん、どうして俺の手を握り感謝するメイドさんを散らしてしまうのか。

「これは我々北都の者の財産」とか意味不明の宣言をするCさん、なぜか得意げな顔で腕を組んでガイ〇立ちする変質者、世紀末に殴り合いを始めそうな集団に巻き込むのは止《や》めてください。

当然お嬢様達がご入浴される前に石鹸《せっけん》、シャンプー、リンス、タオルにバスタオルとお風呂セットもご用意した。あっ、お嬢様、そちらはすべてお姉様の物で……いえ、何でもないです。

……あれ？　これって当然俺は入れないよね？　お風呂は？　俺の大きなお風呂は？

まぁ借りたお部屋にちっさい湯船、猫の足のような四本の支えが付いた浴槽、通称『猫〇ス』を出すからいいんだけどさ。

あーあ、平日の昼間だけど広い風呂でプカプカ浮かびながら「ネッシー」とか叫びてぇなぁ！

ネッシーってなんだって？　もちろんナニだよ、言わせんな恥ずかしい。本当に恥ずかしい。人間としてとても恥ずかしい。

まず部屋を借りられるかどうかが不明だけど、流石にフィオーラ嬢と同室ってことはないだろう。

「ハリス、暇なら中庭で稽古をしないか？」

「ん？　ああ、いいですよ。行きましょう」

渡り廊下の柱にもたれて腰を降ろし、庭を見つめながら黄昏《たそが》れていたら（ボーッと風呂のこと考えてただけなんだけどさ）いきなり中島……じゃなく石鹸の匂いをさせたメルちゃんに野球……じゃなくて剣の稽古に誘われたので、その後は夕食前まで二人で思いっきりせっ……せんをした。

お風呂入ってきたなら汗をかくことをわざわざしなくてもいいのではと思ったけど、別にもう一度お風呂に入ればいいだけだもんね。

てかどうして「今日は体には打ち込んで来ないんだな」って少し寂しそうな顔をしてるのかな？

えっ？　叩かれたい感じなの？　むしろ叩かれて感じるの？　やっぱり女騎士の業からは誰も逃れられないのだろうか？

◆◆◆◆◆◆◆◆◆◆

こちらはメルティスとハリスが剣の稽古をしていた時間のフィオーラの私室。

風呂上がりの美しい母娘《おやこ》が二人で悪巧……語り合っていた。

「それでフィオーラ、あの子は手紙に書いてあったように聖霊様が視《み》えるというのは本当なのかしら？」

「はい、間違いなく。視えるだけではなく聖霊様がお一人で彼の部屋を訪れるほどに気に入られています」

「そんなこと……それではまるで建国の五家の初代様みたいじゃない」

「むしろ初代様以上かもしれません。聖霊様のお声を聞くこともできるようですので」

「にわかには信じられないわね……いえ、信じられないのは次の手紙の内容の方なのだけれど。なんなのよ、あの全属性の魔水晶を作成可能っていうのは。そもそも魔水晶を創るなんて初めて聞いたわよ？」

「それでも本当のことですので。私《わたくし》の目の前で創って、正確には使い終わった魔水晶の破片からの再構築をするところを見せてもらいましたから。もちろんその後、六属性すべてを付与するところも」

「そんな……そんなことが本当に可能なら国中の貴族が、いえ、他国も含めて大騒ぎになるわよ？どうにかしてあの子を自分の手中に収めようと」

「もちろん能力の使用を自粛するようには伝えているのですが……イマイチ物事の重要性が伝わっていないようでして……」

「そして最後に転移魔法と時空庫だったわね。こんなの二つともおとぎ話か伝説の魔法じゃない」

「それでも事実ですよ？　時空庫は何もない空間から品物を出すところを見ましたし、今もそこに大量の錬金術などの材料をしまっているみたいですから。転移魔法は……その、おトイレ」

「トイレ？　お手洗い？　ご不浄？」

「はい、トイレの椅子の部分に転移魔法が仕込まれています」

「……フィオーラさん、長旅の疲れが出たのかしら？」

「違います！　お母様も使ってみれば分かります！　あの座り心地にあの紙の柔らかさ、そして水で流せるので臭いも気にならないのですよ!?」

「え、ええ、分かりました、分かりましたので落ち着いてお座りなさい、とても気持ち悪いです」

「なぜ!?」

◆◆◆◆◆◆◆◆◆◆◆

王都のお屋敷では思ったよりも豪華なお部屋を用意してもらえた。てか調度品とかベッドとかどう見ても客間なんだけど。そもそもここって公爵家のみなさまが生活する本館だよね？　俺、ただのお嬢様の使用人だよ？　お客様扱いされると少し困惑しちゃうんだけどなぁ。

まあいいや、そろそろ晩ご飯だし。……うん、ここでまたまた大問題発生。

俺ってどこで何を食べればいいんだろう？　流石に知らない人ばかりのメイドさんの寮に入っていったら事案発生だよね？　それ以前にメイドさんの寮があるかどうかも不明なんだけど。

うう、なにコレ、軽いイジメ？　北都ではこんなことなかったのに……お風呂のお湯だって入れてあげたのにっ！　ほんま都会は恐ろしいところやでぇ……。だってなんだかんだで北都のメイドさんってみんな優しいんだもん。

たまにティンダロスの猟犬のような瞳で見つめられるけど。そしてあの黒いワンコに目があったかどうかは定かではない。

あ、Aさん、ご飯どこで食べるの？　今から向かうからご一緒に？　もちろんご一緒しますとも！　ついでに手とか繋《つな》いじゃう？　……鼻息が荒くて怖いのでやっぱり止めときます。

俺は機嫌よく、なぜかジト目になってるAさんとお喋りしながら食堂へと向かう途中で現れたのは黒い影……いや、フィオーラ嬢なんだけどさ。

「ハリス、何をしてるのかしら？　お父様もお戻りになりましたし、そろそろお食事の時間よ？」

「ええ、ですので食堂に向かおうかと」

「ならどうして反対方向に向かってるのよ……」

「えっ？」

「えっ？」

「メイドさんとご飯ですよね？」

「家族と夕餉《ゆうげ》に決まってるでしょう？」

いやいやいや、なんで公爵家の家族の晩餐《ばんさん》に俺が引き込まれてるんだよ！　俺はどう考えてもそっち側ではないだろ！　完全に異物混入じゃん！　そもそも公爵閣下とお食事会とか嫌だよ！　他所様《よそ》どころか大貴族様のご家族との晩餐とかちょっとした失敗で最後の晩餐になりそうだし願い下げだよ！　スプーン落としただけで滝のような汗が流れそうな環境で飯とか食いたくないよ！　どんな料理が出るのかはもの凄く興味あるけどさ。

「いや、でも」

「行くわよ」

Aさんとフィオーラ嬢の間でキョロキョロと視線を漂わせる俺に自然と腕を絡めるの止めてもらっていいですかね？

公爵閣下がすでにご帰宅と伺いましたが、見られたらどうするつもりですか？

シーナちゃん以外の人間の体温をこんな間近で感じるのは久しぶりでドキドキするんですけど？　いや、そもそも日本でもこんな経験なかったけれども……。

肘に、肘に胸が！　たぶん……当たってる？　当たってない？　微妙なニュアンスだなこれ。胸なのかそれとも胸筋なのか……もしかしたら寄せて上げた脇肉かもしれないし。バラにロースにサーロイン。あ、たん塩にネギは要らないです、裏表ちゃんと焼きたい派なのでネギが落ちちゃうんです！　後乗せで。後乗せでお願いします！

なんて現実逃避をしている間にお嬢様に腕を組んだまま公爵家の食堂に連行され、大きな扉を両側に控えているメイドさんが開いてくれたんだけど……食堂扉専門のメイドさんなのだろうか？　腕を組んでるのでこのまま入っていくと新郎新婦のご入場みたいになっちゃうんですけど？

大貴族様の食卓といえば、なんかこう細長い部屋に横にずらっと並んで向かい合わせで日本一長い巻きずしを作れそうな、グルメレポーターが「食卓が満員電車やー」とか言っちゃいそうな数百人は腰掛けられそうな一列の机ってイメージだったんだけど……実際は流石にそこまで長くはなく。まぁただの一般人からすれば十分長い＆太いテーブルがいくつか並んでるから、ほぼ間違いではないんだけど。そしてテーブルの表現が長くて太いってあまりないよね。

そもそもさ、パーティーは大広間で開かれるものだし？　晩餐を共にするお相手なんて多くても数十人くらいだもんね。いや、十二分に多いけどな数十人でご飯。そこそこ仲のよかったクラスの同窓会でもそんなに集まらなそうだもん。

通された広間には縦幅横幅ともに普通のダイニングテーブルの三倍くらいの大きさの机が縦に四卓。そしてこの絶対にお向かいの人のおかずには手が届かないテーブルに片側五脚、計十脚の磨き抜かれたアンティークな雰囲気の木製の椅子が並ぶ。

お向かいだけじゃなくお隣の人のおかずにも手は届かないかもしれない。どうして俺は貴族様の夕食でおかずのシェアができるかどうかの心配をしているのだろうか？

てか真ん中に置かれた炎の揺れる燭台《しょくだい》がいかにもって感じ……なんだけどさ。テーブルの大きさのわりに席に着く人数が多くないし、知らない人ばかりの空間ということも相まってビックリするくらい寒々しい空気が漂っている。

その席順、座席の間隔の詰め方は地位と友好度の高さ。

食事中にいきなり隠し持っていた刃物を取り出して飛びかかってこられでもしたら一大事だもん。

さて、そんなどうでもいい話は置いておくとして食堂、そしてすでに座っている皆様方である。

今日はご家族でのご夕食だから卓に着く順番などはそれほど気にしなくてもいいらしいのだが……少なくとも俺が最後というのは非常に気まずい。

繰り返しになるが他人だからね？　俺。

すでに食卓に着いている公爵家の方々……男性が三名と女性が二名、そこにフィオーラ嬢と俺を足せば総勢七名になる。この人数ならレストラン貸し切りみたいな大部屋じゃなくこぢんまりした居酒屋のテーブルを二卓繋げたくらいの広さでいいと思いました。

そして、そんな食卓に集まった七人なんだけど、できているグループはおおまかに分けて四つ。人数のわりに小分けになりすぎじゃね？　そこそこ隔意のあるワーキングレディの食事会かよ。

まずは第一のグループ、いや、グループって言ってもお一人なんだけどね？

おそらくは上座にあたる机の先端、電車だと運転席の場所だな。いわゆるお誕生日席にどっしりと腰を下ろす初老……というほどでもないな、四十代中頃くらいの男性。大きな絵、竜退治をする騎士の絵画の前にでんと腰を下ろすのはどう見てもコ◯ン・ザ・グレート。探偵小僧の方じゃなくデカくてパワーがある方のコ◯ンである。

その方がフィオーラ父さん、お屋敷の主《あるじ》、キーファー公爵閣下その人であろう。

第一印象はそのもの凄い眼力《めぢから》。挨拶したくらいじゃそれしか記憶に残らなそう。とりあえず目が合ったので黙礼しておく。目礼じゃなくしっかりとした黙礼な。

そして第二のグループ、真正面の公爵閣下から見て右側に一人で腰掛ける男性というか青年？二十七、二十八歳くらいだろうか？　三十歳は超えてないだろう。

おそらく本来なら北都で政務を執っていらっしゃるはずのご長男かな？　お名前は知らない。

父親が武闘派の組長ならこちらはインテリな若頭。金庫番って感じの切れ者の男前。鋭利な雰囲気をかもしだす、知ってる俳優さんで言うならばディ〇プリオだろうか。それも船が沈む話ではなく一昔前のアメリカの大都会でヤクザ大戦争してた方の。目は笑ってないけどこちらに微笑んで目礼してくれたのでこちらも笑顔で黙礼。

右側、ご長男から少し間を空けて座るのは我が麗しの女神……ではなくフィオーラママ、オースティアお姉様である。

隣に二人分のカトラリーが用意されてるのでおそらくあそこに俺が座らないといけないのだろう。ここが第三のグループ。

てかさ、カトラリーってカラトリーって言い間違えがちじゃない？　そんなことない？　シミュレーションをシュミレーションって言っちゃうみたいなさ。ぶっちゃけ相手に通じるならどっちでもいいと思うんだけどね？

最後になるが公爵閣下から見て左側、ご長男やオースティア様、たぶんフィオーラ嬢と俺も座る席の向かい側、そちらに女性が一人と男性が一人。こちら側と比べてさらに人口密度が低い。

女性はオースティア様よりもそれなりに年上に見える。性格がキツイのではなく性格が悪いとひと目で分かりそうな目をしたおば様。隣の男性は二十歳《はたち》前後かな？　こちらもなかなかにふてぶてしい雰囲気。ご長男とは違い一切の大物感のない小悪党な雰囲気がプンプンと漂ってそうな少々だらしない体をした男性、恐らくはご次男かな？　間違いなく陰で裏切るタイプ。

なんにしても二人とも完全に俺のことを見下している目だなあれは……。

いや、どちらかといえば、これこそがやんごとない方々の正しい下民に対する接し方だと思うんだけどね？

俺は特に含むところなどはないのでこちらにも満面の笑みで黙礼。人、それを威嚇という。

フィオーラ嬢に促されながら空いていた席――予想どおりオースティア様の隣に俺、そして俺の隣にフィオーラ嬢と着席する。

あれ？　どうして挟んじゃったのかな？　両手に花？　むしろむっちゃ離れた場所に一人で直立していたかった。

そして静かに始まる晩餐会《ばんさんかい》という名の生き地獄。

無言で知らない人と飯食うとか結構なストレスだよ……。

ちなみに食事はコース料理のように食べ終わると次！　みたいに出てくるわけではなくて目の前にどんどんとお皿が並べられていくスタイル。個人的にはこちらの方が好きに食べられるのでありがたい。

さて、何から手を付けるのが正解か……コース料理って食べる順番があるんだよね。

ジョシュアじーちゃんに基本的な礼儀作法は習ってるけどフォーク、ナイフの使い方くらいで晩餐会の料理なんて出てきたことないし。

日本でも親戚のおじさんに何回かお上品なリストランテに連れていってもらったことがあるからちょっとは分かるけど……ここ、異世界だからなぁ。

とりあえず様子見で隣を……むっちゃみんなでこっち見てるよ……。

他の方々は分からないけど、お向かいのおばさんと息子は間違いなく粗相をやらかす平民を見て鼻で笑う気マンマンなんだろうなぁ。

まぁいいや、よくよく考えればただの使用人風情にテーブルマナーとか求めないだろう。流石に手摑《てづか》みはまずいだろうけど、お嬢のメンツを潰さない程度に俺ができる範囲で上品に食べる！　これだな。

まず前菜っぽいのは……これかな？　薄く切った生ハム？　サーモンっぽい魚？　と生野菜を和《あ》えてソースっぽいのをかけたやつ。

あ、やっぱりハムだ！　脂身がない＆切り方が悪いから魚っぽく見えたけど。うん、肉、肉はいいよね！　でも、

「ソースっていうよりただの煮詰めた酢？　酸味がキツイし焦がしたのか苦味もあるし……ハムも塩分が強いから分厚いところは味が濃すぎる」

一緒にご飯をかきこみたくなる前菜ってなんだよ。

スープは……何かのポタージュみたいな色だけど。

「皿の底に沈んだ塊……色的にはカボチャかな？　そろそろ夏だし温かいのより冷製の方がよかったかな？　てか甘っ⁉　カボチャ置いてけぼりで砂糖の味しかしない。てかどうして変な臭いの香草？　香辛料？　を入れちゃったんだよ、なんか臭いよ。あと塊が残ってるってどういうことだよ、ちゃんと裏ごししようよ」

素材の良さガン無視で変な匂いの砂糖煮にして出してくるとか、農家舐《な》めてんのか？

もうこの時点でまったく次の料理に期待できないけど、前菜、スープの次は魚料理だ。てかすげぇ久しぶりだな魚なんて。北都のメイド寮の食卓にも上ったことないし。

養護院？　ザリガニも出ねぇわ！　最近って言っても転移前の記憶だけど、日本でも高級食材扱

いなんだよね？　ザリガニ。

昔は帰省したばぁちゃん家《ち》の近所のコンクリ舗装してない用水路で、棒《ぼう》っ切《き》れに凧糸《たこ》くりつけてスルメを餌にしてよく釣ったな。

もちろん食ったことはないけど。だってザリガニ、くせぇもん。

ちなみに日本人が全員魚介を好むと思ったら大きな間違いである。

俺、お寿司屋《すしや》さんに行っても生魚一切食わないからね？　コーンサラダとかツナサラダとかいなり。あ、海老天《えびてん》とかもいいよね！

回らないトコだと玉子とうなぎと茶碗蒸《ちゃわんむ》しでローテを組む。どう考えても寿司屋さんに行く必要性皆無の人間だな。

ちなみに魚料理で一番好きなのはまぐろフレーク（缶詰）。料理と言っていいのかは疑問。

あ、ビッ〇カツも好き！　完全に料理ではなく駄菓子である。

そして出された魚は、

「川魚かな？　うっ……普通に生臭いなコレ。下ごしらえどうこう以前にそもそも魚の鮮度が悪いんじゃ……それに相変わらず変に甘いソースで味付けしてるし、せめて甘酢なら良かったのに……これなら何もせずに塩焼きの方がまだマシじゃないか？」

ストラックアウトならど真ん中の五番を百六十キロの直球でぶち抜くくらいマズイ。残念ながらこの料理の完食は俺では無理、クズ野菜の煮汁《スープ》の方がまだマシである。

そもそもフォークとナイフとスプーンを駆使して小骨を取るのが凄《すさ》まじく面倒臭い。店員さん、お箸もらえる？　てかみんなメイドさんに小骨とか取ってもらってんじゃん！　そういうシステムのお店なら先に教えてくれYO！　一応聞いておきたいんですけどお触りはナシですよね？

かなりげんなりさせられた魚料理のあとは箸休め！　お楽しみの……まぁ異世界でシャーベットとか出てくるわけないよな……。

気を取り直して、否《いや》、満を持していよいよお肉のご登場である！　そう！　メインの肉なのです！

……お上品なサイズだけどさ。

大きさ的に五十グラムくらいしかないよね？　お金持ちならガツンと一ポンド、むしろTボーン一本単位で食わせろと。公爵閣下とかどう見ても手摑みで骨付き肉のタイプなのに！

「……下味が薄い、むしろ舌に何も感じない。塩胡椒《こしょう》をもっと振ってほしい……。そしてソースがくどい、ナニコレ、今日一で甘ったるいんだけど……」

脂身は少ないけどそこそこいいお肉っぽいのにベッタベタにソース絡めてんじゃねぇよ！　甘いのは嫌いじゃないけどそういうこっちゃねぇんだよ！

魚の時も言ったけどこの肉なら塩胡椒だけでいいだろ！　もしくは別添えでワサビ醬油《じょうゆ》！

何にしても下味をつけろ下味を！　てかこれ一キロも食わされたら大阪の十三《じゅうそう》に住んでそうな凄《すご》腕《うで》の狙撃手でも泣きながら機密情報漏らすわ。

口の中が気持ち悪い、とりあえず水……ないのかよ！　何か飲み物……。

「あ、紅茶おいしい……」

ストレートで濃いめの紅茶が烏龍茶《ウーロンちゃ》みたいで、口に残る後味を流し去ってくれる。

うん、まぁ腹八分目には膨れたけどさ、点数を付けるなら、

「三十五点くらいかな？」

「なかなか辛口だね？」

「おう⁉」

えっ、いきなり誰？　いや、誰じゃねぇよ。恐らくは次期公爵閣下だよ。

公爵家の皆様全員お静かにお上品に召し上がってらっしゃるから、俺も集中して呑気《のんき》に食レポしながら食っちゃったよ！

隣のお姉様は微笑んでるし反対隣の美少女は顔真っ赤にしてプルプルしながら机叩いてるし。

フィオーラ嬢、安定の笑いの沸点の低さである。

でもほら、斜向《はすむ》かいのおばさん、鬼の形相でこっち睨《にら》んでるよ！


食後は楽しく懇談会。ただし俺以外って付くけど。可愛《かわい》い娘さんも交じえて久しぶりの家族団欒《だんらん》だもんね？　ホントになぜ参加してるんだ、俺。

そしてどうしてなのかは分からないが同じ食材を使って翌日の晩ご飯を作らされることになった。

これでも調理スキル、それもこの世界ではほぼいないであろうランク5！　を持ってるから別にいいんだけどさ。ちなみにこれまでに作った料理はAさんにあげてた飴玉だけである。

もちろんAさん以外にも配ってたんだけどね？

あとで厨《くりや》に行って調味料のチェックもしとかなきゃ！　やる気満々か。

てか、もうね、斜向かいの二人からの敵愾心《てきがいしん》が半端ない。なんなの？　今日の料理作った人と親戚か何かなの？

ああ、御家の奥向きの話になるんだ？

あのおばさんが第二夫人で、オースティアお姉様が第三夫人だと。

うん、ご側室同士で仲が良いなんてあんまり聞かないもんね？

ちなみにご正室だったご長男のお母上は産後の肥立ちが悪く、お亡くなりになられたらしい。

フィオーラ嬢に連れてこられた俺はどこからどう見てもお姉様派閥だもんなぁ。

そろそろこの寒々しい晩餐会もお開きみたいな雰囲気になって安心してたら突然お隣のお姉様が、

「ああ、そういえばハリスくんから贈り物があったのよ」

ふあっ⁉　そんなの聞いてませんけど！　ここにきていきなりの無茶振り⁉

……あ、もうすでに納品してあるんだ？　全然記憶にないんだけど……。ああ、あれか！　贈り物っていうかお土産《みやげ》ね！　王都に来る馬車の中で「何か家族にお土産になるようなものは作れないかしら？　四つでいいのだけれど」ってフィオーラ嬢に申し訳なさそうな顔で言われたから暇つぶしに作った光の聖霊様の似姿のペンダント！

ちなみに四つともデザインが違って、得意顔の子グマが可愛く玉を抱えてたり、コミカルに玉の上に乗ってたり、がんばって玉を持ち上げてたり……最後の一つは夕張メ○ングマばりのリアルな表情で玉に齧《かじ》り付《つ》いているという。もちろん玉の部分は光魔晶である。

ほら、王都、なんとなく危険そうじゃん？　いや、たぶん王都の人間にはどう考えても北都の方が危険だろ‼　って突っ込まれると思うけど。

だからお嬢の有事の際に少しでも役に立たないかと思ってさ。ほら、俺ってランク7！　の、超優秀な魔道具職人でもあるじゃないですか？(ウザ絡み)

最初に「どんなアクセサリーが欲しいです？」って聞いたら「指輪かしら？」って即答されたか

ら無視してネックレスにしてやった。いや、そもそもこれってご家族へのお土産なんですよね？

何にしても未婚の御令嬢に指輪を贈るのは危険が危ないからね？

先にも述べたとおりメインの素材は光魔晶である！

貴族様といえば『毒』ってことで解毒効果、そして不慮の事故に遭った時のために自動回復効果。ちょっとした打ち身や切り傷でも効果が発揮されるので、それなりの頻度で魔水晶の交換が必要になるという、普段遣いするにはべらぼうな維持費がかかる貧乏人からすると呪いのアイテム。

ほら、俺は自分で魔水晶を創れるので実質無料だし。

便利そうだから自分とメルちゃんの分も別で用意しておくか。

ていうか光魔晶、このままだと首にかけたら光りっぱなしで軽く目をやられそうなほど眩《まぶ》しいんだよ。だから光魔晶の外側をくす玉みたいに開くギミックで覆ってある。もちろんメロンパンは入らない。メロ○グマに関してはパカッとくす玉じゃなく大口が開くんだけどね？

ちなみに光魔晶以外の素材、クマ部分やチェーン部分等の金属部品は金貨を潰すというもったいないおばけが集団で殴りかかってきそうな力業で手に入れた。俺がそんな大金持ちなはずがないのでもちろん金貨はフィオーラ嬢に寄付していただきました。代金？　お土産に代金を請求するとかそれただの押し売りじゃん……。いえ、結納品とかではないです！

ケースは木材、庭で拾い集めた枯れ木が大量にあるので大丈夫！　こちらもデザインは聖霊子グマの顔である。クマさんの入れ物とかファンシー感が半端ねぇな……。

てかさ、フィオーラ嬢に四つって言われたけどここには六人いるんだけど……うん、流石に分かるよ？　向かいのおばさん達の分はないんだね！

もちろん追加で生産するつもりなどは毛頭ない。明確にこちらを敵視する相手にへつらう必要性を感じないからね？

オースティア様が控えているメイドさんの耳元で何かを伝え、二つの小箱が公爵閣下、ご長男と順に手渡される。残りの二つ？　もちろん俺を挟んで座る二人の手の中だ。

流石にちょっと露骨すぎじゃありませんかね？

ご長男が微妙に苦笑いした以外はお向かいのおばさんの額に血管が浮かんだ程度なので、特に気にせず話はそのまま進む。

箱を開いた四人の反応は、

「これはクマ……か？」

「そうですね、もの凄く精巧な金細工のクマですね」

「あら、愛らしい……」

「ふふっ、それは我が家の守護聖霊、光の聖霊様の似姿なので……ハリス？　私《わたくし》の物だけ聖霊様のお姿が違う気がするのですが？」

「ああ、それはハズレです」

「どうして贈り物にそのような物を混ぜたのです⁉」

だってその方が盛り上がるかなって……。

「ふっ、いくら精巧な作りであろうと公爵家への手土産がその程度とは……フィオーラさん、あなたもお付き合いするお相手を選ばないといけませんよ？」

「そうだぞ？　お前も性格はともかく見目だけはよいのだから、そのような貧相で無能な子供ではなく俺のように堂々とした、家の役に立つ人間を側に置くべきだぞ？」

お、おう、言われてることはど正論なんだけど言われる相手によってはこんなにカチンと来るのか。それに俺だけならともかく、お嬢まで小馬鹿にされるのはお世話になってる人間としては少々いただけないし？　ちゃんとギミックの説明もしておかないとね？

「ただの金細工？　まさかまさか、そのようなつまらぬものを公爵閣下ならびに奥方様にお贈りするはずがないではありませんか！　皆様、首飾りの、聖霊様の頭部分を軽く押してみてください」

そして部屋に眩《まばゆ》く広がる四つの光。

「……なっ⁉　これは、まさか……」

「ええと、私もハリス、と呼んで構わないかな？　私も実物を見るのは数度目、それもこれほどの力を放っている物は初めて目にするのだけど……これは光魔晶だよね？」

「はい、ご明察の通りにございます。光魔晶と申しますか守り《タリスマン》の魔道具ですね」

「あら、魔道具というからには何か特別な効果でもあるのかしら？」

オースティアお姉様が通販番組のアシスタントみたいにピンポイントな質問をしてくる。

「もちろんです、魔水晶が光り輝くうちは特に何もせずとも首に掛けておくだけで毒を無効にし、突発的な不幸による怪我などをされたとしても即座に回復いたします。そして『ちょっと光が薄暗くなってきたかな？』と、感じたら魔水晶の交換時期です」

「いや、交換もなにも、たとえお金を出そうともそうそう手に入る物ではないと思うんだけど……」

それが三分もかからず手に入るんだよなぁ。てか時空庫の中にそれなりの数溜まってるし。

てかムキムキな方のコ◯ンとインテリヤクザによるサン◯オ系クマの首飾りとのコラボレーショ

ン。絵面的にはかなり破壊力があるな。

蚊帳《かや》の外の二人というかおばさんの方が羅刹の形相でこちらを睨みつけてくる。

相反して隣のお姉様、むっちゃいい笑顔である。

はぁ……いつまでも守りたい、その笑顔……。

そしてお嬢様、すいません、とても痛いです、完全に意識をお母様に向けておりましたけれども
っ！　真顔で俺の脇腹を摘《つま》んでひねるのはお控えください！

◆◆◆◆◆◆◆◆◆◆

さて、晩餐会の翌日、なぜか公爵家の厨《くりや》を預かることになった俺。どうしてこうなった？

それもこれも斜向いのおばさんが「あら、そこまで言うのならもっと美味《おい》しいものをあなたが用意できるというのですよね？」なんて厭味《いやみ》ったらしくねちっこく言うのが悪い。

思わず「できらぁ！」って安請け合いしちゃったもん。どこから見ても完璧な自業自得だな。

まぁいいや、前向きに考えれば自分の好きな素材で食べたいものを作れるってことだもんな！

レッツクッキング！　てことで調理場面はすっ飛ばしてこちらは昨日と同じ王都公爵邸の食卓。

まさかのクッキング要素皆無である。

あれ？　昨日より人数増えてない？　いや、確かに二十人分作れって言われたからオカシイとは思ったけどさ。ご家族に大食いの人とかいるのかと思ってたよ。

公爵閣下がお誕生日席なのは昨日と変わらず、右手側にはご長男……ご夫妻？　奥さんめっちゃ

美人っすね。深窓の御令嬢って感じで。是非ともご紹介いただきたいです！

そのお隣にはお子さんがお二人ですか？　女の子と男の子で七歳と六歳の年子？

……知らんがな！　なんだよ！　どうせ俺は独身だよ！　てか娘さんもフィオーラ嬢を小さくして純粋《ピュア》にしたようでとてもお可愛いらしい。もちろん今のフィオーラ嬢が純粋じゃないとは言っていない、いいね？

ご長男ご家族の隣には少し離れて昨日はお向いに腰掛けていたおばさんとご次男。

あれ？　ご次男は独身なのかな？　お母様の性格的な問題で嫁の来手がないとか？　フフッ。

ちなみにこれ、お嬢にとってもブーメランになる諸刃《もろは》の剣《つるぎ》である。ブーメランなのか剣なのか。

そこから少し離れて腰掛けるのはお嬢様と我らがお姉様の母娘。うん、今日もお美しい。思わず温かい笑みが零《こぼ》れてしまう。

ここまでで九名。俺の席はない。なぜか？　今日の俺は料理人なのでお料理の説明とかしないといけないから。昨日はそんなのなかったじゃないですか！　あ、昨日は身内の晩餐だったからなんですね。だから今日は一体誰を呼んでるんだよ……。

そして公爵閣下の左手、ご招待された、おそらく大貴族様がご夫婦で五組。

きっちりとした正装に身を包んだ昨日とは比べ物にならない本当の貴族の晩餐会スタイルである。

公爵閣下、昨日初めて会ったばかりの小僧に国家の重鎮の飯を作らせるとかどういう了見でしょうか？　最低限先に参加メンバーを伝えておいてくれないですかね？

まぁメニューが変わるわけでもないんだけどさ。ほら、こう気持ち的に……ね？

ちなみに昨日のように全部まとめて出すのではなく、今日は前菜から順番にお出ししていく。

なんとなくその方がゴージャスな感じになるじゃん？

一品目、前菜は超簡単、湯通しした野菜と野菜をハムで巻いただけの手抜き料理。

あれだよ？　簡単な料理ほど難しいって言うからね？　個人的には絶対にそんなことはないと思うけど。

「『野菜スティックのマヨネーズ添えと野菜の生ハム巻き』でございます。野菜は小さな器に入った白いソースを付けて、生ハム巻はそのままでお召し上がりください」

「ほう……これは変わった味のソースですな？」

「でもお野菜ととても合いますわね？」

「ハムで野菜を巻いただけ……なのにこの馥郁《ふくいく》とした味わい」

「ハムの塩加減も上からふりかけた香辛料の使い方も完璧ですわね」

生ハム巻きと生春巻きって似てるよね？　見た目も発音も。ハムの塩加減はもちろんハムを切る厚さで加減した。

ランク5の料理スキル、食べ放題のしゃぶしゃぶ屋さんのお肉レベルで薄切り可能だからね？

白いのは普通のマヨネーズ。サルモネラ？　そんなモノ俺の光魔法の前ではまったく問題ないのだ。

この世界に新しい諺《ことわざ》『卵に光魔法』爆誕の瞬間である。意味は猫に小判や豚に真珠と同じ。

二品目、昨日と同じカボチャのポタージュ。冷製のスープにしてみた。もちろん変な香り付けなどはしない。

「『カボチャの冷製ポタージュ』でございます。季節を少し先取りいたしました冷たいスープでございます」

「冷めたスープなど飲めたものでは……これは……」

「甘い、とても甘いですわね。それもくどい甘さではなく優しい素材本来の甘さを最高まで引き出している」

「カボチャを潰しただけ……なのにこのなめらかな舌触りで馥郁とした味わい」

「複雑なお出汁《だし》の味わい。これは豚のハムと牛肉かしら？」

個人的にはポタージュイコールとうもろこしなんだけどなぁ。

味噌《みそ》バターコーンラーメン食いてぇなぁ。とうもろこし要素が少なすぎる。

お出汁は先ほどの御婦人のご指摘どおり。臭みとかはなかったはずなんだけど鋭いな貴族様の舌。


三品目は魚……昨日も思ったけどあんまり鮮度の良くないものが多かったからまとめて捨ててやろうかと思ったんだけどさ、マス？　インドア高校生が魚の種類なんて見分けられるわけないだろう……ってことで鑑定したらマスって書いてたからマスなんだろう。

なんだよマスって、あれか！　チンｒｙ――のかなり大きい（それはもう大きなチンｒｙ）のがあったので鱗《うろこ》、内臓、小骨なんかを丁寧に下処理して牛乳に漬けて臭みを取り小麦粉をまぶしてじつくりと揚げる。

「『マスの餡掛《あんか》け』でございます」

「私は魚料理はあまり……なんだこれは、臭みがまったくない？」

「ホロホロとした食感と琥珀色《こはくいろ》のソース、餡掛けと言うのかしら？　見事なマリアージュですわ」

「魚を……揚げてあるのかこれは？　なかなかに香ばしい油の香りと淡白な魚の身が合わさってなんと馥郁とした味わい」

「付け合せのお野菜までとても美味しいですわね」

甘酢と悩んだが、少し味がくどくなりそうだったので普通の餡掛け。

もちろん片栗粉《かたくりこ》なんてないので小麦粉でとろみをつけてある。

片栗粉を使った唐揚げ好きなんだけどなぁ。


四品目、ふふふっ、刮目《かつもく》せよ貴族ども！　これぞ本日渾身《こんしん》の一品!!

「箸休めの『オレンジのソルベ』でございます」

「ピューレ状に潰したオレンジ？　……いやこれは!?」

「ああ……なんなのこの官能的な味わい……」

「オレンジを凍らせただけ……なのにこの馥郁とした味わい」

「この季節に魔道士並みの魔術の使い手を用意してオレンジを凍らせるなど、美食のためにここまでするとは流石公爵家ですわね」

ただのオレンジのシャーベットなんだけど、氷魔法の使える人間なんてほとんど居ないらしいので夏場にはとても贅沢《ぜいたく》な一品なのである。

五品目、肉料理、普通に焼いて食うだけで十分に美味しいお肉だったんだけどさ。ここはあえて、『牛ヒレのカツレツ』でございます、お好みでお塩か別添えの白い器のソースを少し付けてお召し上がりください」

「カツレツ？　なんともキテレツな……これは美味《うま》い！　衣が肉汁を閉じ込めているのか！」

「凄い、凄いですわ……このピンク色に輝くお肉……」

「肉を揚げただけ……なのにこの馥郁とした味わい」

「絶妙な火の通し方ですわね。お塩でも美味しいですがこのソース……複雑すぎて素材が半分も分かりませんわ」

そのソース、厨に色んな果物と野菜があったから試しに作ってみた串カツソース風ウスターソースなんだぜ。……串カツ食いてぇなぁ。

「ご満足いただけましたでしょうか？　最後に『紅茶とクレープ、季節の果物のジャムを添えて』でございます」

「うん、いい香りだ。ほう、これはいい、しつこくない甘さの甘味《かんみ》であるな。だがちと量が少ないような」

「見ためも愛らしくて甘くて美味しいですわね。ああ、ジャムが唇から零《こぼ》れそう」

「小麦粉を焼いただけ……なのにこの馥郁とした味わい」

「甘すぎないさっぱりとしたジャム、紅茶に入れても美味しいのではないかしら？」

やることはやったので「では私はこのへんで下がらせていただきますね」と一言告げて食堂を退

出する。この後はもちろん自分の食事だ！

てか今日作ったものって貴族様のご飯じゃなくて全部日本の家庭料理レベルのおかずだったけど、みんな残さず食べてくれたし大丈夫だよね？　それでは、俺も――ごっはん、ごっはん♪

なん……だと……？

「ええと、Aさん、そこで何をしているのかな？」

「ふひゅ？　むぐむぐ、まぐ？」

「何言ってんだか分かんねぇよ……。てか、その皿、俺が食べる予定の肉が載ってなかったかな？」

「むぐ！」

第八章　愛《いと》しのリリおねぇちゃまと麗しのフィーおひぃちゃま

リリアナ嬢の治療のために俺達《たち》が王都に到着してからそろそろ一週間になる。

午前中に出掛けて夕方には帰ってくるフィオーラ嬢とはあまり顔も合わせられていない今日この頃、正直なところちょっとだけ寂しい。

リリアナ嬢の治療、そんな毎日出向かなければいけないほどの、言い換えるならば治癒魔法が効かない、もしくは治療を阻害されるような状態なのだろうか？

少なくともクマが憑《つ》いて……じゃなく、付いていってるんだから、それこそ死んでいなければどうとでもなるはずなんだけどなぁ。

……リリアナ嬢のことを思うと大きくドクンと俺の心臓が跳ねる。

まぁ本当にそこまで状態が悪ければ俺にも相談してくれるのではないかと思うんだけどね？　なのでこちらからは何も聞かない。

美少女二人、かなり仲が良さそうだしフィオーラ嬢も無理はしないだろう。

そんな忙しそうなフィオーラ嬢に対して俺が何をしているのかといえば、

「あんこくきょう、かくごー！」

「ふははは！　この暗黒卿《きょう》、まだまだ若者には負けるわけにはいかんのだー！」

……公爵家の中庭でお子様と遊んでいた。

最初の夕餉《ゆうげ》の翌日の晩餐会《ばんさんかい》、到着初日の晩ご飯で出された料理にちょこっと辛い点数をつけたら、翌日に料理を作らされたヤツで知見を得た公爵家ご長男コーネリウス様の二人のおこちゃま。

その時に出したソルベ《シャーベット》が非常にお気に召したらしく、作り方を教えてくれとキラキラした目で懇願された。

小汚いこまっしゃくれたクソガキはあまり好きではないが、お上品で素直そうなお子様には好意的な俺。下の男の子、まだ俺が日本に居た頃の甥《おい》っ子《こ》に雰囲気が似てるもんだから無下にもできず。

まぁ作り方もなにも手動のアイスクリームメイカーの魔道具を使っただけなんだけどさ。

筒の外側を冷やして真ん中でクルクル回すだけのアレ。搾った果汁を入れて根気強く回すだけで完成である。

で、使い方を教えてあげたら凄《すご》く嬉《うれ》しそうにクルクルするんだよね。むしろその日はお子様二人で一日中シャーベットを作ってた。腱鞘炎《けんしょうえん》になりそうなほどハンドルクルクルしてた。最終的には俺が回復魔法をかけるくらいクルクルしてた。

もちろんそんなに食べたらお腹《なか》を壊すのだが、そのへんは育ちのいい貴族様の御令嬢と御令息、下々の者……欠食児童（少し前の俺だな）のようにその様子をじっと見つめるメイドさん（北都組含む）に分け与えていたので大丈夫。

二人でキャッキャと「ハリス凄い!!」コールをしてくれるもんだから、調子に乗って「おじさんこんなのも作れるぞー」とガラス細工の薔薇《ばら》（割れると怪我《けが》しちゃうからむっちゃ強化して縁も丸めた、もちろんガラス製）とか、ガラス細工の子供達（お子様二人のフィギュアサイズの彫像）とか、ガラス細工の……ガラス細工ばっかりかよ！

だって王都の公爵邸にも使用済み魔水晶の廃棄物が大量にあって、全部貰《もら》っても構わないっていうからさ。

で、男の子ならむっちゃ喜ぶだろうと思い、食堂の壁に掛かっていた竜殺しの騎士の絵画に描かれていた騎士の装備のコピー商品《パチもん》……じゃなくレプリカ武具の子供用を作ってあげたのさ。

素材は革と布。金属製は流石《さすが》に子供には危ないからね？

そしたら当然のようにもの凄い勢いで食いついてきた！　……ご長女が。

おい、男の子、どうした！　あ、フィギュアの方がいいんですか？

フィオーラ嬢が持っていた聖霊様のヌイグルミ？　ええ、まぁ、アレも作れますが。欲しい？

分かりました、素材が整い次第ご用意させていただき……そちらでご用意いただけると？　大至急取り掛からせていただきます！

で、男の子用をサイズ調整してご長女にお渡しすると、まぁ小さいのに凛々《りり》しいのなんの。

おそらく将来はフィオーラ嬢とは少し系統の違う、しかしその美しさは勝るとも劣らない美女になること請け合いである。

二人ともお父様はワイルドオヤジとインテリヤクザなのに、お母様ＤＮＡだけで美形になられるとか……いや、もしかしたらキーファー公爵家の男子には美少女因子が含まれている可能性も微妙なレヴェルで存在しているのかも。

そしてご長女、最初はメルちゃんがお相手してたんだけどね？　女騎士と姫騎士様の対決！　超燃える！　否、萌《も》える！

でもほら……メルちゃんってあれじゃん？　融通とか利かないし？　子供の相手なんてしたことなさそうというかないみたいだし。

ご長女に聖剣（革製、スポーツチャンバラの刀みたいなの）でポコポコ叩《たた》かれてたんだけど、オロオロするだけで何もできない。

見る見る下がっていく小さな姫騎士様のテンション……。

あれだよ？　子供と遊ぶ時は全力で相手をするのが大切なんだよ？　養護院にいた時は全力で働いてたというか、スキルポイントを稼いでただけの俺が言うのもなんだけどさ。

せっかく遊び道具を作っておいて挙動不審なポンコツ相手では少々可愛《かわい》そうだなと、仕方がないので俺がお相手で悪役を演《や》ることに。

同じく革製品で作った真っ黒な全身鎧《よろい》と裾の長いマントに身を包み、お屋敷の二階の窓から颯爽《さっそう》と飛び降りて一言、

「ふははははは、そんな雑魚《ざこ》の相手でご満足かな、聖剣の姫騎士よ！　さぁ、その腕前を私に見せ

るがいい！」

……どうなったと思う？　次々代の公爵家を担うお世継ぎの前にいきなり現れた真っ黒な格好をした不審者に、公爵邸の警備の騎士が総動員されたんだぜ？

いや、お子様達はお二人とも声で俺だって分かってくれてたんだよ！

それなのにポンコツ女騎士が、

「曲者《くせもの》!?　はっ！　若君達のお命を狙っての狼藉者《ろうぜきもの》か!!　皆の者、出合え！　出合え出合えぇぃ!!」

なんて叫ぶものだから俺が「えっ？　いや、あの、ちょっ……」とか言ってるうちに五十人ほどの衛兵さん達が集まる。流石公爵家、末端まで訓練が行き届いて行動が素早いですね。

そこから始まる大立ち回り（ＢＧＭは八代将軍様のアレ）。ちなみに俺の装備もご長女と同じく革製の剣（短いスポーツチャンバラ用）。鎧を着た相手を叩いてもポコポコ言うだけ。もちろん革製であろうと本気で殴りつけたら人一人くらい吹き飛ばせるけどさ。力こそパワー。

そこから半時間、必死になって避《よ》けて避けて避けまくる。だって遊んでただけなのに公爵邸の兵隊さんに怪我させるとかできないもん。

半時間経《た》って騎士隊長みたいな人が「あれ？　コイツ不審者なんだよな？　どうしてあんなくにゃくにゃした棒でポコポコ叩いてくるだけなんだ？」と疑問を持つ。

遅いよ、疑問に思うのがとても遅いよ！

そしてタイミングよくそこに通りかかる我らがお姉様ことオースティア様！

「さっきからなんの騒ぎなのですか？　……そこの黒い鎧姿は誰？」

「ハリスです、ティアかーさま！」

「ハリス？　……あなた、衛兵に囲まれて何をしているの？」

「いえ、実はですね……」

最初は不審顔だったオースティア様、一から十まで説明すると腰に挿していた扇子を取り出し口を抑えて大爆笑。

メルちゃんも大爆笑。

笑ってるけど今回の騒動の原因はお前だからなっ!!　六割くらい俺にも責任があるけどっ!!

真っ黒い格好で仮面を被《かぶ》って二階から飛び降りてくるとか完全に不審者だったし仕方ないね？

俺を囲んでいた騎士の方々、大いに困惑。そして紛らわしいことは避けるようにとお説教タイム。

某《ぼう》宇宙の暗黒卿の衣装で正座させられ、真顔で淡々とお説教される俺。なにこのカオス……。

で、翌日からは仮面を被らないこと！　と、強く注意を受けた後、ご長女とチャンバラごっこをしていたのだった。お面はハリスくんのトレードマークなのに……。


いや、別にチャンバラは関係ないんだ、うん。

王都に到着して八日目の朝、Aさんが呼びに来たのでフィオーラ嬢のもとへと向かう俺。ていうかいつも何かの際はAさんがお迎えに来るんだけど、俺の担当メイドさんなのだろうか？　とりあえず一言だけ伝えたい、チェンジで！

ああ、二日目以降は食事は北部から来たメイドさん達ととらせてもらっている。流石に毎回公爵家の方々と食事とか胃が痛くなるから。対面に居たおばさんと息子さんがとても面倒臭いし……。

ちなみにおばさん、私と息子の分も同じ首飾りを用意しろ！　とか言ってきたけど普通に断ってやったしさ。

俺はフィオーラ嬢に世話になってる身だから、頼み事なら報酬をキッチリと用意してからフィオーラ嬢かオースティア様を通せって。そしたらむっちゃ歯軋《はぎし》りしてた。

「ご主人様……お顔色が少々優れないご様子ですね」

「ええ、そうね。ええ、ハリスがヘルミーナと楽しそうに遊んでいる時も私《わたくし》は一人で頑張っていましたからね。あなたは年上が好きなのだと思っていたのですがやはり年下、いいえ、小さい子が好きだったのですね？」

言い方！　それだとロリコン通り過ぎてペドフィリアになっちゃうから！　どちらも危険人物って意味では同じだけど、世間的には大違いなんだからね？　てか年上というか美熟女好きは間違ってないけど「正解！」とか言うと話がややこしくなるので言わない。

ちなみにヘルミーナというのは小さな姫騎士様こと、ご長男のご長女である。ややこしい言い回しだな、ご長男のご長女。コーネリウス様のお嬢さんだな。

「流石に公爵家の方を無下にはできず……決して貴女《あなた》を軽んじていたわけではないのですが……」

「……ごめんなさい、意地悪な言い方をしてしまいましたね。リリアナの治療がうまくいかなくて……最低ですね、あなたに当たるなんて」

お互いを気遣い合うようにゆっくりと見つめ合う二人。

「いえ、私でよければ如何様《いかよう》にでも。お姫《ひい》さまの御心《みこころ》のままに」

「では……少しだけ……抱きしめてくれますか？」

「あ、そういうのは無理でーす」

「今凄くいい雰囲気でしたよね⁉　あなた、少々ガードが堅すぎませんか⁉」

だってここ、お嬢様のご実家ですし？　お父様もお母様もいらっしゃいますし？

変なことしたらどんな目に遭うか分かったものじゃないじゃないですか……。

そして『じゃないじゃないですか？』って言う時は気持ち的に小悪魔可愛い後輩をイメージしてしまう俺だった。

ツルツルほっぺをプクッとしたフィオーラ嬢をなだめてお呼び出しの用件を聞く。

てかあれじゃね？

『フィオーラさまのほっぺ』とかいう商品名で洋菓子を作ったらかなり売れるんじゃね？　真ん中にクリームの入ったスポンジ生地の洋菓子。

「申し訳ありませんが……ブリューネ侯のお屋敷に一緒に出向いてリリアナを見てもらえるかしら？　これ以上は私《わたくし》ではどうすることもできそうにないのよ……」

うん、まぁ想像はできてたけどさ、思ったよりも遅かったというかなんというか。

たぶん俺があそこのお屋敷にトラウマでもあると思って、もの凄く気を使ってくれてたんだと思うけど……特に何もないからね？

どちらかといえば、火達磨《ひだるま》の子供というショッキング映像を目撃させられた向こうのご家人達がトラウマになっている可能性大。

「了解しました。今日これからですかね？」

「ええ、馬車の用意ができ次第ね。大丈夫？　その、火傷《やけど》のことを思い出したりとか……」

「別に全然大丈夫ですよ？　むしろリリアナ様の体調の方が気がかりですし」

「そう、そうよね。リリアナはあなたの初恋の相手ですものね？　どうせ私《わたくし》ではなくリリアナが抱きしめてって言ってきたらっ⁉」

立ち上がり、そっと目の前の女性を抱きしめる。

……シャンプーと彼女の体の匂いが混ざった凄くいい匂いがした。

「……俺が今守りたいと思うのは……貴女《あなた》だけですからね？」

「ごめんなさい、つまらないことを言って……」

数分前にできないとか言いながら数分後には女の子に抱きつく節操のない男、そう、それが俺。

だって、ねぇ？　あんな寂しそうな顔されたら……。

フィオーラ嬢、リリアナ嬢の治療が進まない状況で思ったよりナーバスになっていたのかもしれないな。側に仕える者としてはもう少し体調とか精神状態に気を回しておくべきだった。

「さて、では参りましょうか？」

「あっ……もう、もう少しゆっくりと抱きしめてくれても……いえ、そうね、急ぎましょう」

軽くしがみついてきていたフィオーラ嬢から離れる俺。

館の入り口に横付けられた馬車に乗り込み少しぎこちない、そこはかとなく生暖かい空気に包まれてブリューネ侯爵邸に向かう二人だった。

「あれ？　私も居るぞ！　ていうかハリスが来るからお嬢様の部屋のお手洗いは使わずにお屋敷のお手洗いに行って戻ってみたら、妙に甘ったるい空気が漂っているんだが……」

『オー！　オーオー！　オー……』

「あれ？　聖霊子グマって王都にいたの？」って？　ほら、普通に北都を出発する際に一緒に馬車に乗ってたじゃん。今までほとんど目立ってなかったけど。

こっちに着いてからも二日に一度は俺の部屋でゴロゴロしてるし、今は俺の頭の上だし。

このクマ、抱っこした時は普通に子犬くらいの重さがあるのに、こうして頭に乗っかってる時はなぜか全然重さを感じない。むしろ触れてる感覚もない不思議生物。

聖霊が生き物かどうかって疑問は残るが。

キーファー公爵邸を出発した馬車は一路ブリューネ侯爵邸へ。

なんとなく子牛が売られていく歌を口ずさんでいたら、

「なんですかその不吉な歌は……縁起が悪そうだから止めなさい」

と、嫌そうな顔をされた。日本では全国民が知ってるムード歌謡（？）なのになぁ。


道中、チンピラに道を塞がれるなどというようなベタなイベントもなく、やってきたのは侯爵邸。

……貴族様の馬車にそんなことする奴《やつ》がいたら問答無用で斬り捨てられるんだけどさ。

もちろん昔ハリスくんが訪れていた時のように、門衛に嫌な顔をされたり止められるようなこともなく……まぁ馬車の中に居るし、ちゃんとした公爵家の馬車で先触れも出した上で来宅してるんだから当然なんだけどさ。

馬車から降りると玄関にはメイドさんが待機中、フィオーラ嬢と一緒にそのまま奥へ――リリアナ嬢のお部屋まで案内される。

てかさ、侯爵邸に到着した時からもの凄く嫌な威圧感みたいなのを感じるんだけど？

この感覚……前の異世界での経験から導き出すと絶対に呪術的なモノだと思うんだよねぇ。

数年前にハリスくんが二度三度……いや、そこそこ頻繁に通っていたからか鮮明に覚えている廊下を進み、リリアナ嬢の部屋の扉の前に。扉係のメイドさんにドアを開いてもらい中に入る。

うん、激しい運動をしたわけでもないのに心臓がえらいドキドキする、完全に不整脈。

部屋の中には昔のようにリリアナ嬢が座って微笑《ほほえ》んで……はいなかった。お出迎えができないほど体調がお悪いのだろう。

部屋の中をさらに奥に進み、一緒に入ってきたメイドさんに寝室の扉も開けてもらう。流石にここに入るのは初めてのことである。

ベッドに天蓋などは付いていないようで、柔らかそうな敷物と掛け物に包まれるリリアナ嬢がすぐ目に入った。

昔と変わりのない美しい曇りのない銀色の髪、閉じられた瞳に整った顔立ち、しかしその横顔は苦しげに歪《ゆが》んでいた。少し青みがかって見える真っ白な肌には……頰《ほお》の下から首、胸元にかけて肌を覆う爬虫類《はちゅうるい》のような鱗《うろこ》がびっしりと生えている。

「リリおねぇちゃま……」

「んっ……えっ？　だ、誰なの⁉」

「大丈夫よリリアナ、私《わたくし》よ。口惜しいけど私じゃあなたの病気を治してあげられそうにないから、今日は手伝いを連れてきたのよ。昨日ちゃんと伝えてあるでしょう？」

「確かに聞いてはいましたけれど……まさか男性を連れてくるなんて……」

慌てて被っていたシーツを引っ張り上げて顔を隠すリリアナ嬢。

まぁ、普通に考えて侯爵家御令嬢の寝室に男を通すことなどあるはずもなく、あまつさえ三大美女と呼ばれる女性が体に鱗を生やした姿を異性に見られるなんて、そうそう我慢できるようなことじゃないもんな。

「男性とは言ってもまだまだお子様なのですけどね？　お久しぶり……と言っていいものかどうか、ハリスです、リリおねぇちゃま」

ごくごく軽い挨拶に聞こえるように努めて明るい声で伝える。

「リリおねぇちゃま？　おねぇちゃま？　なんなのその可愛い呼び方。私《わたくし》のことはいつも御主人様とかお嬢様とか他人行儀な呼び方しかしないくせに！　なんなの？　ちょっと地下の尋問……お話しするお部屋を借りてくるわね？」

それって部屋の中にトゲトゲした道具とか、椅子とかが置いてある部屋ですよね？

「お姫さま、話がややこしくなるので少し静かにしていてもらえますかね？」

「えっ？　あ、うん？　ごめんなさい？　……どうして私《わたくし》叱られたんだろう？」

「クスッ、ハリスちゃん、フィオーラちゃんと随分仲がいいのね？　少し前までは『おねぇちゃまおねぇちゃま』って私にいつもくっついていましたのに」

「いえ、そこまでくっついたりはしてなかったと思いますけど……」

「あら、でも今ではあれよ？　『おひぃちゃまおひぃちゃま』って私《わたくし》にべったりだもの。男の子の成長は早いから仕方がないわね？」

「いや、一度もそんな呼び方した記憶がないのですが……」

いきなり始まるマウントの取り合い。うん、俺のことを巻き込むのは勘弁していただきたい。

てかなんなんだこの人達は……一瞬カンガルーの殴り合いの映像が見えたわ。公爵令嬢と侯爵令嬢でレベルも同じくらいだしな！

まぁこのまま雑談に参加していても仕方がないのでお仕事お仕事。

何の仕事なのか？　無論病状の確認である。当然お医者さんではないから触診はしないよ？

そう、掛け物越しでも分かる、昔よりも一回り……いや、二回りは成長したあの膨らみを……触るわけではないのだ。

じゃあどうするのか？　魔眼スキルで見るだけの簡単なお仕事です。

「もう……さっきからそんなに見つめられると、いくらハリスちゃんでも恥ずかしいですよ？」

「ああ、申し訳ありません、少し病状の確認を」

「そう……ですよね。そうでなければこんな気持ちの悪い女のことなど見たいはずありませんよね」

「まったく……そんなことあるわけないじゃないですか。昔も今も変わらずリリおねぇちゃまは凄く、凄く綺麗《きれい》ですよ？」

「そんな慰めはいりません！　鱗の生えた女など美しいわけがないじゃありませんか!!」

「いや、別に鱗ぐらいどうということも……」

「ならこんな女でもあなたは嫁にできると言うのですか！　昔みたいに『おねぇちゃまがぼくのおよめさんになってくれなきゃしんじゃうからねっ!!』と今でも言えるんですかっ!!」

おい止めろ、過去の黒歴史をなぜここでぶちまける!?

一応記憶にはあるけど、それはあくまでハリスくんの記憶として書き込まれてるモノだから、恥ずかしくなかっただけなんだからな!?

それをここで、俺の記憶として上書きされちゃったら、顔を真っ赤にして崩れ落ちるしかないだろうが……。耳が燃えそうなほど熱いぞ……。

「リリおねぇちゃま、それは二人だけの秘密ということで……」

「あら……そんな真っ赤になって……フフッ。ハリスちゃんは、本当に今でも私のことを好いていてくれるのですね？」

「なんなのかしらっ？　この不快な空気はっ？　とても気分が優れないのだけれどっ？」

フィオーラ様、痛いのでトゥキックはお控えください。

「ま、まぁ昔のことはいったん置いておくとしてですね」

「どうして置いておくの？　やっぱり嫌なんでしょう？　そうよね、こんな気持ちの悪い蛇女なんて嫌よね？　きっと帰って二人であのラミアの出来損ない、早く死ねばいいのにとか笑いながら話すのよね？　今も本当は早くこんな部屋出ていきたいと思ってるんだもんね？」

「ハリス、置いておくのではなく昔のことなど捨ててしまうのですよ？　いいですね？」

「まったく話が進まねぇ……」

てかリリアナ嬢ってこんな面倒臭い性格してたっけ？　そしてフィオーラ嬢は治療が終わるまでマジ黙っててくれないかな？

てことで、話し合いだと一向に事態が好転しなさそうなので俺が一方的に、捲《まく》し立《た》てるように状況を説明する。

「つまり……今の状況は病ではなく呪いだというのですね？」

「そうです、ですので聖女様の癒やしの術が効かない、効いても時間が経つと癒やしの効果が無効化、というか症状が再発してしまうってわけです」

「そう……ですか……病ではなく呪い……では私はもう全身が鱗に包まれるまで、いえ、手足もも げ落ちて蛇に変わってしまうまでこのままということなのですね……」

「ごめんなさいね、リリアナ……私《わたくし》の力が足りないばかりに……」

「フィオーラちゃん……いえ、このような呪いをかけられるような恨みをどこかで買ってしまった私の責任ですので……」

うん、超美少女二人がウルウルした目で抱き合う姿は実にいい。ずっと見守っていたいんだけど。

……公爵家に早く帰って姫騎士さまのお相手をしないとプンスコ拗《す》ねちゃうんだよね。

「てことで呪いの原因を取り除こうかと思うんですけど。おそらくお屋敷のどこかに何らかの呪物があると思うので捜索するご許可を。まぁお屋敷に来た時から圧迫感を感じるくらいの力を発散してるようなモノですから、もう場所の見当はついてますけど」

「えっ？」

「えっ？」

「ですからお屋敷内を歩き回る許可を……」

「ええと、ハリス、あなた、呪いをどうこうすることなんてできるの？」

「まぁ、たぶん？　ここまで強い力を感じるとなると呪いじゃなく祟《たた》りかもしれませんが」

「祟りってそれもう何らかの神様が関わってるじゃない……」

そう、彼女の状態を見る限り、おそらくリリアナ嬢に、というよりこの屋敷にかけられてるのは『蛇神様の祟り』。力が強すぎて普通に魔眼でも大元が見えるもん。

なぜ神様の祟りじゃなく蛇神様の祟りなのか？　いや、だって体に鱗生えてるしさ。トカゲとかドラゴンの可能性もなきにしもあらずだけど、祟りといえば蛇さんがメジャーだろ？

「まぁこちらには光の聖霊様だけじゃなく、大地の聖霊様もいらっしゃいますしね？　どうとでもなりますよ」

「えっ？　大地の聖霊様って……ハリス、あなた視《み》えて……まぁ視えるわよね」

「ちょっと待ってください！　ハリスちゃんは聖霊様が視えてるの⁉」

「……視えません」

「……視えるわけがないじゃない」

「それって絶対に視えてるのを隠してる人達の態度だよね⁉」

ちなみに大地の聖霊様、俺がこの屋敷を訪れた時に駆け寄ってきたかと思ったら、そのまま光の聖霊様と戯《じゃ》れながらついてきている。姿形は服を着たウサギのヌイグルミ。

もう完全にアレにしか見えない。

そう、映画にもなってる『ベンジャ○ンラ○ット』！

「そこはピー○ーじゃないのかよ！」って？　だって色がこげ茶系だし耳も垂れてるし。

てか聖霊の友を同じように持っているフィオーラ嬢も聖霊様の気配を感じてもいいはずなのに、聖霊ウサギの気配はほとんど感じ取れないらしい。

ご先祖様から引き継いでいる特性が光特化だからなのだろうか？　まぁ分からないことは気にしてもしょうがない。

あんまり細かいこと気にしてたらストレスで自分が頭光《あたまひかり》の聖霊になっちゃうからな！

場所は変わりまして侯爵家の応接室、もちろんデン！　と腰掛けて待ち受けているのは侯爵閣下だ。

フィオーラ嬢がブリューネ侯爵の座るソファの前に腰掛け、俺はその後ろに立って控える。

ソファといっても、木製のしっかりした幅広の背もたれの付いた椅子に敷物を被《かぶ》せたモノだが。

お金持ちになったら是非とも綿をイッパイ仕入れてふっかふかのソファを……いや、それよりも先にふっかふかのお布団だな。

羽毛布団？　アレはほら、ふんわりと軽いからちょこっとだけ落ち着かないんだ。俺個人的にはくっそ重たい綿の入った布団一択！　ついでに重い毛布も欲しいところである。

「フィオーラ嬢、いや、今日は光の聖女様とお呼びするべきだな。リリアナの治療の目処《めど》が立ったとの話だが。……貴女の後ろにいるのは公爵家の新しい料理人だと記憶しているが、なぜ供などしているのかな？」

「はい、マルケスおじ様。許可をいただければすぐにでも病の治療……いえ、祟りの元を断ち切らせていただきます。控えておりますのは、料理人ではなく私《わたくし》の側仕えをしておりますハリスと申します。この度のリリアナさんの症状、私《わたくし》ではまったくお手上げでしたので連れてまいりました」

「祟り……祟りだというのか!?　娘は病ではなく何者か、いや、神に疎まれているとでも言うのか……確かにそれならば聖女たる貴女にこれほどご苦労してもらっても、一向に症状が改善せぬのは当然であるな。こうなってはもう娘に何もしてやることなど……いや祟りの元を断ち切ると？　今になって原因が判明したというならば、その少年がひと目でそれを見抜いたということか？　フィオーラ嬢が直々に連れて来るほど……うん？　ハリスだと？　どこかで……ハリス……ほう、わざわざ我が家とは因縁のある少年を連れてくるとはよほど優秀なのか、それとも」

「もちろん優秀ですわ。おじ様もお気付きになりましたように、少なくとも私《わたくし》ではこの七日間何も分からなかった症状をひと目で看破する程度には」

うん、まぁね、俺なんて箱入りのお嬢様に付いた羽虫みたいなもんだからね？　ハリスじゃなくハムシ。たぶん呼ばれたら返事しちゃうくらいには違和感がねぇな。

「それで許可が欲しいとは？　まさか娘にいかがわしいことでもする気ではあるまいな？」

「おじ様、リリアナとの友誼《ゆうぎ》がありますので治療をお引き受けしておりますが、これ以上私《わたくし》の使用人を侮辱なさるおつもりなら、ここまでのお話とさせていただいてもよろしいのですよ？」

「……ふっ、ハリス、卿は相変わらずその顔だけで歳上《としうえ》の女性に取り入るのがうまいようだな」

「ハリス！　行きましょう！　メルティス！　帰りの馬車の用意を！」

いや、何なのこれ、いきなりもの凄い険悪な雰囲気になっちゃったんだけど？　てか、おそらくこのオッサンわざと煽《あお》ってるよね？　俺のことはいいんだ、自業自得だから。

少し関わっただけの準男爵家の子供のことを覚えているくらいに業腹《ごうはら》だったみたいだしさ、そちら様としては顔も見たくはない人間なのだろう。

でも、フィオーラ嬢を煽るのはどうなんだ？　確かに俺は今彼女の使用人だけどさ。

正直椅子を蹴っ飛ばしてこのまま帰りたいと思うくらいには……悔しい。

まぁ俺は座ってないけどな！

でも……。

「お嬢様、帰ったら何かおやつを作って差し上げますので」

「あなたはどうしていきなり私《わたくし》を癇癪《かんしゃく》を起こした子供扱いしてるのですか！」

「申し訳ありません、しかしあのお姿のままリリアナ様を放っておくというのは……私にはできませんので」

「……むぅ……分かりました。でも私《わたくし》はもうこの件には関知いたしませんので！　そちらの侯爵閣下とはあなたがお話しするといいわ！」

ホントにごめんなさい。でもこの件が終わったら、俺がこのお屋敷に近づくことは二度とないと思いますので……。

「では、申し訳ありませんが閣下、下賤《げせん》の身ではございますが直言させていただきます。今回の御令嬢の体調悪化、原因は蛇神の祟りだと思われます。またその原因につきましてはお屋敷の敷地内にあると見ております。場所はここからだと……北西方向、そちらに御令嬢が体調不良を訴えられる前に何か置かれた物などはございませんでしょうか？」

「ほう、腑抜《ふぬ》けた顔を改めたか。ふむ、蛇神の祟りだと？　やはり祟りなのか。しかしなぜそんなだいそれたモノが我が家に……そして庭に原因だと……思い当たるものが確かにあるな。しかしそれは……まさか祟りなどと……」

「私のことが信用いただけない、またはご自分で処理をされるとおっしゃるのならば、これにてお暇させていただきますが、いかがいたしましょう？」

伝えたいことは伝えた。俺を信じられないなら信じないで仕方がない。あの症状のままでリリアナ嬢を放っておくわけにはいかないし、最悪この屋敷から掻《か》っ攫《さら》って逃げてやる。

だって祟られてるのはこの屋敷なんだから、侯爵にはまだ何も変化が起こっていないということは女性限定の呪い……いや、屋敷にいる時間が関係しているのかも？　それならやはり離れてしまえば治療はどうとでもなる。

侯爵令嬢拉致、完全に国に喧嘩《けんか》売ってるけどあえて言おう、「見つからなければどうということはない」と。

「……フッ、いや、こちらでは一切何も原因が分からなかったことだ。素直に卿に任せるのが最善だろう」

……おや？　もっとこう……ゴネるというか、言い掛かりのようなモノをつけてくると思ったんだけど。

なんなの？　俺のことを試してるとかそういう感じなの？　ならお嬢を巻き込むような物言いはいかがなものなのかと。

もしかしたらフィオーラ嬢も含めて試された？　その行動には一体何の意味があるんだ？

何にせよそれはそれでむかっ腹が立つな……ちょっとした意趣返しくらいはしておくか？

「畏《かしこ》まりました、それでは今すぐにでも取り掛からせていただきます。あ、それでもし宜《よろ》しければなのですが、今回の報酬としてこちらのお庭で見かけました『ウサギ』を一匹頂けないかと」

「うん？　無論、ちゃんとした報酬は用意させてもらうが……ウサギ？　この屋敷の庭にウサギ？

……ふっ……くくっ……はははははっ！　なるほど、ウサギか。うむ、卿にやってもいいがあれはとても娘に懐いていてな。連れ出す際にはうちの娘も一緒でなければならんが構わんか？」

「もちろん大いに構いますわ。これは私《わたくし》の使用人兼婚約者候補ですので！」

「どうしてお姫さまが勝手に答えるのかな？　そして婚約者などという事実は一切ないただの使用

人ですからね？　まぁ、侯爵家の御令嬢を頂くなど、そのような望外なことは申しません。ご無礼をいたしました」

「ほう……しかし残念だがウサギが居なくなると娘が寂しがるのでな。なら今回はウサギも娘も勘弁してもらおう」

チッ、まぁ公爵家の家伝に光の聖霊様のお姿は小さなクマのようだと伝わってるなら、侯爵家にも大地の聖霊様はウサギさんのようだと伝わってるのも当然か。

そしてもしフィオーラ嬢が口出しせず、俺が「はい、お嬢様と一緒にいただきます！」って答えたらどうするつもりだったんだこの親父《おやじ》？　たぶん広場に吊《つ》るされてたと思うけどさ。

あとフィオーラ嬢は俺を睨《にら》みつけるのではなく眼《め》の前の親父を睨みつけてください、この件に関しましては俺は完全に無実です。

「しかし、変われば変わるものだな。私が知っている卿はただのわがままな子供でしかなかったのだが」

「すべて主の薫陶を受けたお陰でございます」

「それにウサギか……実家は確か準男爵家であったか？」

「はい、すでに絶縁されて、実家というのも烏滸《おこ》がましい状況ですが」

「実家に絶縁？　どういうことだ？　そういえば最近は見かけぬどころか噂話《うわさばなし》すらまったく聞き及ばなかったが。あれからずっと謹慎でもしていたのか？　散々娘に付きまとった挙げ句ぱったりと顔も見せなくなり、娘にあれほど心配な思いをさせておいて……。いやしかし、それならそれで話くらいは出ても不思議はないはず……今度はそちらの公爵家で騒ぎでも起こしたのか？」

そちらの公爵家の部分にかなりの棘《とげ》を感じるんだけど？

あー、これはなんというか……もの凄く勘違いされてる？

もしそうなら公爵令嬢にくっついてる俺のこと見たら、そりゃあんな態度にもなるわな……。

何のことだって？　簡単に言うと、

娘にちょこちょことちょっかいを出す最下級貴族の子供鬱陶しいなぁ……でも一応寄り子（の寄り子の寄り子）らしいし、あんまりキツく言うのもなぁ。娘も嫌がってはいないし。

ん？　婚約者の王子がキレた？　子供が大火傷？　なにしてんだよ王子……家《うち》まったく関係ないけど世間体も悪いし仕方ない、治療代は出してやるか。

……なんなの？　治療代まで出してやったのに、治りましたの報告とかお礼くらいはないのか？　これだから育ちの悪い最下級貴族は……。まぁ子供は来なくなったしヨシとするか。ちょっと娘が寂しそうにしてるけどそのうち忘れるだろう。

～数年経過～

えっ？　娘の体に鱗が生えてる？　娘がエライことに……聖女様助けて！

ん？　見たことない子供だな。ハリス？　それって……あの時の子供だよな？　えっ、なんなの？　うちの娘が大変なことになってるのにコイツ、今度は公爵家の娘に手ぇ出してやがんのか？　節操のないガキだな！　ぶち殺すぞ!?


むしろあの程度の嫌味《いやみ》で済ませてくれたのはもの凄い大人の対応だったのではないだろうか？

逆の立場なら普通に刃傷《にんじょう》沙汰まである。俺の心……狭すぎ？

美少女を煽ってくるオッサンとか思って正直すまんかった。全部俺の責任だった。

「なんというかこう、大変申し訳ありませんでした……」

「ど、どうしたのハリス、いきなりこんな人に謝り出して」

「御主人様ステイ！　いえ、おそらくですが……」

お嬢様！　いけませんお嬢様！　こんな人とか面と向かっての発言は止めてください！　俺の肩身がどんどん狭くなっていってます！

俺の考えと俺の今までの状況を失礼にならないように少し言葉を替えながら、フィオーラ嬢と侯爵閣下に伝える……。

侯爵閣下、公爵令嬢、共に絶句である。

「……ああ。それは……おじ様がお怒りになるのもしかたありませんね」

「……いや、むしろ何も知らずに……フィオーラ嬢には申し訳ないことをしたな」

「お二人で反省とか止めてください。完全に針の筵《むしろ》です……」

な、仲直りできてよかったね（震え声）？

第九章　希望、そして絶望（ムニュ）

次々と上級貴族の御令嬢に手を出す多大に行動に問題のある子供という誤解をどうにかこうにか

払拭できた俺。……ちゃんと払拭できてるよね？　大丈夫だよね？

出会い頭《がしら》から考えると格段に友好的になった侯爵閣下の案内で、おそらく今回の騒ぎの元凶と思われる敷地内に置かれた……真っ黒い石の前に案内される。

うん、間違いなくコイツだわ。

俺は全然平気だけど、フィオーラ嬢は肌を粟立《あわだ》てて青い顔になってるし……。

おっさ……侯爵閣下は感受性が低いのか、とくに何ともないみたいだけど。

さて、目の前の真っ黒な石——いや、直径で一ｍくらいあるから岩だな。どっからどう見ても胡《う》散臭《さんくさ》さの塊である。

「えっと、閣下はどうしてこんな、見ただけで明らかに曰《いわ》くありげなものをお屋敷に置かれていらっしゃるのでしょうか？」

「いや、長男がな、王子に頂いたとかでな。でもほら、よく見ろ！　黒光りしてなかなか立派だろう？」

フィオーラ嬢に向いていいかがわしい発言をするんじゃない、くそ親父《おやじ》。

てか今さらだけど、鑑定じゃなく魔眼に反応するってことは生き物扱いなのかこの岩？

蛇石……って書いてあるけど……ただの黒い岩じゃん？

あ、あれか？　『魚石』、昔の怪談とか不思議な話とかまとめた『耳袋』とかに出てくる、魚が中に入った石みたいに蛇が入ってるとかそういう感じのやつなのか。

まぁなんでもいいか、光魔法もあるし？　子グマでブーストもできるし？　ちゃちゃっと浄化しちゃえば一件落着だろ。

『おい馬鹿、なんでもいいかで人を殺そうとするんじゃない！』

「ん……んん？」

『キョロキョロするな馬鹿、こっちじゃ、目の前じゃ！』

「んんん？　……いや、まぁコイツしかいないわな。てか、最近の黒い岩って喋《しゃべ》んの？　それも直接頭の中に？　気持ち悪っ！(ファ〇チキ下さい)」

『貴様……我、神ぞ？　それはもう美しい美しい白蛇の神ぞ？　それを気持ち悪いとは何事か!!　あとファ〇チキってなんじゃ？』

「黒い石にしか見えないんだから仕方ないじゃん、白蛇なら気を使って白い石に入れよ。てか神様ってこんな気軽な感じで人と意思の疎通ができるんだ？」

石だけに。

『貴様、今「石だけに」とか言おうとしただろ！』

「……そんなダジャレ言うわけないじゃないですかー。でも、俺の心を読むのは止《や》めろ！　こっちはちゃんと声に出して喋ってやるから！　で、その自称白い蛇神様が話しかけてきてるってことは何か御用でもあるのか？」

てか心を読まれるとかやりにくすぎだろ！　もうこの際言葉にできないようなエロいことでも考えてやろうか？　……駄目だ、蛇とのカラミとか高度すぎて俺では想像上でも対応できない！

『もちろんあるに決まっておろ！　その、何だ、浄化とかいうのは止めるのだ！』

「いや、だってさ、蛇神さんはほら、現状祟《たた》り神じゃないですか？　特に被害を受けてるのがね、俺の大切な女性なんだよ」

『我も別に好き好んでこんなことやってるわけではないわ！　聴くも涙、語るも涙の物語、そう、それは今から三百年前の話……』

本格的に何か語り出したぞこいつ……てか開始が三百年前とか長《なげ》ぇよ！

蛇は延々と話し続けるが、そこまでの興味もないのでその場で軽く柔軟体操を始める俺。

……ん？　どうしたの？　みんなでそんな不思議そうな顔をして。

「ハリス、石の前でいきなり独り言を言い始めるのは、流石《さすが》に庇《かば》えない程度には気味が悪いのだけれど？」

「みんなには聞こえてないだけで、ちゃんと話し相手はいるんだよなぁ」

まぁフィオーラ嬢は置いといて白蛇さんの言うことには、
・なんか寝てたら石の中に居た。
転移魔法失敗した冒険者か。
・なんか石にいたずらする奴《やつ》が居て不愉快。
石にいたずら……なかなか高度な変態ですね。
・最近特にイライラさせられてるのでついつい邪気を出してしまった、反省はしていない。
いや、反省はしろよ。
・ちょっと……浄化はキツイです。
そりゃそれだけ邪気出してりゃ、悪い奴認定されて浄化もされるだろ。

『という語るも涙、聴くも涙の』

「じゃあ浄化するね？」

『どうしてそうなるのだ⁉』

だって……助け方も分からないし、蛇に知り合いとか居ないし……。

『我、あれだぞ？　むっちゃ美人ぞ？』

「蛇の美人とか、人類には見分けがつかねぇんだよなぁ……」

『違う！　我くらいになるとヒトガタが取れるのだ！　凄《すご》い美人でおっぱいもこう、ムニュッて感じで』

「ほう、それについて詳しく聞こうか？」

うん、蛇神様も被害者だもんね？　いきなり浄化しちゃうとか可哀想《かわいそう》だよね？

……いや、冗談抜きでこうして話してるとさ、そんなに悪い奴ではなさそうだし？

そもそも神様だし？

けっしておっぱいがムニュッとしてるから助けようとしているわけではパイ。いや、ない。

「でもお前、出てきたら暴れるだろう？」

『なんで我がそんな面倒なことをしないといけないのだ？　……もちろん我を利用してくれた愚か者にはそれ相応の礼はさせてもらうがな』

「それはいい心がけだ。納得がいくまで、とことんまでやってやれ」

『ほう？　同じ人としてお主は止めぬのか？』

「むしろ止める理由があるのかと。逆にうちのお嬢とご友人に迷惑かけた連中に、こちらの手を汚さずに仕返しできて万々歳だけど？」

『おう……お主、なかなかいい性格しとるな？』

うん、昔からよく言われる。そして石と二人でくっくっくっと笑い合う。

ああ、石の声は聞こえてないから俺が一人で笑ってる感じなのか。……悪人笑いにそこそこ引かれてるな。

てことで出してやる方向で交渉開始。

最低条件として、

リリアナ嬢をきちんと治療する。

俺の知人に迷惑をかけない（他人様《ひとさま》のことまでは知らない）。

俺がお腹《なか》いっぱいになるまでおっぱいを触らせる。

この三つの条件を飲むなら、

「ハリス、冷静になりなさい。いくら思春期だといっても蛇の胸を触って満足なのかしら？　人として本当にそれでいいのかしら？」

「お、おう……」

真顔で正論を言われた。やだなー冗談に決まってるじゃないですかー……チッ。だってムニュッとしてるんだぞ！　そのうえ神様なら後腐れもなさそうだし！

でもここで恨みがましい目をしてはいけない。あまつさえフィオーラ嬢の胸部装甲に目を向けるのもいけない。後の世に禍根を残してしまうから。

まぁ仕方がないので前者二点を飲むなら出してやろう。うん、即決だな。で、どうすれば……岩を粉々に砕けと、剣で斬るのは本体も一緒に掠《かす》ったりするかもしれないので勘弁してほしいと。

「よし、いくぞ」

『人の話をちゃんと聞け！　その巨大な両手剣はしまえっ！』

いや、一応お約束としてさ？　そしてお前は人じゃなく蛇な？　いや、神か。

てなわけで岩を割ることになったんだけど、流石に素手で殴るとかとても痛そうだし……。

あ、あれだ！

ここん家に土《ち》とか石とか岩を扱う専門家がいるじゃん！

そう、大地の聖霊様ことウサギさん！　クマと遊んでたのを両手で抱き抱えて岩の前まで連れてくる。いや、そんな寂しそうな顔をされても今はクマには用はないんだ。

ウサギさん、子グマとはまた違う手触り……これはいいものだ……モフモフモフモフ……。いかん、お腹に顔を埋《うず》めて匂いをかいでる場合じゃなかった。ちなみに無臭でした。

「割れる？」

『フスフス』

「あー、最近霊力が足りなくて力が出ないと……。あ、そうだ！　これ食べたらどうにかなりそう？」

『フスフスフス』

「おお！　よかった。じゃあお願いします」

『フス！』

力が出ないよーとア○パンメンみたいなことを言うウサギさんに、お腹が空《す》いたらスニッ○ーズとばかりに地魔晶を食べさせる。一つ、二つ、三つ……マジでお腹空いてたんだ？

……てか俺、どうして鼻を鳴らしてるだけのウサギと会話が成立しているのだろうか？　元々が地魔法使いだったから親和性が高いとか？

一応クマとも多少の意思疎通はできてるけど、そっちはボディランゲージレベルなんだけどなぁ。

カリカリと地魔晶を食べるウサギさん。とても可愛《かわい》い。いや、くぁわうぃ。

そして魔水晶を食べ終わったウサギさん。

両手を握り込み、肘を引いて空手の正拳突きのような構えを取る。

体から立ち上る白く輝くオーラ。見た目完全にアレ。超龍の玉探す人Z。

全身から白い光を立ち上らせて黒い岩を睨《にら》みつけ、そのまま、

黒い岩をキックで破壊した。

「完全に殴るポーズだったじゃん！　なのに拳でも魔法でもなく、飛び蹴りで壊すのかよ！」

てか破壊というより粉砕した。ウサギ、確かに脚力が強そうだけどさ。

粉々に砕けた岩とそこに広がる白いモヤ。

「やっと出られたのじゃ！」

「おいこらまて蛇」

「ん？　おお、主《ぬし》には世話になったの？」

「お前《まえ》ぇぇぇぇぇ……この邪神めっ！　よくも、よくも騙《だま》したなぁぁぁぁぁっっっっっっ!!」

霧が晴れた跡に立っていたのは、白い髪に白い肌に赤い瞳、白い巫女《みこ》服のようなものに身を包んだとても愛らしい姿の『幼女』だった。

「なんじゃ藪《やぶ》から棒《ぼう》に？　あ、あれじゃな？　おっぱい触る？」

「触らねぇよ！　ムニュッとしてるんじゃねぇのかよ！　いや、仮にムニュッとしてても幼女のは

触らねぇけどな！」

「ふふっ、お主の聞き間違いか勘違いじゃろ？　だって我のおっぱい『無乳《むにゅう》』っとしとるもん」

「子供でも手加減せずぶち転がすぞ？」

い、いや、別に？　最初からおっぱい触る気なんて全然ありませんでしたし？

だからそのスンッとした顔を止めてくださいお嬢様。

◆◆◆◆◆◆◆◆◆◆◆◆

場面は変わって侯爵家の庭から再度リリアナ嬢の寝室へ、全員でテクテクと移動する。昭和の人はこの徒歩移動のことをテクシーと呼んだらしい。あまりにもくだらなすぎて少し笑う。

飛び散った岩の破片？　木っ端微塵《こばみじん》に庭に散らかったままだけど、流石に掃除はここん家の人がするだろ。やったのは俺じゃなくここん家のウサギさんだしさ。何かの役に立つかと大きいのだけは貰《もら》っておいた。鑑定結果は普通にただの石だったけど。

「お待たせしました、リリおね……リリアナ様」

「あれ？　どうしたのハリスちゃん、呼び方がいつもと違うよ？」

いや、流石にお父様の前で子供って歳《とし》でもない俺がリリおねぇちゃまとは呼べんわ！

そしてフィオーラ様のことをフィーおねぇちゃまと呼ぶこともないですから、期待した目は止めてください。

「まぁそれは追々と……。やれ、蛇」

「我の扱い雑じゃの!?」

だって騙されたからな？　女性陣が居なければ世間様がドン引きする勢いでオンドゥル語で罵り倒してるところだぞお前？　おっぱいの恨みは根深いと思い知れっ！

いや、今はそれどころじゃないんだった。

話を戻してリリアナ嬢の治療。まぁやった本人を連れてきたので何も難しくはないんだけどさ。

蛇、そして鱗の治療《おはだ》とくれば、方法は言うまでもないよね？　そう、脱皮である。

中途半端だと面倒臭いらしいので、一度全身を鱗状《うろこじょう》にしてから皮をめくるという。

どういう原理なのか分からないが髪の毛まで。

失礼ながら非常に見てて気持ちが悪そうなので、退室しようと思ったのだが、

「……ずっと側にいて最後まで見届けてくれるよね、ハリスちゃん？」

逃げられなかった。とてもいい笑顔なのに少々プレッシャーを感じる不思議。

こちらに手を差し出されたのでそっと手と手を繋《つな》ぐ。この状況でもしも俺が手を取るのをためらったりしたら、

『他の人（主に男親）が居るから女の子と手を繋ぐのが恥ずかしかった』ではなく、『鱗が生えている手を気味悪がった』って思われるかもしれないしさ。

少しでも女の子を傷つける態度はよろしくないのだ。

リリアナ嬢の希望により蛇と俺以外の他のメンバーは退出させられる。

うん、初恋のお姉さんと二人きり。普通なら嬉《うれ》しい状況のはずなんだけどなぁ。

頭の先から足の爪先まで脱皮する女の子……鱗に偏見はまったくないけれども、それが剝《は》がれて

いく様は……夢に出てきそうな光景だった。もちろん悪い意味でだぞ？

でも時折彼女の口から発せられる「んっ……」と言う艶《なま》めかしい声はとてもいいものだったことだけ追記しておく。


治療が済んだ室内、疲れ切ったのか、それとも安心したのか、ベッドの上で目を閉じ穏やかな息づかいに変わったリリおねぇちゃま。……寝ちゃったのかな？

記憶の中にある彼女の微笑《ほほえ》んだ顔。寝顔と笑顔を重ね合わせ、成長しても変わらないその表情にホッとため息をついたのは俺だろうか、それともハリスくんだろうか？

初恋の人とのせめてもの想《おも》い出《で》にホッペにチュくらいは許されるかな？　などと思ってしまったのはただの気の迷いだろう。でもこれくらいは許されるかと、おでことおでこをコツンと軽く触れさせた。だってタダ働きはしたくないからね？　治療費はちゃんともらっておかないとさ。

彼女が目を覚ます前に部屋から立ち去ろうとして、治療中ずっと握られたままだった手をそっと……そっと……外れねぇな!?　見たままの細腕のどこにそんな握力があるのか……。

仕方なく指を一本ずつ剝がしていく。もう完全に人殺しが証拠の品の握りしめたまま死んでしまった死体に対する対応である。

「ん……」

「あっ、リリおねえちゃま、起こしてしまいましたか？」

「ハリスちゃん……そう。夢じゃなくて、助けてくれたのは本当にハリスちゃんだったんだね？」

「ええ、まぁ助けたというほどのことはしておりませんがね。ご無事で何よりです」

「むぅ……そこは『およめさんをまもるのは、とうぜんじゃないか！』でしょう？」

「よくそんな昔のおままごとでしたお芝居の台詞《せりふ》を覚えてらっしゃいますね？」

「あら、そう言うってことはハリスちゃんも覚えてるってことじゃない？」

クスクスと笑うリリアナ嬢と俺。

「今日はお疲れでしょうし……このまま帰らせていただきますね？」

「……このままもう少しだけ……駄目？」

さっき引き剝がしたはずの指に再び力が。

「なぁ、我はさっきから長々と何を見せられておるのだ？」

「おおう⁉　あ、蛇、居たのか？」

「我が治療したのだから居て当然じゃろうが‼」

うん、確かにそのとおりなんだけどさ。てか何？　他人に甘酸っぱい感じのアレを見られてたとかもの凄《すご》く恥ずかしいんだけど！　よし、このままの勢いで帰ろう！

「ではリリアナ様、これにて失礼させていただきます」

繋いでいたリリアナ嬢の手を彼女の被るシーツの上にそっと置いて、貴族の礼を取ってから背を向ける。

「ハリスちゃん！」

「どうかなさいましたか？」

「ううん、ただ、ちゃんとお礼を言ってなかったから……ありがとう、助けに来てくれて」

「どういたしまして。また何かありましたら……その時もきっと飛んできますよ」

「むぅ、今はフィオーラちゃんのところに居るくせに！……本当に来てくれるのかな？　絶対に……約束だよ？」

「はい、昔も……今も、ちゃんと約束しましたからね？」

そのまま扉を開けて出ていこうとした俺に、

「ハリスちゃん、他の女の子にはおでこコツンはしちゃ駄目だよ？」

……起きてたんだ⁉

そして部屋を出ていく俺の背中に、小さな男の子の声で『ありがとう』と聞こえたような気がしたのは俺の聞き間違いだったのだろうか。


さて、思ったよりも苦労なく解決した割に、もの凄く精神疲労が激しい俺。

とっととお屋敷に帰ろうとしたら、

「すまん、実はもう一人……リリアナの母が同じ症状で」

「どうしてそれを早くお伝えいただけなかったのですか！　行きましょう！　すぐに向かいましょう！　早く！　走って！　大至急！」

「お、おう、なぜそんなに全力で食いついてくる……」

ちなみにリリアナ嬢の母君、むっちゃ綺麗《きれい》なお姉さんでした。

そしてリリアナ嬢よりも大きい。とても大きい。

「ありがとう、えっと、ハリスちゃんでいいのかしら？」

「はいおねぇちゃま！」

「あら、こんなおばさんをつかまえておねえちゃんだなんて……ふふっ」

「おい小僧、娘だけでなく嫁にまでか⁉」

いや、嫁にまでと言うのはおかしいです、そもそもお嬢様にも何もしておりませんので……。

◆◆◆◆◆◆◆◆◆◆

おねぇちゃま二人の治療が終わってから気付いたのだが、どうやら蛇の祟り改め『脱皮魔法』、そんじょそこらのエステなんて目じゃない美肌効果があるようだった。

元気になった二人が並んで「お肌ぷにぷにですね」とか「母様、目元の小じわがなくなってますよ？」とか「そのようなものは元々ありませんけどね？」とか笑顔で言い合ってる。

美人姉妹……じゃなくて美人母娘の笑顔。うん、治療できてよかった。

いや、フィオーラ様、あなたは十分お肌も髪もツヤツヤですから。

そんな恨めしそうな目で見られても困りますから。

「それじゃあ、我は少しお礼に」

「お礼じゃなくてお礼参りな」

「ククくっ……」

「フフフっ……」

なんとなくだが、この蛇幼女とはとても気が合うような気がする俺だった。

でもおっぱいのことは絶対に忘れてやらないからなっ!!

十日近くも引っ張られてた割にはあっけなく解決した侯爵家の問題。

「なんていうかこう……もっと王都を股にかけた大立ち廻《まわ》りとかしなくちゃいけないのかと思ってましたが」

「いえ、あれはあなたがオカシイだけで普通ならもっと大問題になっていますよ？」

帰宅後はのんびりと、

「ハリス！　けいこにいくのです！」

「畏《かしこ》まりました！　姫騎士殿下」

できなかったのだった……。

使い潰された勇者は二度目、いや、三度目の人生を自由に謳歌したいようです

MFブックス

使い潰された勇者は二度目、いや、三度目の人生を自由に謳歌したいようです 1

2023年2月25日　初版第一刷発行

著者　あかむらさき
発行者　山下直久
発行　株式会社KADOKAWA
〒102-8177　東京都千代田区富士見2-13-3
0570-002-301（ナビダイヤル）
印刷・製本　株式会社広済堂ネクスト
ISBN 978-4-04-682200-0 C0093

企画　株式会社フロンティアワークス
担当編集　吉田響介（株式会社フロンティアワークス）
ブックデザイン　鈴木 勉（BELL'S GRAPHICS）
デザインフォーマット　ragtime
イラスト　かれい

本書は、2021年から2022年にカクヨムで実施された「第7回カクヨムWeb小説コンテスト」で特別賞（異世界ファンタジー部門）を受賞した「使い潰された勇者は二度目（いや、三度目?）の人生を自由に謳歌したいようです」を加筆修正したものです。

この作品はフィクションです。実在の人物・団体・事件・地名・名称等とは一切関係ありません。